Literature
现代西方文学观念简史

〔英〕彼得·威德森 著
钱竞 张欣 译

著作权合同登记号：01-2003-2053
图书在版编目(CIP)数据

现代西方文学观念简史/(英)威德森著；钱竞等译.—北京：北京大学出版社，2006.12
（未名译库·当代国外文论教材精品系列）
ISBN 978-7-301-11034-8

Ⅰ．现… Ⅱ．①威…②钱… Ⅲ．文学思想史-西方国家-现代 Ⅳ．I109.5

中国版本图书馆 CIP 数据核字(2006)第 103306 号

Peter Widdowson
Literature
All Rights Reserved
Authorised translation from English edition
published by Roueledge, a member of the
Taylor & Francis Group

书　　　　名：	现代西方文学观念简史
著作责任者：	〔英〕彼得·威德森 著　钱竞　张欣　译
责任编辑：	刘爽
标准书号：	ISBN 978-7-301-11034-8/I·0822
出版发行：	北京大学出版社
地　　　址：	北京市海淀区成府路 205 号　100871
网　　　址：	http://www.pup.cn
电子邮箱：	zbing@pup.pku.edu.cn
电　　　话：	邮购部 62752015　发行部 62750672　编辑部 62755217 出版部 62754962
印　刷　者：	三河市新世纪印务有限公司
经　销　者：	新华书店
	650 毫米×980 毫米　16 开本　15.75 印张　195 千字 2006 年 12 月第 1 版　2007 年 12 月第 2 次印刷
定　　　价：	28.00 元

未经许可，不得以任何方式复制或抄袭本书之部分或全部内容。
版权所有，侵权必究　　举报电话：010—62752024
　　　　　　　　　　　　电子邮箱：fd@pup.pku.edu.cn

《未名译库》出版前言

百年来,被誉为最高学府的北京大学与中国的科学教育和学术文化的发展紧密地联系在一起。北大深厚的文化积淀、严谨的学术传统、宽松的治学环境、广泛的国际交往,造就了一代又一代蜚声中外的知名学者、教授。他们坚守学术文化阵地,在各自从事的领域里,写下了一批在中国学术文化史上产生深远影响的著作。同样,北大的学者们在翻译外国学术文化方面也做出了不可估量的贡献。

1898年6月,早在京师大学堂筹办时,总理衙门奏拟的《京师大学堂章程》第五节中就明确提出"开设编译局,……局中集中中西通才,专司纂译"。1902年1月,光绪发出上谕,将成立于1862年,原隶属于外务部的同文馆归并入大学堂。同年4月,京师大学堂管学大臣张百熙奏请光绪,"推荐精通西文,中学尤有根底"的直隶候补道严复,充任译书局总办,同时又委任林纾为译书局笔述。也在这一年,京师大学堂成立了编书处,任命李希圣为编书处总纂。译书局、编书处的成立和同文馆的并入,是北京大学全面翻译外国图书和从事出版活动的开始,也是中国大学出版活动的开始。1902年,是北京大学出版社的创设之年。

辛亥革命以前,京师大学堂就翻译和出版过不少外国的教科书和西学方面的图书。这批图书成为当时中国人睁眼看世界的重要参考书。从严复到蔡元培、蒋梦麟、胡适等校长执掌北大期间,北大更是以空前的热忱翻译了大量的外国作品。二三十年代,当年商务印书馆出版的《汉译世界名著丛书》及《万有文库》中的许多译者来自北大。百年来,在北大任教过的严复、林纾、蔡元培、鲁迅、周作人、杨昌济、林语堂、梁实秋、梁宗岱、朱光潜、冯至、曹靖华、金克木、马坚、贺麟、洪谦、宗白华、周一良、齐思和、唐钺、刘振瀛、赵萝蕤、杨周翰、郭麟阁、闻家驷、罗大冈、田德望、吴达元、高名凯、王力、袁家骅、岑麒祥等老一辈学者,以及仍在北大任教的季羡林、杨业治、魏荒弩、周辅成、许渊冲、颜保、张世英、蔡鸿滨、厉以宁、朱龙华、张玉书、范大灿、王式仁、陶洁、顾蕴璞、罗芃、赵振江、赵德明、杜小真、申丹等老中青三代学者,在文学、哲学、历史、语言、心理学、经济学、法学、社会学、政治学等社会科学与人文科学领域里,以扎实的外语功力、丰厚的学识、精彩的文笔译介出了一部又一部外国学术文化名著,许多译作已成为传世经典。在他们的译作中体现了中国知识分子对振兴中华民族的责任和对科学文化的关怀,为我们的民族不断地了解和吸收外国的先进文化架起了一座又一座的桥梁。

值此北大出版社建立100周年之际,我社决定推出大型丛书《未名译库》(Weiming Translation Library)。"译库"为大型的综合性文库。文库以学科门类系列及译丛两种形式出版。学科门类系列包括:哲学与宗教系列、文学与艺术系列、语言与文字系列、历史与考古系列、社会学与人类学系列、传播与文化系列、政治学与国际关系系列、经济与管理系列等;译丛为主题性质的译作,较为灵活,我社即将推出的有《经济伦理学译丛》、《新叙事理论译丛》、《心理学译丛》等等。《未名译库》为开放性文库。未名湖是北大秀丽风光的一个象征,同时也代表了北大"包容百川"的宽广胸襟。本丛书取名为《未名译库》,旨在继承北大五四以来"兼容并包"的学术文化传统。我们将在译库书目的选择(从古典到当下)和译者的遴选上(不分校内校外)体现这样一种传统。我们确信,只有用人类创造的全部知识财富来丰富我们的头脑,才能够建设一个现代化的社会。我们将长期坚持引进外国先进的文化成果,组织翻译出版,为广大人民服务,为我国现代化的建设服务。

由于我们缺乏经验,在图书的选目与翻译上存在不少疏漏,希望海内外读书界、翻译界提出批评建议,把《未名译库》真正建成一座新世纪的"学术文化图书馆"。

《未名译库》编委会

2002年3月

目　录

总　序　多方位地吸纳　有深度地开采 …………周启超（1）

第一章　什么是"文学"？某些定义与非定义……………（1）
第二章　"文学"曾经是什么？一部概念史，
　　　　第一部分：悖论的起源………………………………（26）
第三章　"文学"有何变化？一部概念史，
　　　　第二部分：20世纪60年代……………………………（65）
第四章　"文学性"是什么………………………………………（93）
第五章　"文学性"的用途新的故事……………………………（125）
第六章　纵览……………………………………………………（194）

REFERENCES ……………………………………………（195）
译后记………………………………………………………（216）

总序

多方位地吸纳　有深度地开采
——写在《当代国外文论教材精品系列》出版之际

周启超

这些年来,随着文论界学者向文化批评、文化研究或文化学的大举拓展,文学理论在日益扩张中大有走向无边无涯之势。相对于以意识形态批评为己任而"替天行道"的"大文论"的风行,以作家作品读者为基本对象的"文学本位"研究似乎走到了尽头。于是,"理论终结"或"文论死亡"之"新说"应运而生。甚至于有急先锋向"文学理论"这一学科本身发难:质疑它作为一门人文学科存在的合法性、怀疑它的身份。于是,"文学理论的边界"、"文论研究的空间"成为文论界同行十分关心、热烈争鸣的一个话题。文学理论是否真的已经死亡?文论研究是否真的已然终结?在对这个问题加以讨论之际,不妨也来对我们的国外同行当下的所思所为作一番检阅——对当下国外文论的态势与现状作一次勘察。这并不是要与洋人"接轨"——经济的"全球化"并不能也不应该导致文化上的"一体化"。这也不是为了什么走向世界——我们本来就在这个世界上。但是,在这个世界上,不同民族不同国别不同文化圈里的文学的发育运行还是有相通之处的,在不同民族不同国别不同文化圈里发育运行的文学理论也是有相通之处的。今天的文学理论已然在跨文化。今天的文学理论研究也应当具有"跨文化"的视界。

以"跨文化"的视界来检阅当下国外文论的态势与现状,就应当看到其差异性与多形态性、其互动性与共通性。所谓国外文论,就不仅仅是"西方文论";所谓"西方文论",也不等于"欧美文论";所谓"欧美文论",也并不是铁板一块,而应有"欧陆文论"、"英美文论"、"斯拉夫文论"或"西欧文论"、"东欧文论"、"北美文论"之分别。跨文化的文学理论研究要求我们努力面对理论的"复数"形态,尽力倾听理论的"多声部"奏鸣,极力取得"多方位"参照。多方位地借鉴,多元素地吸纳,才有可能避免偏食与偏执。这对我们的文学理论学科建设与深化尤为需要。

那么,国外同行当下的所思所为中有哪些新的情况?他们都在以"理论终结"、"文论死亡"的言说而在为"文学理论"送葬?或者,都还在"文化研究"、"文化批评"的实践中"替天行道"而流连忘返?今日国外文论有没有出现别样的气象?有没有出现什么值得关注的"转向"?这个问题自然可从不同角度来切入。不同的视界可能会形成不同的视像。"在反思中整合,在梳理中建构"——则是我们从对今日国外同行的所思所为的一番检阅之中获得的一个最为强烈的印象。

反思的激情

在现代文学理论的发祥地德国,今日的文学理论在"执著于自身的历史"。文学理论作为一门学问其源头在哪里?它恐怕还并不像有些学者认定的那样是苏联人的"发明"。现代意义上的文学理论其实乃创始于德国,源生于并比较完善地表述于德国浪漫主义的文学批评,肇始于施莱格尔兄弟、诺瓦利斯、施莱尔马赫以及18世纪末19世纪初浪漫主义传统中的其他批评家的实践。早在1842年,德国学者卡尔·罗森克莱茨就著有《1836—1832的德国文学学》,这要比俄罗斯学者鲍里斯·托马舍夫斯基的《文学理论·诗学》(1925

年初版)早83年,比勒内·韦勒克与奥斯丁·沃伦合著的《文学理论》(1942年初版)则早了整整一百年。那么,文学理论在今日德国的现状如何?汉斯·古姆布莱希特在其题为《文学学的源头与其终结》(1998)一文中指出,"在其作为一门学科几近两百年的存在中,文学学还从没有像近十年这样执著于自身的历史。"①

在现代文学理论的重镇俄罗斯,"文学学"本身的历程正在成为一个备受关注的课题。俄罗斯文论界的学者普遍认为,文学理论的当务之急是反思自身的历史。俄罗斯科学院世界文学研究所理论部主任、亚历山大·米哈伊洛夫在其生前撰写的最后一篇文章《当代文学理论的若干课题》(1993)中提出,文学学作为一门人文学科所面临的首要任务是"应当研究自身的历史,而且应当是以迄今为止所不可能比拟的规模来做这件事"②。俄罗斯国立人文大学高级人文研究院的谢尔盖·森金教授在其2002年的一篇《理论札记》中写道:"今天,最有价值的,倒不是革命性的学说,而宁可是在理论史方面有学识很在行的工作——进行总结,应对那些具有观念性的关联与根基加以梳理,将大师们的未尽之言说透,将大师们未曾点破的东西说穿。"③

在当代文学理论思想的策源地法国,"文学理论"的运行轨迹得到审视。反思中的法国文论家看到,当代文论的运行类似于钟摆式的摆动。今日文论专注于意识的分析、主体的分析、思想的分析——此乃昔日社会学批评之复活;此乃对巴特式的阅读解析——将阅读看成是主体与客体之相遇过程——的一种反拨。当代文论运行于悖论之中。安东·孔帕尼翁在分析今日文论现状时

---

① H. U. Gumbreht, *The Origins of Literary Studies—and the End*;转引自《新文学评论》(俄文版)2003年第1期。
② А. В. Михайлов:《当代文学理论的若干课题》,《语境1993》,莫斯科,1996年,第12页。
③ С. Зенкин:《理论札记》,《新文学评论》(俄文版)2002年第1期。

指出,恰恰是当代法国文论剥夺了文学本身的合法性,恰恰是当代法国理论抛弃了仅仅在法国才保留下来的人文主义的文学典律。今日文论的困境产生于文论尚未稳定、尚处于确立的阶段。如此看来,文学理论远未终结。1999年,法国学者与加拿大学者建立了专门研究文学理论的网站,发布文学理论研究的信息。1999年5月在巴黎七大召开过"文学理论究竟是什么?"专题学术研讨会,会议表明,当下治文论的学者分为两组,路向可分为三条。所谓两组学者:一组执著地寻找对理论的准确界说,致力于建构理论文本的大厦,确定基本的理论原则;另一组则视文学理论为一种元批评文本,对文学理论形成的历史阶段加以分析。所谓三条路经:其一是继续研制文本理论;其二是相应于对方法的新的界说而重构理论场;其三是对于文学理论加以历史的考察。

在一向抵制理论而以其实证主义传统著称的英国,针对过度的解构的反击正在出现。有学者(拉曼·塞尔登、彼得·威德森《当代文学理论导读》,1997)对当代理论的不断分裂与重组加以梳理:既看到"后现代理论裂变"——单数的、大写的"理论"迅速地发展为小写的、众多的"理论",而孵化出了大量的、多样的实践部落,或者说理论化的实践;又看到"大质疑大解构之后的大反思大建构"——一种向表面上更传统的立场的转向:那些经过理论历练而希望站在文学本身的立场上向文学研究中理论话语的统治发起挑战的年轻一代学人,希望为讨论文学文本、阅读经验和评论文本找到一条道路。[①] 有学者(安德鲁·鲍伊《对德国哲学与英国批评理论之调解》,1997)指出:过度的后结构主义现在正在导致盎格鲁-撒克逊世界的一种反击,以致过去20年中(1977—1997)某些最有影响的理论正在受到近乎于轻蔑的对待,这种对待不只来自无论

---

① R. Selden, P. Widdowson, P. Brooker, *A Reader's Guide to Contemporary Literary Theory*, Fourth Edition, pp. 7 – 8, London and New York: Prentice Hall/Harverster Wheatsheaf.

如何总是反对这些理论的那些人,而且越来越多来自原先对这些理论有某种同情的人。伦敦大学的这位教授认为,现在是停止仅仅专注于解构文学文本的时候了。那种解构假定了这些文本对社会具有比它们实际所具有的更大的影响。艺术不仅仅是意识形态。① 彼得·威德森在《现代西方文学观念简史》(literature,1999)一书中着手对文学这一概念的演变轨迹加以清理,对"文学"、"文学价值"、"典范"这三个相互关联的核心概念内涵的增生与变异加以反思:在20世纪后期,"文学"作为一个概念、一个术语,已然大成问题了。要么是由于意识形态的污染把它视为高档文化之典范(canon);要么相反,通过激进批评理论的去神秘化(demystification)和解构,使之成为不适用的,至少是没有拐弯抹角的辩护。彼得·威德森提出,需要将"文学"拯救出来,使之再度获得资格,这总比不尴不尬地混迹在近来盛行的诸如"写作"、"修辞"、"话语"或"文化产品"泛泛的称谓之中好一点。② 正因为这样,他才同意特里·伊格尔顿的如下说法:"文学的确应当重新置于一般文化生产的领域;但是,这种文化生产的每一种样式都需要它自己的符号学,因此也就不会混同于那些普泛的'文化'话语。"

彼得·威德森注意到,理论的位能导致出现了"多种多样的作家、批评家以及文学史家"通过界定以及他们对构成文学的"文学性"(literariness)进行"客观性"研究这两种有效处理的景观。现代文论提出,文学文本事实上都在每一个读者的每一次阅读行为中进行"重写",而这并非依靠专业分析的过程,所谓文学其实就是在作者、文本、读者这三者没有穷尽的、不稳定的辩证关系之历史中不断重构的。这正如文本写完和印刷之后作者对文本的控制和权威也就因此放弃了一样,所以读者所处的阅读地位无论是在整

---

① A. Bowie, J. Enkemann, *Mediating German Philosophy and Critical Theory in Britain*;转引自《差异》第2辑,周晓亮译,河南大学出版社,2004年,第275—276页。

② P. Widdowson, *Literature*, p.2, London and New York:Routledge,1999.

个历史中还是在其所处文化位置的任何既定时刻,都是十分不同的;所谓"文本"也就成为了上述种种差异的产物。那么,这"重写"、这"重构"一直以来究竟是怎样的,尤其是过去30年前后的情况如何,怎么给予比较充分的理论批评说明?

这就有必要去考察文学观念的行程,即"文学"的基本意义在过去是怎么建构的,而现在又是怎么解构的。在彼得·威德森看来,答案就在于什么是这种建构与这番解构的真正的目的和动力——"文学"包括"有文学性的"(the literary)是过于深入人心,而被过度消费了。这就有必要从历史语源学的角度来谈论"文学"的行程与优势,以及晚近是如何对其解构和置换的。有必要对"有文学性的"进行再界定并重建其信誉,设法表明所谓"自由空间"在如今的文化主流话语、文化生产形式与交流方式中有什么用处,而且不复有原初的"有文学性的"。有必要去证明文学的用途,去表明来自于以往的文学可以继续给我们提供某种"特殊知识"形式;特别是什么样的关于我们自身文化的"新闻"可以依靠当代文学—新闻得到传播,否则的话就会毫无意义,除非是在其文学性表述的具体文本中得以释放。① 也就是说,要反思、要梳理现代"文学"观念的建构过程。要针对"消解历史"而来展开"再历史化",要针对"解构"来展开"重建"。文学理论正是在不断的反思中推进的。

即便是在文化批评仍大有市场、文化研究势头似乎不见衰减的美国,也还有另一些声音,出现了新的迹象——传来要回到文学文本、回到文学作品的"文学性"的呼唤与主张。有学者看到:"不论是后现代后结构,或是文化研究理论,都会带来一个问题:到底文学作品中的'文学性'怎么办,难道就不谈文学了吗?美国学界不少名人(包括著有《在新批评之后》的弗兰克·兰特里夏)又开始转向了——转回到作品的'文学性',而反对所有这些'政治化'或

---

① P. Widdowson, *Literature*, p. 14.

'政治正确化'的新潮流。"①美国比较文学学会 2003 年的年度报告也提倡"文学性",将之作为比较文学的主要特征:比较文学不仅要"比较地"研究国族文学,更要"文学地"阅读自己的研究对象。这样的文学性阅读要求对研究的对象做仔细的文本考察,并具有"元理论"(meta-theoretical)的意识。② 即便是被尊为"文化批评大师"的爱德华·赛义德后来也认为回到文学文本、回到艺术,才是理论发展的征途。③ 自然,有心人也不会忘却,在所谓文学理论的"文化学转向"大潮中捍卫文学本体研究的"保守派",即便在大尚"解构"的美国文论界,其实也一直是不乏其人,甚至还有颇有权威的学者。在 20 世纪 80 年代,至少有勒内·韦勒克(《对文学的非难及其他论文》,1982);在 20 世纪 90 年代,也至少有哈罗德·布罗姆(《西方典范》,1994)。

梳理的路径

正是这种反思的激情在推动着"文学学"历程的审视与检阅,在推动着对"文学"行程的梳理、对"文学理论"行程的梳理、对"文学学"历史运行轨迹与当下发育态势的梳理。梳理文学是如何被解构为大写的文学与小写的文学;梳理文论是如何被解构为"文学理论"与"文学的理论"。目前,这种梳理主要是在以下几个路径上进行。

路径 1 梳理现代"文学"观念的建构轨迹。

英国学者拉曼·塞尔登、彼得·威德森看到,事到如今,即使是最彻底的文学批评家也不会轻易接受那种单一的"文学"观念了,或是认为关于文学这个概念只能有一种基本定义,即只存在某种

---

① 李欧梵为勒内·韦勒克与奥斯丁·沃伦合著的《文学理论》(中文修订版,刘象愚等译)所写的总序(一),江苏教育出版社,2005年,第7页。
② 张英进:《文学理论与文化研究:美国比较文学研究趋势》,《比较文学报》2004.9.25。
③ 盛宁:《对"理论热"消退后美国文学研究的思考》,《文艺研究》2002年第6期。

天生的、自我确证的文学"要素"的定义。事实上,的确存在许许多多的文学而不是只有一个单一的文学。对不同的人来说,文学乃意味着不同的事物。尽管这是默认的、下意识的,或是不会公开承认的,我们也必须接受这一点。

如今,有大写的、不带引号的"文学",也有小写的、带引号的"文学"。前者在这里表明的是一种具有全球性文学写作实体的概念;而后者的意思不过是表明那些不太注意鉴别的文集大全尚有些文学性可言,其实属于相对于"创造性"或"想象性"写作这种人工技巧而言的不同领域,不过是写作性交流的一种远为平凡普通的形式。

如今,在大写的"文学"中实际上存在着许许多多的文学,批评的注意力正是集中在这种以复数形态存在的文学上;小写的"文学"是在批评之外而独立存在的,大写的"文学"则完全是由批评"创造"出来的。正是文学批评选取、评估和提升了那些作品,而那些作品又同样地再被分配安置。也正是由文学批评或多或少明确地去测定作品的特质,那些构成了具有很高"文学价值"的作品的特色。换句话说,所谓"文学",其实是按照文学批评所设想的形象来"建构"而"制作"出来的。

路径2　梳理当代文学理论的不同范式。

法国学者安东·孔帕尼翁——罗兰·巴特的弟子,曾在索邦大学和哥伦比亚大学执教文学理论,主张将"文学理论"与"文学的理论"区分开来,而批评"文学的理论"之自杀性的极端主义;孔帕尼翁所说的"文学理论",指的是普通文学学与比较文学学的一个分支,是在文学研究这门学问的整个历史中一直与之相伴随的一种学术话语;而他所谓的"文学的理论",则首先指的是法国的"新批评"学说,一部分也指美国的"新批评"学说。这种"文学的理论",更多的是一种意识形态批评,包括"文学理论的意识形态"[①]。安

---

① A. Compagnon, *Le Demon de la Theorie* (1998);转引自俄译本《理论之魔》,莫斯科,2001年,第27页。

东·孔帕尼翁的基本立场是不必对理论失望,而要对理论加以质疑,保持批评的警觉。

路径3　梳理文学学的当下境况与运行机制。

俄罗斯科学院世界文学研究所理论部不久前组织了一次关于"文学学现状"的问卷调查。其中的问题就有:文学学的界限(文学学对相邻学科的扩张与文学学家的自我限定)、"文化对话"与文化学的强暴、文学学的教学与研究、文学学是一门"纯科学"还是文学?针对文学学在20世纪风风雨雨的曲折历程与当下面对的种种挑战,他们在研究当代文学学这门学问的学理依据,在探讨当代文学学家的学术定位,在追问当代文学学的结构与类型,在考察文学学系统中的"文学理论",在进入"元文学学"的思索。世界文学研究所理论部这几年的一个大项目就是多卷本的《20世纪文学理论总结与21世纪的前景》。其中有《文学作品与艺术进程》、《艺术文本与文化语境》、《20世纪的文论学派:思想·方法论·学说》、《体裁理论的现代课题》、《20世纪的文学与现实》、《20世纪的文学神秘化与作者身份问题》等等。

路径4　梳理文学理论最为核心的范畴或"关键词"。

在法国,朱丽娅·克里斯蒂娃在研究"想象的(世界)"——这一堪称现代文论重要源头的范畴——的历史流变,在梳理这一范畴在兰波、马拉美、超现实主义者与"如是"社团的创作中的具体演变轨迹。文学理论网站主持亚历山大·热芬则在致力于对文学理论中一个极为重要的关键词"模仿"加以梳理。他于2002年推出长达246页的注解式文选著作《模仿》,在"模仿的积极性"、"各种模仿体裁"、"古典主义的模仿说"、"对模仿的追求"、"对模仿范式的批评"等5个章节里,对自柏拉图、亚里士多德、贺拉斯至布列东、巴特、德·曼等著名文论家在"模仿说"这一文学再现理论上的不同见解作了十分详尽的论述。

安东·孔帕尼翁于1999—2000年在巴黎四大开设"作为概念

的文类"讲座。一共有13讲的这个讲座,对文类理论从古希腊罗马至当代的形成与发展作了系统的梳理,尤其对文类学的现状作了清晰的描述。此前,安东·孔帕尼翁的著作《理论之魔——文学与流俗之见》(1998),可谓在文论史的反思与核心范畴的梳理上的一部力作;作者在这本书里致力于对当代种种文学理论企图加以颠覆的核心范畴——"文学"、"作者"、"现实"、"读者"、"文体"、"历史"、"价值"的多种内涵加以梳理与反思,将不同的文学理论学说置于其历史语境之中与不断冲突的张力场之中加以审察;此书属于"现代文论关键词研究",也可称之为"文学理论之追问:七个问题"。

俄罗斯学者亚·米哈伊洛夫在其《当代文学理论的若干课题》中提出,文学理论这门人文学科到了"该对文学学的关键词加以历史的梳理"的时候了。文章的第2节就是"论文学学关键词研究对这一学科的意义"。这位多年研究德国文论的著名学者认为,文学学的关键词应包括四个层面:其一是作为整体的文化的关键词;其二是诗学的关键词;其三是由大文化语言渗入文学学的关键词,譬如"对话",尤其是那些多半由哲学、美学渗入文学学的关键词,从语言学、艺术学渗入文学学的关键词;其四是文学学本身专有的一些领域,如作诗法中的某些关键词。① 亚·米哈伊洛夫倡导对"文体"与"性格"之观念的流变、对"内在形式"与"崇高"这样一些范畴,加以历史的梳理;他本人就对"性格史"作过专门梳理;他的这一倡导,得到了他的同事们的积极响应。

莫斯科高校出版社于1999年推出又于2004年再版了一本《文学学引论》。这里不再有"艺术的特征及其研究原则"、"作为一门艺术的文学及其类别"、"艺术内容、激情及其不同类型"、"艺术形式、风格、艺术言语、文学体裁"这样一些在不久前修订的《文学学引论》

---

① А. В. Михайлов:《当代文学理论的若干课题》,第14—15页。

中也还保留的论题,而已然是一部紧扣"文学作品理论"而深究其关键词的专论。该书系多年耕耘于文论教学园地的知名教授联手合作的成果。26位学者对文学作品理论中的45个关键词作了较为系统而又简明的梳理、界说、阐释。进入这45个选项之中的,既有传统文论必不可少的"艺术形象"、"人物"、"情节"、"布局"、"肖像"、"风景"、"叙述"、"描写"、"诗"、"小说"等等,又有现代文论词汇库中才有的"原型"、"接受者"、"符号"、"文本"、"视点"、"对话"、"时间与空间"、"作为艺术整体的文学作品"、"作品功能"等等。

反思与梳理的成果

1. 几本颇受好评一版再版的文学理论教材。

在德语世界——《新文学理论:西欧文学学导论》(2次新版,西德出版社,1997)。

近25—30年来的德国文论是个什么样的状况?对于我国文论界,这可以说是一个旷日持久亟待填补的空白。德国学者克劳斯-米歇尔·波哥达所编的《新文学理论:西欧文学学导论》,对20世纪70年代以降西欧(欧陆)文学学主要流派的重要学说一一加以品说,对德国的新阐释学、文学作用与文学接受理论(狄尔泰、伽达默尔、尧斯、伊塞尔)与法国的后结构主义理论(福柯、拉康、巴特、阿尔都塞)——作了概述,对20世纪德国文学学基本路程加以回顾(世纪初方法学上的多元论、50年代学院派文学学的危机、60年代去神秘化……),对"话语间分析"这一方法作了阐释。全书分为十章,简明而清晰地介绍和评价了十个主要流派。那些在具有德国传统优势的文学理论学说近几十年的发展中,那些在当代法国文学理论的发展中举足轻重的大家都有专章论述。各章均有德国学界本领域的著名学者撰文,既切中要害,又要言不烦。

德国学者注意到,20世纪文学研究的一个重要特征就是文学学积极地与它的一些相邻学科——符号学、政治学、哲学等——在互相作用,这丰富了术语武库与研究方法,但也不可避免地导致一些通用概念的变形,导致过度的工具主义。正是阐释学的代表们一直在捍卫着对作品的"纯洁的精神观照",恪守精神性优于工具性。狄尔泰、伽达默尔、尧斯、伊塞尔这几位是为数不多的成功者——成功地在自己的学术活动中将古典阐释学的精神传统与心理学、社会学、符号学的实用性视角加以融合,而并不忽视艺术作品意蕴之不可穷尽性,创建了令人耳目一新的"读者理论"。尧斯、伊塞尔的著作,推动了文学接受机制的多方位研究——比如,重构文学作品在具体的社会历史环境中的接受过程(皮埃尔·布迪厄研究接受更替史的文化社会学)。特别值得关注的是,《新文学理论:西欧文学学导论》对当代德法文论的互动作了具体的考察。

可与这本《导论》相配套,或者说,比较系统而深入地反映当代德国文论景观的,还有《今日德国哲学文学学》(文选)(2001)。这部文选,是由接受美学的发祥地——著名的康斯坦茨大学的两位青年学者专为俄罗斯读者编选的文选,收入当代德语人文学界最为著名的学者的16篇文章,对当代德国文学学的发展倾向作了相当全面的展示:对如今在德国流行的考量艺术文本的种种不同视角——精神分析、互文性、互媒体性、女性主义文学学、解构主义、文学社会学、哲学美学等等——做了一一介绍,对德国文学学的社会历史、体裁理论、功能理论、虚构理论、系统理论以及"记忆"、"神秘"、"圣像"等等一一作了概述。这部文选定位于高校语文系、哲学系以及所有对当代文学学感兴趣的学生和教师,是高校文科教材。

在英语世界——《当代文学理论导读》(*Harvester Wheatsheaf*, 2005)。

该书由拉曼·塞尔登、彼得·威德森、彼得·布鲁克联手合著。此书以简洁清新、深入浅出的文字把艰深晦涩的当代文学理论表述得明白晓畅,为学生勾勒出一幅斑斓而醒目的当代文论气象新版图,一问世就受到学术界的高度评价,吸引了大量读者,成为不断再版的好教材(1985,1991,1993,1997,2005)。该书第 4 版修订并扩充了对近 20 年来最新文论的概述,后四章[后结构主义理论、后现代主义理论、后殖民主义理论、同性恋理论与酷儿理论(queer theory)]几乎占用全书的一半篇幅,当代文论的最新流变得到了简明而清晰的梳理与展示。

这本《导读》认为,20 世纪 60 年代末是一个开始变革的年代,1965—1985 年这 20 年间,许多来自欧洲(特别是法国和俄国)的理论资源对大家认可的普通观点提出好像无休止的挑战;1985—1997 年这 12 年来发生的惊天动地的变化已经极大地改变了"当代文学理论"的面貌(当代理论的不断分裂与重组);"文学理论"已经不再能够被看做一个有用的、不断进步地产生的、包容了一系列可以界定的时期或"运动"的,也即包含了发送、批评、演进、重构的著作体。单数的、大写的"理论"迅速地发展成了小写的、众多的"理论"——这些理论常常相互搭接,相互生发,但也大量地相互竞争。① 文学研究的领域充满复杂性与多样性。作者的立意是为这片困难疆域绘制一份轮廓分明的入门向导。

这本《导读》并不伪称自己提供这一领域的广阔画面,它的论述只能是有选择的、部分的(在这两种意义上),它所提供的只是对过去 30 年(1967—1997)理论论战中最显著的、最具挑战性的潮流的一个简明扼要的概述。这些潮流共有 10 个:英美新批评、俄罗斯形式论学派、读者导向理论、结构主义理论、马克思主义理论、女性主义理论、后结构主义理论、后现代主义理论、后殖民主义理论、同性恋理论与酷儿理论。其中,前六种是"当代文学理论"史的一部分,确切地说,它们自身却不是"当代文学理论"。这并不是说,它们现在多余了、衰老了、没用了;相反,它们的前提、方法论和观

---

① R. Selden, P. Widdowson, P. Brooker, *A Reader's Guide to Contemporary Literary Theory*, Fourth Edition, p.7.

念今天依旧具有启发性,仍然可能是文学理论中某些创造的出发点,它们曾经为理论领域新的领袖们领跑,从这个角度看,它们中除了几个明显的例外(如种种马克思主义理论),都有点落伍,因而留在目前主流的竞赛之外。后四种特别是关于后现代主义、后殖民主义、同性恋理论与酷儿理论都**大大**超越了"文学的"范畴,看到这一点是很重要的。这些理论在全球范围内促进了对一切话语形式的重新阐释和调配,成了激进的文化政治的一个部分,而"文学的"研究和理论只不过是其中一个多少有点意义的再现形式。把文学研究推向各种形式的"文化研究",对大量非经典的文化产品进行分析这一潮流代表了某种形式的反馈,因为,文化研究主体的初衷就是要颠覆业已形成的"文学"和文学批评观念,早期的文化研究者们所做的正是这些。在"当代文学理论"的语境中,"文化理论"成了整个学术研究领域中一个笼罩一切的术语。这本《导读》充分认识到这些转变,尽管对这些新的理论作了简要的论述,但却始终注意在**广阔多变的文化史进程中保持一个文学的焦点**。

　　这本《导读》认为不同的理论乃是在从不同的兴趣点出发对文学的不同拷问。不同的文学理论倾向于强调文学之不同的功能。① 或者说,不同的文学理论定位于不同文学活动的不同维度:

　　　　马克思主义
　　浪漫主义的＞形式主义＞读者
　　人文主义　　结构主义　取向的

　　浪漫主义的人文主义理论强调的是表现在作品中的**作者**的生平和精神;"读者"理论(现象学批评)则把强调的重点放在**读者**或者"感受的"体验上;形式主义理论集中讨论**写作**本身的性质;马克思主义批评则把社会的与历史的**语境**看做是根本的;而结构主义

---

① R. Selden, P. Widdowson, P. Brooker, *A Reader's Guide to Contemporary Literary Theory*, Fourth Edition, p. 5.

诗学注意的却是我们通常用以建构意义的**符码**。在最佳情况下，这些方法/视界中没有一种会无视文学交流中其他方面的维度。譬如，西方马克思主义批评并不坚持严格的语言参照的视点，作家、听众和文本全都被包含在它那个总体性的社会学的观点内。不过，《导读》的编写者指出，有一点应该提起注意，在上面的图示中，并没有提到女性主义、后结构主义、后现代主义、后殖民主义以及同性恋理论和酷儿理论的领域。这是因为，这些理论都以各自不同的方式扰乱并打断了上述最初图示中各方面的关系，但是，正是这些理论说明了1985—1997年这12年间隙中不平衡的发展历程。1985年以来，批评理论与实践的发展在几何形态上是多样的、不平衡的。《导读》这一版（1999年版）的形态与构成试图阐明这种发展，同时也是这种发展的一个见证。

在俄语世界——《文学学导论》（2004）。

本书系莫斯科大学文学理论教研室资深教授、近15年来在俄罗斯文学学界十分活跃的一位学者瓦列京·哈利泽夫继《文学理论教程》之后推出的一部力作，1999年问世，初版一万册；2000年再版，2002年、2004年又出了修订版。这本《文学学导论》由导言与六章组成，分别论述"艺术本质"、"作为一门艺术的文学"、"文学的功能"、"文学作品"、"文学类别与文学体裁"、"文学发展的规律性"。从结构框架上看似乎并无什么破格之举。但细细读来，确有特色，确有创新。其主要特色在于，将文学理论的阐述置于与其密切相关的人文学科的关系之中——与美学、社会史、文化学、价值哲学、符号学、语言学、交往理论、宗教学、神话学的学说之中；19—20世纪这二百年来文学学的各种思潮与流派的方法论立场，在这里都得到了讨论；艺术本质与文学特征、文学起源与文学功能以及世界文学进程的普遍性问题，都设有专门的章节；理论诗学的基本概念得到了"简约而不简单"的界说。与现有各种文学理论教材相比较，这部教科书的主要创新有以下三点：

其一，在写作立场上终于走出流派斗争学派较量的思维定势，其学术视界是开放的。它定位于"流派之外"而力图对各家各派"兼容并蓄"。这显示出当代文学理论建设者应有的包容精神。

其二，这本面向大学生、研究生与高校教师的教科书，敢于针对高校文学理论教学实践与当代文学学已然达到的成就之间严重脱节的现状，对已有教科书中所缺失的但却是现代文论重要成果的一系列论题、概念与术语加以探讨，以其丰富的信息来提升文学理论教材的现代性水平。诸如"艺术创作中的非意图性"、"读者在文学作品中的在场"、"高雅文学与大众文学"、"文学经典与文学声誉的漂移"、"精英与反精英的艺术观与文学观"、"传统与非传统的阐释"、"人物的价值取向与行为方式"、"文学类别之间与类别之外的文学样式"，等等，均进入这本教科书之中。

其三，加大了文学本体研究三大链环——作者理论、作品理论、读者理论的论述分量，尤其是充实了文学作品理论，显示出深化"理论诗学"的学术取向，对"理论诗学"的一些关键词的主要涵义一一加以辨析与界说，这无疑有助于提高文学理论的科学性程度。比如，在"文本"这一节，列出"作为语文学概念的文本"、"作为符号学与文化学概念的文本"、"后现代主义诸种学说中的文本"这三小节，这就为文本理论的系统研究开启了不同的界面。在"文学接受·读者"这一节，则有"读者与作者"、"读者在作品中的在场·接受美学"、"现实的读者·文学的历史—功能研究"、"文学批评"、"大众读者"这五个层次。

尽管许多论题或论题的不同界面还只是点到即止，但这本《文学学导论》不囿于一家一派而有海纳百川的开放眼界，无意立一家之言而倾心于在资源整合之中来深化学科建设的学术选择，尤其是致力于文学理论的现代性水平与科学性程度之双向提升的学术取向，分明是今日俄罗斯文论界在"开放"中有所"恪守"这种学术氛围的一个缩影，在"解构"中有所"建构"这种学术理念的一个结晶。

开放的学术视界、兼容的理论立场,定位于"流派之外",而使"种种不同的、有时彼此互不相容的学术思想与观念学说与在这本书中得到对比与分析。"将系统性与逻辑上的井然有序同反教条性、与对话式的开放性结合起来,①确实是这部《文学学导论》的作者所竭力企及的目标。

关注"文学学"一些核心命题或关键词(诸如作者、作者创作能量;读者、读者在作品中的在场;作品、文本、互文性;结构、结构的内容性、富有内容性的形式;视角、主体机制;对话与独白等等)对其主要涵义加以界说,确实是这本教科书有别于同类著作的一大特色。

2. 近些年来,国外文学理论教材建设的多样化与个性化愈来愈突出。一些注重实用、注重个案、注重解读的文学理论教材或教材参考,引人注目。

在美国——《文学作品的多重解读》(2001)。

本书系美国东北大学英文系教授迈克尔·莱恩(Michael Ryan)所著,Blackwell Publishers 1999年初版,1999年、2001年重印。该书是专门为高等院校"文学理论与批评导读"课程编写的一本教材。其特色是关注文学理论的应用,提供运用诸多理论视角具体解读同一文学文本的例证。作者选择莎士比亚的剧作《李尔王》、亨利·詹姆斯的《艾斯彭遗稿》、伊丽莎白·毕肖普的诗作与托妮·莫里森的《蓝眼睛》等四种作品为经典文本,分9章对现代文论中的形式主义、结构主义、后结构主义、解构主义、后现代主义,马克思主义、历史主义、女性主义、精神分析、性别研究、同性恋研究、酷儿理论、族裔批评、后殖民主义、国际研究等批评视角,作了深入浅出的解说,易于为大学生理解并把握;通过对比式"多维度"细读,该书生动而具体地展示同一种经典文本何以能作多面观,同

---

① В. Е. Хализев:《文学学导论》(第4版),莫斯科,2004年,第11页。

一种经典文本在不同的理论视界中何以得到各不相同的解读。运用莱恩的模式以及他的"阅读建议",学生们可以去探索他们自己对这些经典文本的解读,去培育他们自己应用现代文学理论的技巧。针对不少文学理论教材从理论到理论难以为学生接受的局限,这部教材着眼于当代文论在批评实践中的可操作性,显示出经典文学文本解读的开放性,可以说是同时对文学作品的魅力与文学理论的生命力加以双重展示的一个较好的范本。[1]

在俄罗斯——《艺术话语·文学理论导论》(2001)、《艺术分析·文学学分析导论》(2002)。

这两本文学理论教材篇幅不大(每本不超过100页)。其作者瓦列里·秋帕教授、俄罗斯国立人文大学"理论诗学与历史诗学"教研室主任,是近十多年来在俄罗斯高校文学理论界颇多创见的领衔学者;《艺术话语·文学理论导论》是他近年来给高校文科教师和研究生授课的讲稿,集中阐述"文学三性",即符号性、审美性、交际性,其具体展开路径是:作为派生符号系统的语言艺术,艺术文本的结构;作为情感折射活动的语言艺术,艺术性的样态;作为艺术书写策略的语言艺术,艺术性的范式,这在理论视界上可谓别具一格。《艺术分析·文学学分析导论》则是为高校文学理论专业教师开设的讲座,它在文学作品分析上提出一种颇具独创性的方法学。秋帕在这里将文学看成一种艺术现实,来探讨其在文本与意蕴之间的本体状态,而致力于对文学作品加以多视角的言之有据的分析、多层次的具体入微的阐释。作者以俄罗斯文学经典作品为例,来演绎自己的理论,在具体操作上深入浅出,努力克服文学理论教学常常高头讲章的毛病,深得学生和教师的欢迎。

在法国——《文学世界共和国》(1999)。

此书作者帕斯卡尔·卡珊诺娃提出了一个新颖的"世界文学"

---

[1] M. Ryan, *Literary Theory: A Practical Introduction*, Blackwell Publishers, 2002.

观。她将世界文学看成是一个整一的、在时间中流变发展着的空间,拥有自己的"中心"与"边缘"、"首都"与"边疆",世界文学并不总是与世界政治版图相吻合。作者分析具体作家与流派进入世界文学精华的模式,考察文学"资本"的积累过程,并以乔伊斯、卡夫卡、福克纳、贝克特、易卜生、米肖、陀思妥耶夫斯基、纳博科夫等大作家的创作为个案,探讨民族文学在全球结构中的身份化问题。卡珊诺娃着力于世界文学发育机制的理论思考,对过去习见的"民族性"与"世界性"与当下时尚的"本土化"与"全球化"的二元对立的思维范式均有所突破。这是属于以个案研究进入"当代文学理论前沿"思索的一部力作。

在英国——《现代西方文学观念简史》(1999)。

该书系英国著名文学教授彼得·威德森教授所作,Routledge 1999年版。威德森多年致力于高校文学理论教材建设,曾与 E. M. Forster 合著《当代文学理论》,并与 Raman Selden 教授合著已5次再版、影响甚大的《当代文学理论导读》。《现代西方文学观念简史》全书包括六章,分述什么是"文学"? 某些定义与非定义;"文学"曾经是什么? 一部概念史,第一部分:悖论的起源;"文学"有何变化? 一部概念史,第二部分:20世纪60年代;"文学性"是什么;"文学性"的用途新的故事。

在《现代西方文学观念简史》中,威德森以深入浅出的文字阐述"文学"曾经是什么、"文学/有文学性的"其现今所指是什么,对于作为一种文化概念的"文学"的历史即文学观念的演变轨迹,作了相当清晰的检视与梳理,对于"文学/有文学性的"在当今时代可能具有的内涵、地位与功能作了相当理性的思索,并举例阐明由"文学/有文学性的"这一术语所引发的种种理论争鸣,提出在新世纪的文化空间里"文学/有文学性的"之可能的功用或潜在的所指。不难看出,威德森的这本"文学"实际上可以作为一部"现代西方文学观念简史",而用于文学理论的教学与研究之参考。

新世纪伊始,中国社会科学院文学理论研究中心就积极面对当代国外文论发育的多声部性与多形态性,积极面对当下国内文论发育的生态失衡——我们在国外文论的研究上往往驻足于思潮的"跟踪"、时尚的"接轨",在国外文论的借鉴上时不时地就失之于"偏食"甚至"偏执"的现状,而以其对国外文学理论展开多语种检阅与跨文化研究的视界,以其多方位参照深度开采吸纳精华的宗旨,启动"集中引进一批国外新近面世且备受欢迎的文学理论教材力作"的译介项目,推出一套《当代国外文论教材精品系列》,对国外同行在"文学"、"文学理论"、"文学理论关键词"与"文学理论名家名说大学派"这几个基本环节上的反思与梳理、检阅与审视的最新成果,加以比较系统的介绍,以期拓展文论研究的视野,丰富文论探索的资源,而服务于我国高校文学理论的教学与研究的深化,来推动我国的文学理论学科建设。经过好几个春夏秋冬的准备,中国社会科学院文学理论研究中心与北京师范大学外文学院、湖南师范大学文学院、北京大学出版社联手,推出本系列第一辑。在这迎春瑞雪滋润大地的时节呈现在读者面前的,分别由刘象愚、钱竞、赵炎秋、周启超主译的这四种著作,就是这一系列的开篇。这一系列是开放的,但愿这开篇会引发我们对国外文论精品成果更为深入的开采,更愿我们的开采能对那些仍坚守在文学理论园地耕耘不辍的高校同行的教学与研究有所裨益。我们深信,文学理论没有也不可能终结或消亡,只要文学不终结不消亡。我们坚信,只要我们坚持多方位地吸纳,有深度地开采,在开放中有所恪守,在反思中有所建构,就会迎来文学理论新的春天。

2006 年春

感 谢 词

在眼前的这样一部书中,要是没有从其他第一手著作中有所借鉴的话,反而会是一件令人奇怪的事情了。而且,虽说有一种做法要比昏头昏脑地陷入对于一己著作的迷恋来得好,但我还是要赶紧向读者保证,我之所以在这里这样做(即说明本书一些篇章的来历,表明作者的诚实,也有助于读者的查询参考——本书翻译者注),也代表了那些最初推荐此书出版的人。因此,就此开始吧。谁都有可能记住这么一篇文章,其标题是《历史与文学"价值":如果有读者亚当·贝德与塞勒姆教堂》,作者是本人、保罗·斯提根特以及彼得·布鲁克,刊登在《文学与历史》(5:1,春季号,1979)。还有,就是在彼得·哈姆、保罗·斯提根特以及彼得·威德森编辑而后又重印的《通俗小说:在历史与文学中的论文》(伦敦:马休恩出版社,1986)中,读者会发现这与本书第五章论亚当·贝德的部分极为相似。同样的,阅读过第一章里论及"新批评,道德形式主义与F.R.利维斯"的人,或是读过其他一点资料的人,也会在另一本书的第二、第三章里听到回声,这就是《当代文学理论导读》(作者塞尔登、威德森、布鲁克。海默尔·汉姆斯泰德:普伦提斯·霍尔、哈韦斯特·惠特斯希弗出版社,1997)。如果有读者读过我对于《论德伯家的苔丝资料集》所撰写的介绍性文章,读过我的文集《论托马斯·哈代:早期及晚近论文》(贝辛斯托克:麦克米伦,1993)(后来又收载在查尔斯·派迪特所编辑的《托马斯·哈代研究的新视角》(贝辛斯托克:马克米伦,1994)中)的话,就会在本书的第四章"幻想时刻"部分辨认出来。除此之外,人们也就免除了担心,即认为这本书里仅仅是对于托马斯·哈代的谈论,或者认为在这部书里省略掉了他。在本书的第四和第五章专论雷蒙德·利维斯第一次看到曙光的部分,以十分不同的方式,区别于诸如《过去的创造》这样的文章(收在《时代高等教育增刊》出版于1990年11月30日)。还有,就是《新故事:小说、历史和现代世界》,刊载于《批评调查》(7:1,1996:3—17页),而后者曾经收在一个扩充了的版本之讨论加拉汉·斯威夫特长篇小说《超越世界》的章节中了,这又可见之于本书的第五章。在本书的第四章里的一个部分,也曾经以1998年2月在剑桥大学的《关于雷蒙德·威廉斯的纪念演说》的方式出现过了。至于我对威廉斯的大作所欠下的智慧上的债务,以及对于特里·伊格尔顿欠下的同样债务,在本书中更是历历在目了。

我要将这部"文学"献给布瑞安·多伊尔。他的过早去世使所有认识他的人都感到了深深的刺痛。他作为20世纪70年代后期伦敦泰姆斯综合学院的一位"成熟"的本科生,就对"文学"持有一种健康的不尊敬,而且,我可以确定,他对于用"文学"作为标题的这部书赠献给他所具有的反讽意味,也一定会感到有趣的。我想说明,我将在这部书的尾注里表达对于他的大作所欠下的"债务"。此外我要致以谢忱的,是我的同事,即切尔特海姆及格罗塞斯特高等教育学院的"英语"专业的同事们。是为了他们对于我以及这部书的推动,为了他们告诉我应当读哪些东西,为了他们持久的、善意的幽默与支持。有两位同事必须单独提出来致以特殊的谢意,一位是施伊德·曼祖鲁尔·伊斯拉姆,他阅读了这部书的早期文稿,并且给予了富于穿透力的评论;而西蒙·邓提斯也做了同样的事情。如果没有他们的日复一日的鼓励、严格的批评,以及开心打趣,这部书的写作就会灰暗无趣了。还要予以致谢的,是一位新朋友,伊克斯特大学的雷金妮亚·贾格尼尔教授,她阅读了书稿,并且对第二、第三章中涉及的美国文学元素提出了忠告。当然,还要感谢的是"新批评术语"丛书的主编约翰·德拉卡基斯,感谢他不曾休止的鼓励,感谢他作为编辑的那些琐细而恳切的接触以及校正,感谢他对于我这部书的最终定型所起的作用。最后,要向洁恩和汤姆致以谢意和爱意,对他们两个人而言,在过去的岁月里,我重复来重复去的那句"我那本儿论文学的小书",恐怕对于他们的感官、他们令人喜欢的社交天性,都是令人不好受的钟声了。

第一章 什么是"文学"？
某些定义与非定义

因为自己面临着在一个大题目——"文学"之下写一本小书这么一种尴尬而可笑的任务，这不禁让我想起一部我很欣赏的电影片名——梅尔·布鲁克斯（Mel Brookes）的《世界的历史》（*A History of the World*）（第一部）。要知道，在整个世界范围里，在那么久远的时段中，曾经产生过不计其数的文学。更为糟糕的是，还有过不计其数的著述谈论过这些个文学，孰知当从何处起头，何处收尾，又当如何从中穿插，这样一来，我这本书就休想超越原初的构思了。是啊，就是要写这么一本小书。不过，幸而还有一点头绪：正因为这应当是一本小书，就其本性而言，它只能做适当的事，并且也就只能是某种类型的书。比如说，它决不应该写成大部头，不必承担大部头著作所必定应承担的权威性定本的许诺。我宁愿将目前的研究看成一篇论文、一种有长度限制的著作，由片段构成的整体（有点像带注释的词典），作为一种尝试、一种努力、一种试验性的企图去界定，当然，不是去界定"文学是什么"，而是对于站在新千年开端的我们自己，力求暂且去弄明白文学可能意味着什么。

既然如此，根据导言写作的惯例，让我先来谈一下这本小册子不是什么。它不打算卷入那种卷帙浩繁的、以美学为动力的关于"什么是文学"的论争。对问题做出这样的说明，揭示了一种将文学概念化的方式，而这与我的立项意图恰恰相反。它既不应当是从荷马到海勒①的多姿多彩的文学史,也不应当是从柏拉图到福柯这千百年来概念千变万化的文学批评史或是文学理论史。当然了,作为总体论述的一部分,本书还要提供关于"文学"这个术语的变动着的观念的简要历史陈述。进一步说,这本小册子的主要设想是,在一般文化生产的范围内思考文学的当代性,包括它的本性、它的产地、它的功能。迄今为止我还是继续称其为文学(literature),然而,就我自己的意愿而言,则宁肯称之为"有文学性的"(the literary)的领域。

在20世纪后期,"文学"作为一个概念、一个术语,已然大成问题了。一方面是由于意识形态的污染把它视为高档文化之典范(canon);要么相反,通过激进批评理论的去神秘化(demystification)和解构,使之成为不适用的,至少是没有拐弯抹角的辩护。也许,就剩下一条路好走了,就是作为过往(passé)的呈现或确有的缺席,使之"处于被抹去状态",即"文学"。究竟发生了什么,为什么会这么一而再、再而三地沿用这已经受到玷污的称谓,挥舞这破旧不堪的旗帜?看来,这似乎表明它依然是人类活动与经验至关重要的组成部分,这也就表明,需要将"文学"拯救出来,使之再度获得资格,这总比不尴不尬地混迹在近来盛行的诸如"写作"、"修辞"、"话语"或"文化产品"泛泛的称谓之中好一点。正因为这样,我才同意特里·伊格尔顿的如下说法:"文学的确应当重新置于一般文化生产的领域;但是,这种文化生产的每一种样式都需要它自己的符号学,因此也就不会混同于那些普泛的'文化'话语。"(伊格尔顿[1976]1978:166)

现在让我从观察一些细节入手,看一看在当代文本中关于"文学"这个词自身的情况。不用说别的,单单是这个词就可以向我们

---

① 海勒(Joseph Heller,1923—),小说家,生于纽约,著有《第22条军规》(1961)等著名小说。——译者

提供某些我曾笨拙地称为"定义或非定义"的东西,让我们对这些在流行用法、通常说法中经常出现的、严重驯服化(naturalised)了的术语提出质疑吧。如果我向读者提交下列语句,而又避免提供任何解释性的语境,那么,读者们是否还能够弄明白?是否还能够说:"此时此刻我正在这个课题方面阅读一些有趣的文学"?

- 作以下的假定是否公平呢?假如作为一个大学生,正在阅读长篇小说、诗歌以及戏剧作品,而这又是我的文学课程的内容,那么,是否可以用学生的口吻说:"我正在学校里弄文学呢!"
- 我可以阅读一些论及这些文学文本的"二手的"批评文献(critical literature)吗?例如说:"我需要看点儿论狄更斯的文献(the literature on Dickens)来写我的论文。"
- 作为本书的作者,我可以准确地就"文学是什么"这个问题讨论那形形色色的、有趣的理论性文学(theoretical literature)吗?
- 也许我是一个正在展露才华的作家,而又打算通过阅读小说进入文学专业领域,那么,就会关注一个年轻人怎么才能成为小说家的问题("青年男/女艺术家的肖像"):"等我长大了,我会下决心进入文学。"
- 我也许是一个持有月票的乘车者(受雇于旅游服务公司),可能会跟一些在车站书摊上买书消磨时间的人谈论起某一类文学,例如小说、日记、自传之类。由于喜好偏爱的缘故,有的人会将话题转向加勒比,问道:"我能读到什么你提到的关于加勒比的文学吗?"
- 我还是那个持有月票的乘车者,正在研读关于冰箱冷冻的营销或是技术文字(literature),所以会说:"在我到麦科尔斯非尔德之前,我必须让自己熟悉关于商业冷冻的文字(literature)。"

第一章 什么是"文学"?某些定义与非定义

当然,如果超越语境的话,我还能谈论一大堆诸如此类的事情,这样一来事情就很明显了,"文学"这个词可以有许许多多的用法。然而,在通常的用法中,区别是从事实当中抽取或是依靠事实获得征兆的。比如说,我们从批评的、理论的或是从营销的角度谈论文学的时候,我们会倾向把定冠词放在文学这个词的前面(the literature),会说:"我正在读关于什么什么的文学(the literature)。"可是,在我们碰到那些"有文学性的"写作的时候,就不会考虑这一点,所以要表述一些未经解释的一般特征的时候,就会变成这样的语句:"在我有闲暇的时候我挺爱读点文学的",或是:"我正在那所大学里学文学。"但是,请注意,在此我已经把这一般特征又向前推进了一步,在第一个例子里,"文学"用的是小写(literature),在第二个例子里,则用的是大写(Literature)。这印刷排版上些微的变动对于本书而言却是事关重大。不过,我情愿下个赌注,你们当中的大多数人最好把大写的文学存于脑海里而又用它作为依据,以便弄明白小写的文学这个词现在又表明着什么。

　　有着大写"L"和引号的"文学"在这里表明的是具有全球性文学写作实体的概念,一直以来它都是被公认为合格的概念,在这里可以直接借用马修·阿诺德(Matthew Arnold)的著名说法,"文学一直是为全世界所熟知和谈论的最好的事物。"[1](阿诺德[1869]1971:6)它可以归结为审美和伦理的最高成就,而且对人类来说,也获得了作为形式与道德样板的普泛资源的地位。正如本·约翰逊(Ben Johnson)谈到莎士比亚著作时所说的,"它不属于一个时期,而是与天地共存的";又如埃兹拉·庞德(Ezra Pound)所说的,"这是常新的新闻",[2]有时作家和作品可以被包含在民族文学的范畴内,但或许因此而不能使其进入"世界"文学的范畴,而且,这

---

[1] 如查找关于阿诺德这一说法的进一步资料,可参阅原作第二章,第37—41页。
[2] 本·约翰逊:《致我心爱的记忆——作家威廉·莎士比亚》,置于莎士比亚戏剧集(1623)第一版卷首的一首诗;埃兹拉·庞德:《阅读ABC》(1934),第二章。

还会引起某些关于哪些作家、哪些作品是否应当包括进去之类的并不重要的争论,虽然如此,这里还是坚持同一个评估标准。我们也应该承认,正是由于这种作家和文本的调配才构成了"古典"、"伟大传统"、"经典",而且应该看到这种确定作家、作品的标准也为所有中学、大学的教学大纲所采用。从另一方面说,有着小写"l"和引号的"文学",既有可能被我以一种漫不经心、没有倾向的方式使用,也可能出现在那些不大注意鉴别的文集大全中,而它的意思不过是表明此类文集尚有些文学性可言(稍后将有更充分的解释),这也就表明这个词深知自身其实属于相对于"创造性"或"想象性"写作这种人工技巧而言的不同领域,不过是写作性交流的一种远为平凡普通的形式。

如果我们现在回到词典和其他的参考书就会发现,这些词书确定和扩展了许许多多的定义,这一点已经由我先前编造的语句的注释所证实。《牛津英语词典》(*The Oxford English Dictionary*)给文学这个词提供了一系列的定义,我会不时回到词典,甚至回到词义的语源学意义(在第二章里会涉及其历史上的位置),现在,就来看一下词典给出的第一层意义吧。

1. 对学问或书籍的了解;有教养或合乎人道的学识;文学性的文化。今天已经少见或废弃不用。

由于后面的附加说明,这一词义已经不是我们在前边碰到的那种用法,但是,它作为这个词的主要意思在我们观察对此的基本理解是何时又怎样发展演变的又有很重要的意义(这应该在《牛津英语词典》3a 处的注释中查到。定义则有如下述。)第二层含义是:

2. 文学性作品或产品;写作者的活动或专业;学识领域。

我们注意到,这层含义依然活跃在我们的日常生活的用法中,但是,也许值得将"作品"(work)这个词在此理解为生产某种文学性产品(work)的活动中的那个"产品"(问题不在于产品这个词自身而是它所从属的、紧随其后的意义:"文学作品"),因此,这也就不再是我曾经假定你们大多数记在心中的那个主要意思了。后者事实上就是《牛津英语词典》所提供的第三义中的3a条的内容,但是,我想暂且存而不论,直到我们留意到3b和3c之后再说,这样就可以把我们更方便地引导到对于本书核心处所存问题的充分解释之中了。3b和3c的内容可以分述如下:"处理特殊领域的写作与书籍实体"(正如此前提到过的"关于什么什么的文学……"这样批评的、理论的、技术性的用法);以及"口语体的,任何一种印刷出来的东西"(在先前我并没有给出这样的例子,但是3b的口语多样性是显而易见的,例如"一大堆广告文学材料今天早上扔在了我的信箱里")。

虽说上述这两种定义尤其是3b都属于眼下广泛的用法,这也正是《牛津英语词典》3a的意思(缺乏直接意义上的条目),而这也正是我们的文化里或许可以探讨的原初意义与优先意义:

3a. 文学生产作为整体;产生于特定国家或特定时期,或是产生于泛指世界的写作出来的实体。现在也具有更为限定的含义,应用于声称在形式美或情感效果领域思索的写作……

……这层意义晚近出现在英语和法语中。

现在,我们会感到有点入门了,我们的确有了"英语文学"、"法语文学"、"18世纪文学"、"当代文学"、"世界文学"——"文学",这个我们所熟悉的词义终于确定了,所有那些创造性写作的一般范畴我们都能够辨认了。关于这一层意义的更为充分的分析将在稍后给出,而现在让我们先将关于《牛津英语词典》定义的两个要点记下来。第一点,在它中止其描述性转而具有评价性时就会出问题,例如,在词典定义的第二句里是"更为限定的意义",这就有点含混不清,因为这种说法力图表明"文学"这个词的范围是受到限制的,如果它仅仅应用在词典条目所描述的种类上。因此,我们可以设想,这样去描述文学,是给这个词义以最小程度的限制,而又在尽可能大的范围里通行。但是,恰好是在关系到文学可能拥有的特质称谓方面开始出现真正的问题了,例如,"在形式美或情感效果领域"这句话究竟是什么意思?又比如,"美"是什么,怎么界定它,我们怎么认识美,它对所有的人都是一样的吗?它是先天的还是后天习得的?那么,再比如,"形式"又是什么?就算是将任何一部词典对这个词可能给出的意义加在一起,想要达到精确也将是异常困难的。就算是诸如"存在的样态"、"排列的样态"、"在音乐、文学等中的结构性整体"、"事物得以构成的基本要素"这些说法尚属恰当,这依然会给我们留下数不清的问题。例如,形式可以和内容分离吗?写作出片段但不是"整体"就不算是文学了?如果说,文学作品没有形式就不能存在,那么我们怎么辨别那些像美这样的形式,或是那些非美的形式,这岂不是快速回到我们原先预留的关于"美"的观念的麻烦问题了吗?或许,"情感效果"的说法特别适用于文学的"限定的含义"(想一想那些"催泪弹小说"、"恐怖小说"和"色情文学"吧)?要不然,是指《牛津英语词典》所指的"情感效果……的美"?那么,在这种情况下,我们又怎么区别对待有还是没有所谓情感效果呢?如此等等。

我们在这里所看到的都属于"文学"概念的特征(有着大写字母的),这些特征往往是潜在的、局部的、不准确的,但又是被采纳进来成为其定义不可缺少的方面,最低限度也是与晚近定义密切相关的。至于应当注意的词典条目的第二点,是附在下方的注:"这一层意义是在最近才出现的"。关于描述其出现的时间及其意味将放在下一章进行,不过这里顺便提一句,所谓"最近"指的大致是19世纪与20世纪。因此,这更是历史建构的概念,而不是什么"本质的"、"原初的"概念,所以,"文"(the literary)的观念(例如,写作将自己同普通的交流话语相区别)由来已久,源自古代,而"文学"的概念在"限定的意义"上则并非如此,是后起的。换句话说,事物在所有的文化时代都是可以认识的,而概念、术语就不是这样。比如说,莎士比亚也许会有我所说的"文"的概念(尽管他会像其他同代人那样想到Poesie/Poetrie这样的字眼——参见本书英文版第二章第26—27页,第33—34页),但是,他不会想到"文学"这个词。理查德·特里(Richard Terry)曾经争论道,试图将"一个词的历史与一个概念的历史合而为一并使之相互协调"恰恰是一个错误(特里,1997:84),他又提出,在16世纪末的英格兰不仅有可以辨认的文学观念存在,而且也有一个建构英语文学作品典范的清晰过程,虽说这个词不一定会像我们用的"文学"这个术语来得高雅(同上书,第94—98页)。

为了强化在这个词语上的问题感,我们可以转向其他一些现代参考书。在新编《大英百科全书》简编本里,这个条目如下:"某个写作成品的实体,这个称谓用于诗歌、散文的想象性作品,依据其作者的意图及其完成的精良程度来确定。"[①]按照这种说法,那么戏剧就不算文学了(这么做是为了表达对莎士比亚的敬意?);在这里又将"想象"的观念视为文学性写作的定义特征(参见该书第17—18页);而且,要"依据其作者的意图"来确定作品也是不公正的。就算是不去考虑持续了近50年而又至今无解的"国际谬误"(International Fallacy)之争,在这里也无从辨明怎么才能靠作家的意图来确定文学作品(是否有这么一种东西可以自动检测一个作品是否算是文学,或者,是否有这么一种可检测的意图使作品得

[①] 见《大英百科全书》简编本,第15版,1985年,第7卷,第398页,"文学"条。

以确定并认定为文学的?)。最后,我们再回过头来看这一句,"其(这是指作品还是指作家意图?)完成的精良程度",这样一种价值判断可以说存在着与《牛津英语词典》的"形式美"那种同样显而易见的定义性问题。然而,我们将要留在稍后讨论的,正是这种判断标准与评价标准以某种结构的方式(通常是模糊而未经检验的)被安置在这个文学的定义里了。

正如《大英百科全书》(详编本)中"文学的艺术"标题所示,这个说法其实更为偏颇。在"文学"这个定义尚不可陈述,还在摸索之中的时候,词典的条目却提到了一些单独的例证,说:"如果一定的写作形式[未详细说明]具有可称为艺术性品质的某些东西,就可以认为是成功的;反之,则是失败的。相对于界定艺术性品质的本质而言,认识它则较为容易(着重号为本书作者所加)。"[①]在这里,将未经论证的假定视为当然,确实令人震惊,比如说,"艺术性品质"居然用具有实在性的"某些东西"的说法混充过去,而又偏偏说它"被称为艺术性的品质"。更有甚者,词条的作者不能去"界定",反倒能直觉地"认识"。这样做是不是太武断了,而且将这样的文学批评精英姿态置于一个假定性的价值判断的核心地位,就有如我在前面指出的,这种价值判断是被结构到"文学"这一常规定义中的,这样一来,所谓"文学性"作品就被想象为一定会包含它们自己天生的"艺术性品质"了,而这一品质是或隐或显的;是属于有趣味"认知"能力者的。这种围绕着定义真空的循环争论,事实上表明,所谓"艺术性品质"对那些将其归结为自明的人来说,从一开始就已经是不证自明的了。正如特里·伊格尔顿所阐明的,"有价值的文本和有价值的读者是可以互换的……有价值的读者之所以有价值,是因为文本的缘故,而文本之所以有价值,又是由读者因素构成的;意识形态价值被置于(大)传统,而又作为某种经过形

---

① 见《大英百科全书》详编本,第15版,1985年,第23卷,"文学的艺术"条,第87页,随后的相关资料可见文本中括号里的数码。

而上学认可的批评价值再次进入现实。这种同义反复的称谓,就是文学……"(伊格尔顿[1976]1978:164)。具有讽刺意味的是,唯一对于我的项目有帮助的偏偏是我从《大英百科全书》条目中抽取的作者那令人感动的表白:"由于现代文明词汇俯拾皆是(像某种害虫),致使对于文学进行分类越来越困难了",而且,由于将"文学作为一个整体,而在其各个部分中又有多种多样的事物与多种多样的作家、批评家、文学史家相关",这就使得将这些受损的原材料进行分类"进一步复杂化"了(87,86)。这恰恰是问题的核心所在。

事到如今,即使是最彻底的文学批评家也不会轻易接受那种单一的"文学"观念了,或是认为关于文学这个概念只能有一种基本定义,即只存在某种天生的、自我确证的文学"要素"的定义。词条作者上述奇特而不可靠的词语,即"文学作为一个整体,而在其各个部分中"的说法已经表明了文学的非正统本性,表明了事实上的确存在许许多多的文学而不是只有一个单一的文学。然而,承认对不同的人来说文学意味着不同的事物,只是传递了一个当代认识的信号,这就是说,尽管是默认的、下意识的,或是不会公开承认的,我们也必须接受这一点。理论的位能导致出现了"多种多样的作家、批评家以及文学史家"通过界定的方式,以及对"文学性"(literariness)进行"客观性"研究,可以说这就形成了两种有效处理的景观。我也许要补充的是,现代批评理论(我们将在第三章中见到)提出,文学文本事实上都在每一个读者的每一次阅读行为中进行"重写",而这并非依靠专业分析的过程,所谓文学其实就是在作者、文本、读者这三者没有穷尽的、不稳定的辩证关系之历史中不断重构的。这正如文本写完和印刷之后作者对文本的控制和权威也就因此放弃了一样,所以读者所处的阅读地位无论是在整个历史中还是在其所处文化位置的任何既定时刻,都是十分不同的,而且所谓"文本"也就成为了上述种种差异的产物。这阅读地位一直以来究竟是怎样的,尤其是过去30年前后的情况如何,怎么给予比较充分的理论批评说明,以及我刚刚陈述的这些意味着什么,将会是第三章的课题。至于眼前,我要做的不过是申述事实,指出所谓"文学",只是一个非常靠不住的词语,完全有理由给它打上一个叉。

在此对参考书所做的最后一次挑剔也许会让某些对文学的定义或非定义的其他关键词更加显眼,虽说这对延续我的讨论有所裨益。在《牛津英国语言指南》(*The Oxford Companion to the English Language*)(一般而言他是优秀的)中的词条确认了这个词语的两个通行的意义,这也就是我们已经碰到过的这两条:"(1)通过语言的艺术创造及其产品:法语文学,英语中的文学等等(2)某一主题或组群的文本:科技文学,计算机上的新近文学"——这里又标明说后者"是眼下流行的次要意义,而前者才是这个术语的具有历史优先性的意义"。①在定义的第一层意义中,"艺术"这个词似乎是在回避问题,对此我将在稍后予以回应,眼前先来公平地看一下"创造"这个词吧。这里的词义具有"创造中"(creating)的积极意义,而不仅是作为一个实名词(substantive noun),这也才使得后继的短语"及其产品"得以成立,具有了"创造物"(creations)这样的意思。不过,值得指出的是,附加语"通过语言"却是迄今为止我们见到的重要的补充,因此也就成了我的研究得以延续的关键事物。在"'有文学性的'文学"的标题之下,这部词典在随后的段落中很有趣地证实了我的判断:"准确地界定文学的最初意义或是对这个词的用法给予严格限制是不可能的。"然而,它却又迅速地滑到一个大成问题的、当然也有可能会大有成果的定义中去了:

---

① 《牛津英国语言指南》,汤姆·麦克阿瑟编,牛津:牛津大学出版社,1992年,"文学"词条(由雷蒙德·查普曼(Raymond Chapman)写成),第619—620页。随后的相关资料可见文本中括号里的数码。

> 对于某一主题的文学性处理要求想象力的创造性运用：某些事物是与"真实"经验相关而得以建构的，但是并不一定按照相同的顺序。在语言中创造的一切都只能是通过语言的，而且，文本除了它自身之外，并非现实。
>
> （620）

在此，我们曾经见到过的"创造性"与"想象"又再次露面了，但是，现在这个大成问题的观念又因为文学在语言中的结构而偶然地与"现实"相关了。文学，在这里不知为什么间接联系到"真实"（real），而又由于它是由语言构成的，所以有着与现实不同的顺序。我希望暂且保留这些概念，因为在我想拿出我自己关于"文学"的工作定义（working definition）的时候，这些概念就需要予以强调了。

但是，对于《牛津英国语言指南》的词条给予最后的评论时，给我们提示了"文学"构成的一个关键术语：

> "文学"这个词语通常用于对某种作品的认可，这种作品被认为具有艺术的品质，对这种作品的评价可能依据社会的、语言的以及审美的因素。如若有关的质量标准日益精确，那么某种典范就会出现，对哪些应当吸纳、哪些应当排除予以限制，而且，某一社会或群体的成员由于种种不同程度的压力或是因为种种成功的缘故可能被要求接受这一而非其他典范。
>
> （同上）

请你们记住，"艺术性品质"再度出现了，并留意"社会的、语言的以及审美的因素"这句话，同时也认真思索一下这一表述："如若有关的质量标准日益精确……"但是，说到底我们还是会碰到这个具有排他性的概念"典范"。正是因为我们注意到"文学"最终会将价值判断(从现在起这个词就会简化为"文学价值(literary value)")归入定义本身,所以也就会接受"典范"的概念。确实,很难设想缺少了它会怎么样。"文学"要求对"伟大作品"的鉴定,而它根据事实本身,成为判断其他一切文学性产品的基本标准。为了表明这一点,就必须将它们提升到别的作品之上,而由于作为这种过程的必要反映,那些"别的作品"就从典范中排除出去了。

公平地说,人们会认为,如果说某些作品可能比其他的好一些,或者说依据推断而划出一条界限从而将这些作品与俗众凡流区别开又到底有什么错?可是,问题在于上述典范化的过程是与价值评估话语同出于一源,而这一点我在先前已经考虑到了。这个标准是不准确的、难以解释的、私下假定的,并且是彻头彻尾从外部移植而来的。换句话说,对于已经接受的典范所给出的理由又是依赖着"形式美"、"情感效果"、"艺术的品质"这样的概念,依赖着那些能够"认识"这些特质的人在观察时的判断。再者,这个问题的底线在于这一成规是自我选择的、外设的、来自于作为整体的文学历史。因此,正如我们将在第二章看到的,它是历史地建构的并代表着某些强大的而又坚持不懈的意识形态强制力量与既得利益。如果我们开始提出问题,提问到:是谁构造出典范的,在什么时候,又是为了谁,用的是什么标准,又要达到什么目的——就像批评家、理论家在第三章里所作的对20世纪60年代后期之前的审视那样——在当时,"文学"、"典范"与"文学性价值"这些概念同时遭到"去神秘化",并被动摇了。如果出于什么原因要通过某种方式使这些概念恢复意义,那么对它们也必须彻底地重新思考与重构,不允许它们依然在以往的外观中获得认可。

这样的话,也许有人立刻会说:"好吧,在这种情况下还有什么麻烦呢?为什么不赶紧发明一些全新的东西去填补空白?"对于这样的疑问,我们这本书要给出的答案是——在这本书的许多部分都有必要考虑一个过程,即"文学"的基本意义在过去是怎么建构的,而现在又是怎么解构的,其答案就在于什么是其真正的目的和动力——"文学"包括"有文学性的"是过于深入人心,被过度消费了,在我们的文化里有着过于开放的空间,使得它们没有必要从以往受到损毁的形象中去重塑自身。在第二章和第三章里将分别从历史语源学的角度谈论"文学"的行程与优势,以及晚近是如何对其解构和置换的。但是,正是在第四与第五章中,我准备对"有文学性的"进行再界定并重建其信誉,设法表明所谓"自由空间"在如今的文化主流话语、文化生产形式与交流方式中有什么用处,而且不复有原初的"有文学性的"。我尤其要提出一系列例证去证明文学的用途;表明来自于以往的文学可以继续给我们提供某种"特殊知识"形式;特别是什么样的关于我们自身文化的"新闻"可以依靠当代文学——新闻得到传播,否则的话就会毫无意义,除非是在其文学性表述的具体文本中得以释放。

最后一个词语首先涉及某些我的论证的基础,也就是最基本和无可置疑的前提。迄今为止我已经从三个相互关联的核心定义的素材中抽取出那些必须能自我支撑的概念术语:"文学"、"文学价值"和"典范"。作为开头,我本应在这里依次陈述我对于其中任何一个词语的反思态度,这样或许更有实质性,然而我还是希望能说服大家,只能等到在第四章中谈到"有文学性的"(the literary)时才能一一说明。

关于文学

在这本书中,与文学相关的是"书写作品"(*written* works),通过使用这个词我想表明的是,所谓作品,它们最初的形式以及在其参照系的终点都是作为书写文本而存在的,不过许多独立的文本是可以通过非书写形式表现或表演的,是可以生产或再生产的(由此可见,戏剧而不是电影脚本,诗歌表演与音乐中的诗歌成分而不是歌曲中的歌词)。我提出的假设是存在着一个人类活动与生产的领域,人们在这些领域中小心地选择运用那些可以与其他书写交流形式相区别的书面语言,最为明显的样式是:诗歌、散文体小说与戏剧。这些样式的读者因此对那些具有"文学性"(literary)自我意识的存在形态较为敏感,例如18世纪的挽歌或表演性诗歌,维多利亚时代的长篇小说或当代小说,文艺复兴时期的悲剧或街头剧。因此我也就不考虑小册子、史籍、期刊、日记、汽车指南、餐馆菜单、冰箱推销文学、传记、啤酒杯垫上的语句,虽说也知道这些玩意儿或多或少也有些"文学"特色可言(比如说,在风格上或是在其修辞格的运用上),而且在其语言写作方式上同文学性文本也难以区别。在这一点上我接受并保留上两个世纪定义的"美学性"(aestheticisation),将文学看成技巧人工的(artificial)领域内的运作,例如在最广阔意义上的"虚构"(fictive)。

我也了解语言理论和批评理论的多种变化所面临的难处(罗杰·富勒(Roger Fowler)在他的《罗特里奇文学与批评百科全书》(*Encyclopaedia of Literature and Criticism*)的"文学"词条中做出了有益的简要叙述),它们摆在某种断断续续的"虚构"文学领域的定义面前:徘徊于"虚构"与"非虚构"、"文学性"与"非文学性"的文本之间。从语言学的角度看,所有这些文本都享有相似的文本特色并展现相似的修辞风格。所以,某一个"实际的"文本,从它的"文本语义学"的方式说,在话语结构上都是一个"文学性"的文本(富勒,1990:16)。尽管如此,我还是愿意坚持认为我对术语、概念的区分是文化意义上的(或是"功能意义"上的)而不是语言学意义上的(或是"本体论意义"上的),因此,虽然可以接受富勒所说的关于寻求某种"单一或系列语言标准"而试图从"非文学"样式和文本中筛选出"文学"来是过于烦琐细碎的警告(22),我还是坚持认为,"文学"作为一个概念应当保留它丰富多彩的文化意义,而且它还是一个我要在此加以运用的功能性概念。那么,可以说在有一点上我同意富勒的意见,也就是说,如果将文学理论研究和关于"'文学'的美学界定研究拖进数不清的死胡同,那完全是一种智慧能量的浪费"(23);但是,当他说道:"如果我们消除了'文学'的复杂性,那么在理解这些事物时[例如,"区分出文本并不是像通常那样地包含在'文学'中,而对于它们来说又会拥有相似的特征"],进展就会更加便利"(5)的时候,我又不同意他的意见了。

彼得·墨菲(Peter Murphy)在论诗(通常而言,对于我所说的"文学性"掌握得不错)时曾经写到,"如果某种特色因素是人们在写作时为了区别于其他写作形式时所选择出来的"(墨非,1993:3),那么,"我们就必须找到一种讨论方法弄清楚究竟是什么使得诗歌与其他的写作形式区别开的"(7)。然而,我并不想急匆匆地沿着那种重新组装的人文意味的形式主义道路走下去,而墨非似乎倒很赞成这条路。公平地说,如果我所说的有一点"新美学"或"新形式主义"——主要在美国流行(参见第三章)——的味道,我就立刻会说,我并不赞同回归到"字母审美派"(原文为 belles-lettrism,法语词,belles 指"美的",lettrism 指法国的一个现代诗歌流派,认为诗歌的意义在字母而不在词。译者注),而且这也正是坚定的文化唯物主义立场——在一定程度上公然抛弃了任何关于文学性的"基本"观念,而且在假设中断言,文学无论是其功用还是它的定义都一定是历史具体的。的确,就是像托尼·班尼特(Tony Bennett)这样一位对"文学"这一美学概念提出质疑的最为坚定的当代批评家(无论是理想主义的还是马克思主义的),也应该会发现"文学"这个概念与他研究的"文学之外"的项目是互相紧密关联的。这个项目"充满了远为具体的'文学'存在",并不那么美学理论化,而是"更为确切地将它认定为历史具体的、文本作用与文本效果得到有序组织的领域"(班尼特,1990:10)。尽管如此,我还是可以继续遵从墨非,他说道:"对于我们来说,在需要对作家加以区别的时候,就会有很高的批评价值",并要求做出价值判断

(墨非,1993:2),因为,否则的话我们就会丧失所有了解与展示差异的优势,就只能面对着一大团混沌无差别的"写作"(writing)而无从发挥作用。在后面(本书英文版第20—21页)讨论文学价值的时候,我还会重新提到墨非的这一论点。

我还认为,我此刻从《牛津英国语言指南》的词条中顺便挪用的一些术语对于界定什么是"文学"活动很有可能是必要的,因为据称这些"有创造性的"和"有想象性的"产品都是制成(made-up)的,关于"制成"这个词《牛津英语指南》则将其界定为:"策划"(to concoct)、"发明"(to invent)、"创构"(to fabricate)[当然,是在凭借技艺与劳作将其整合的意义上]以及"创制"(to compose),因此,这又是"一项发明成果或是一部虚构作品(an invention or fiction)",进一步说,它们又是"原创的"(original),是独一无二的发明。换句话说,它们的独特性构成了它们的原创性。我还进一步认为,它们是一种写作语言结构,也就是说是由语言结构组成了某种"现实",(换言之,这种"现实"作为编码进入了其"组装结构",当然,它们也暗中指向了超越自身的某种现实)。同样,它们又是"想象的"(想象力的产品),它们与物质世界中的经验现实的关系完全是依赖其神思巧技而存在的。至于"诗人"与"诗艺"这些词语的最初起源——这些用于文学作者与文学写作的词语出现于相对晚近的时期(本书英文版第26—27页)——来自于古希腊时期的"poiein",意思是"制造、创造",这对于我所理解的"文学性"意味着什么具有重要的核心地位。在这里有一个古老的对立面,它介乎于"poiesis"("有创造性的产品",例如,可以"设计"现实的艺术"制作")与"mimesis"("模仿",例如,对于具有"真实性"的现实予以艺术的"表现")之间。在这里,"模仿"的写作的艺术必须合乎逻辑地融合在"有创造性的产品"中,从而集中到我的论证轨迹上。这就把注意力吸引到这样一个事实上来,即所有一切文学都有一个制作现实的原初过程,而且,这一清晰明确的表达恰恰是使读者在第一次就能够感受理解这些(新创构的)"诗意现实"之关键。接下来我在这本书里还会使用这个术语——"poietic"。

  在这里我必须宣布在范围与核心问题上的进一步限制,虽说我的研究课题依然是文学,但既是如此这就意味着文学的全球总量,对此,我的应对就必然是将其限定在定义的历史演变上,限定在文本案例上。由于我将尝试向文学生产时代的广阔领域提供参考,我自己对那些超出了西方文学传统范围及其殖民与后殖民时期文学传播的知识,无论是其定义性的概念还是其文本表现都是太少了。相对而言,正如罗杰·富勒指出的,"文学"这个在"其他欧洲语言里具有同源性"的词,"对于法兰西、日耳曼或是俄罗斯来说,其历史与理论立场都可能是不同的……'文学'是存在的,但在不同的文化中对于文学的认知与意识也是不同的"(富勒,1990:10)。再者,对于这些不同文化的曲折变化我在细节知识上也过于欠缺,这就使得我的参照领域很不全面,因此我自己就要明白,对于现在这个题目的研究主要是英语中心的。因此,我的注意力导向也就是我所称作的"英语中的文学",目的是表明文学的千变万化都是基于一种基本通用的语言,而作为一种结果,当我据此在说某些具体事物(例如"英语成规"或"民族文学")的时候,我将只是使用"英语文学"这个术语。无论如何,应该看到使用"Eng. Lit."这种"英语文学"的缩略形式词语,就其为一直用于表示熟悉可亲的小词而言还不算太过分,进一步说,它依然是一种全球性的文化现实(尤其是在英联邦或前英联邦国家,以及在美国);因此"伟大的"英语作家依然在"世界文学"大纲里,依然在文学的影响、反响、互动等等的国际"交流"中声名显赫;而且,正如马丽琳·布特勒(Marilyn Butler)提出的:"在语言的世界性使用中(由于美国在世界上的主导地位)的文学就是世界文学"(布特勒[1989]1990:10)。

关于文学价值

　　一场范围广阔、异常复杂而又未曾完结的论争在围绕着"文学价值"这个概念,这也就隐含地表明在本书的其余部分将大量涉及这一论争。迄今为止我一直在使用这个词,以检验这些具有鉴别性的价值判断在常规批评话语用于文学作品时的情况如何(常常是不准确的或套语陈词),目的则是去"界定"一部作品的"艺术性品质"并确定它与"成规"的关系。作为对此的反应我曾经提出,"文学价值"应归结到作品自身,这样的话就可以认识到是作品本身包含和显露"文学价值",而不是将文学价值看成是某种外来强加的东西而受到裁断。关于批评/判断"认识"到"文学价值"是作品所固有的这种循环论证还会持续下去,而且由于持有这种被确认了的艺术性品质的判断(而这里有更多的同义反复,参见本书英文版第 10 页),也就可以说,价值的归属构成了批评对象的本质,而对象则是可以被感知的。

　　我基本上将会使用"文学价值"这个术语,用来标明刚刚描述过的过程。但是不应当误解为我会推崇连同洗澡水一起把婴儿扔掉。当然,我要拒绝被那些"无私的"批评家"所认可了的"天赋价值的观念,拒绝按习惯去建造一个驯化了的文本作品等级,去区别哪些是自明的"文学"而哪些却又不是。但是,话又得说回来,我也不会放弃判断和评价的可能。关键点就是这"文学价值"及其产物"成规",拥有优先购买权(pre-empt)的判断,是通过关停(closing down)在成规内对作品的价值分析而做出的,而且还通过廉价抛售(closing out)那些被丢弃在成规外头的"文学"庞然大物来做出的(作者在这一段话里使用了一些商业用语来比附文论。译者注)。正如马丽琳·布特勒所洞察到的,她恳切地要求在当代世界的语境中应当有一部"更加开放的文学历史",而已有典范应当减少文本作品的数量以适合于阅读和研究——使人们能够就这些文本作品提出问题——最终则指出临界点,在何处评价本身受到了威胁:你怎么进行技术操作才能告诉人们谁是主流作家,假如你并不知道谁看上去像是非主流的话(布特勒[1989] 1990:15)。

如果我们废弃这个空洞而又受限制的过程,那么价值判断就会变化多端,而适合于这种变化多端判断的素材就会陡然增加。由于规定了的和明确的理由——明确性在此甚为关键——我们能够说文本 A 比起文本 B 来更为有趣、更为有效、"更好",但是这也涉及我们对其加以评估的目标。而且这个目标可能是多元多样的:

- 作为假日读物,首选的文本会带来更多的愉快;
- 在小说中是一个现实主义的较好例证;
- 是一个典范的文本,因此适合于分析,对它的批评阅读具有广泛性、多样性;
- 是民族文化遗产的重要部分,如果没有它我们就无法理解遗产;
- 是一个为了理解另一个文本而不可缺少的内部文本(inner-text),也是另一个文本的最初参照物;
- 是对同一个诗人的早年诗作做出重复或重写的处理;
- 有助于我们加深对 18 世纪人们关于性(sextuality)态度的理解;
- 是对现代主义戏剧发展具有影响的例证;
- 是有生命力的文学文化的关键成分,那些已经过世的伟大作家对这种文化起到了不同凡响的支撑作用,如此等等。

这样的话,我们就从那种只会简单地说《包法利夫人》绝对比通俗浪漫小说"更好"的静态位置中摆脱出来了,也正因为如此,我们就应当只是关注前者,从而获得我们可以言说(或者相反)的地位,在那些目标明显有所关联的语境中我们才去阅读与研究任何一种文本。不过,这并不会导致那种无差别的相对主义,这是因为这种依靠目标来推动的批评决定和控制在特定环境中的评估层级,不是用那种"爱咋的就咋的"价值判断的自由市场去顶替有着稳定的和绝对的典范标准,实际上,所谓"目标"已经提出了在任何独立案例中都可应用的评估原理。正如我们已经认识到的,如今在大写的"文学"中实际上存在着许许多多的文学,而且批评注意力集中在这诸多文学上,也独立自主地构成了它们的定义——小写的文学。这样,我们又碰上了许多关于"文学价值"的外来定义,并用以顶替单一的、无法确认的、对于任何既定文本而言都是固定不变的"文学价值"的定义。甚至就连毫无疑问属于大写"文学"捍卫者的弗兰克·克莫德(Frank Kermode)都在他那篇冷漠的防卫性论文——《文学中的价值》(布莱克维尔(Blackwell)的《文化批评理论词典》(*A Dictionary of Cultural and Critical Theory*))中,似乎也勉强接受了在认识上存在着某种"激进的自由",承认"价值"是"动态的、相互影响的、随机偶发的",这仅仅是因为这样一种随机性能够允许他伸张他的专家知识并以此作为真实判断的基础(克莫德,1996:551,552,555)。

关于典范

同样,"向典范开火"这个简明短语也并不意味着要简单地破坏或是抛弃典范,恰恰相反,而是要把它作为驯服化的体系来解构。尽管如此,在谈论这一点的时候我当然还是要扮演哈罗德·布鲁姆(Harold Bloom)在他的专著《西方典范》(*The Western Canon*)里称呼的"怨愤学派的成员",这种人居然敢拒绝"审美自主性"(布鲁姆[1994]1995:10),拒绝"面对伟大"(524),胆敢不接受无须质疑的"西方典范"(毋宁说是布鲁姆的典范)。我之所以执拗地乐于充当"怨愤学派的成员"的主要理由就在于接受布鲁姆典范的唯一出路就是不加质疑的信任,原因就在于对此没有产生争论,也没有在一开头提出任何质疑。相反,他的作品的主要智识模式却是急躁的、抱有偏见的、愤愤然的论断,并带有一点用叫喊来保持勇气的味道。这是一种视最驯服、最基本为最佳的模式,当布鲁姆诧异其他艺术之命运的时候,如今这文学也沦落到左派野蛮人的地步了:

> 当怨愤学派在艺术史和艺术批评中成为主流就像它在文学学术中的情况一样时,是不是在我们大家聚在一起观察游击队姑娘们(Guerrilla Girls)拙劣涂抹的当口,马蒂斯(Matisse)就无人问津了?这些问题的精神失常程度已经足够清楚了,尤其是面对出类拔萃的马蒂斯的时候。然而,对于斯特拉文斯基(Stravinsky)而言,就会更有把握地说,他将由于全球芭蕾公司要求政治正确的音乐的缘故而被取而代之。
>
> (527)

注释而尤其是在最后一句话里无意间使用的短语,例如:"足够清楚"、"出类拔萃"之类,都被编入了同一类未经思索的假设中了,就如同那些同样未经检验的批评标准,诸如"艺术的品质"、批评的"认识"之类我们先前见过的概念,而正是这些概念在支撑"文学的价值"、"典范性"等等传统观念。那么,典范是否需要与朋友一道的敌人,就像 90 年代的情况一样?

然而,事已如此,这也就完全有可能接受"典范"的继续存在,只不过就像在以往的文化史中对人工制成品的认可一样。的确,我要大力争辩这一点,因为它已经摆在那里了,因为它曾经是而且现在仍然是我们的文化史中的核心要素。如果我们保留这个"典范"的概念又明白它的构成情况的话,我们就能够理解这文化史的核心要素以及其所指。就是换一种方式,这个"典范"也需要得到研究,就像它同样是不可避免的文化之构成一样。(并非偶然的是,这也能帮助我们了解所谓典范者它大致上是如何构成的,而"典范"暂时也是我尤其关注的对象,这就像弗兰克·克莫德指出的:"任何一种阅读目录也就是一种典范"(克莫德,1996:552),从早先对"伟大作品"激烈的置换,再到如今的漠然视之,也会造成以此一典范去顶替彼一典范的情形。)进一步说,我们还可以争辩说,置身于典范之中的作品——这会比由于它们具有那种先前就不证自明的"伟大"而跻身于此要好一些——总是会被赋予"伟大性"(greatness),或至少可以得到持续的证实,被准确地放置在如下地位:成为"遵守典范的文本",也因此成为其他文学产品的参照物。但是,它们不再是那个"艺术的品质"的标志物了,而是立刻成为过去文化格局中正规的意识形态产品的征候式案例,成为某种价值的案例,被仔细观察,记录在案,从而进入后继的文化再生产的历史之中。

需要补充的是,可以想象一下如果用上面那种不驯服的态度来对待"典范"这一套的话,那么,好些作品也就需要"重读"了,这会把它们从以往的受限制状态中解放出来:

- 例如,华兹华斯的《伤风败俗暗示的颂歌》(Wordsworths "Ode:Intimations of Immortality")就可以被陌生化,而看做一首他在18世纪行将结束时将自己复杂的两难政治境遇写进其中的诗歌。
- 又如,《亚当·贝德》(*Adam Bede*)(本书英文版第141—148页),通过观察其叙事结构方式,可以揭示在19世纪的英格兰那些充斥着妇女性行为的约会以及当时的"妇女问题(Woman Question)"。

第一章 什么是"文学"? 某些定义与非定义

- 再如,《暴风雨》(Tempest)、《曼斯菲尔德庄园》(Mansfield Park)和《简爱》(Jane Eyre)的潜在文本都清楚地表现出某种殖民主义的心态。
- 还有,《德伯家的苔丝》(Tess of d'Urbervilles)作为异类,作为某种风格的断裂,而成为反现实主义的文体。

与此相似的是,我们可能很少考虑那些"伟大"的文学作品是如何变成人们所熟悉的名言语录的,是的,简直是太熟悉了,以至于我们都不去思考原初文本的内部与外在情形都究竟意味着什么,以至于我们把它们看做"自我证明的"、"自我选择的"、"自我界定的"、"有所思而意未达"①的样板(是借用的而又合宜得体的样板)。但是,如果我们进入作品的语境试图去重新发现,而不去顾及它们的名言语录地位,就完全可能在阅读中得到全新的体验——既可以说确实有一些与作品以往的普通用法不同之处,也会由于它们实在太平常而让人惊讶,为什么它们会被推举为"典范的"名言语录而置于一流地位。纳入典范中的作品也同样如此。但是,如果缺少了典范的存在(再变化一下马丽琳·布特勒关于价值评估的论证,本书英文版第 20 页),也就没有文学文化的明显坐标了。记住这一点也许是有益的:这就是当代作家是如何经常地——尤其是那些来自民族群体、社会群体、性群体的作家,也包括他们的先辈事实上是曾经被排除在典范之外的——继续"回写(write back)"到典范文本,所谓"回写",既是以典范文本作为参照点,也是对这些文本的改写和"修订(re-vision)"。

在我对上述这三位一体术语的简短说明中,对于它们具有解放性的解构中所采用的一个程序策略是太普通了。在这"非驯服化"与"陌生化"的过程中,使这样一些范畴——假如提出要求,这

---

① 这些词语均出自亚历山大·蒲柏:《论批评》(1711),l.298。

些范畴是可以重新组合与恢复原状的——回到历史中,则具有根本上的重要性。由于此前的"消解历史"(dehistoricised),它们的制作标记与意义被抹去了,这样一来,它们就的确表现得"驯服"、"当然"以及在挑战面前无动于衷;而"再历史化"之后,它们的偏颇之处就可以留待观察了,而它们作为神秘庞然大物的金刚不坏性也就被申斥驳回了。对"文学"概念的历史结构来说,在较小范围里对"英语"和"英语文学"来说,至少在20世纪上半叶的英语世界中它们的学术地位肯定得到了加强。这样,我也就可以转向下一章了。

第二章 "文学"曾经是什么?
一部概念史,第一部分:悖论的起源

为了展示"文学"这个概念的历史轨迹,我又得回到我在第一章里的主张,就是说,文学现象是从远古以来就已经存在了的,而文学的概念却并非如此。所以,"文学"这个术语在这一章靠前部分的用法将会出现时代错位。稍好一点的做法也许是把"文学"换成"诗艺"(poetry)(见本书英文版第一章第 8 页),道理很简单,这是因为至少是整个古典时期直到 18、19 世纪之交的浪漫主义时代,"诗艺"这个词才是普遍使用的术语,就像我们今天理解的"文学"一样。换句话说,诗人(poets)在当时不过就是简单的"制作者"(maker),而诗艺(包括诗剧、散文故事、寓言、传奇)也不过是靠"制作技艺"(the arte of making)(1586)①创造出来的东西。正如菲力普·锡德尼爵士(Philip Sidney)在大约 1581 年所发表的评论中所说:"我们英国人碰到希腊人的时候,把那个诗人叫做制作者",请注意这一句,"一个人可能是个诗人而不写韵文",以及"过去有很多最优秀的诗人,不过从不写韵文";②直到 1776 年,詹姆斯·比提(James Beattie)还在这样推崇莎士比亚的剧作《温莎的风流娘们》和菲尔丁的小说《汤姆·琼斯》,说它们是"世界上最绝妙的喜剧诗"③。在"前文学"(*preliterature*)(请注意这个词)文化的口

---

① 韦伯:《英语诗艺》,1586 年,资料来源:《大英百科全书》"诗艺"条 3。
② 《为诗一辩》,写于 1581 年,出版于作者身后,1595 年,资料来源:《大英百科全书》"诗艺"条 1,以及"制作者"条 5。
③ 《论诗歌与音乐以及两者对心灵的影响》,引自特里,1997 年,第 86 页。

语相承传统中,诗艺的形式,还有其他可认知的文学样式,已经消失在时间的迷雾之中了(有人会说这些样式原本就是语言最初和最主要的形式)。它曾经有过极为神奇的丰盛,诸如:祝词、咒语、赞歌、谜语、谚语、神话、民间故事、抒情诗、史诗、讽喻诗,它们都是生活的一个有机组成部分,就像食物、衣裳、居所和宗教一样。那么,在"文学文化"(在这种文化中这样一些表达方式已经是书写方式了)中,最早的例证会包括公元前3000年的苏美尔诗歌(如史诗《吉尔伽美什》)以及公元前2000年古埃及的诗歌与神话,与此同时,印度、中国和希腊的书写诗歌也可以追溯到基督降生之前的许多世纪。从前文学的文化到文学文化的变动中我们也可以觉察到,在民间文学和精英文学(或者叫高雅文学)之间出现了一条分界。书写形式开始占据了评价上的优先性而取代了口头形式,而且开始确定"经典"文本典范的观念("经典"和"经典的"的最初意义是"一流的,公认优秀的",参见《牛津英语词典》)。在这个语境中,也传递出一个信号,即在"文学"与批评之间建立了后来才有的象征关系(见本书英文版第37页及其后),这一点也是值得记录在案的,这表明正是古代文学学术(*scholarship*)——这也是对"经典"著作的自觉保存——开始为了子孙后代而去维系一种载入史册的文学。最为壮观的也是较早的文学学术案例集中在亚历山大图书馆和亚历山大大学,时间则是自公元前324年奠基一直到公元640年的被毁,而且延续到希腊化时期的学术,这样我们才能够对古典希腊文本的幸存深怀感激之情。

就西方的传统而言,一般认为荷马史诗的年代是公元前700年前,文学写作则出现在公元前6世纪到5世纪的希腊(比如说伊索寓言是在公元前6世纪,埃斯库罗斯、索福克勒斯与欧里庇德斯的戏剧是在公元前5世纪),正是在公元前4世纪的希腊,我们在柏拉图的著作里发现了历史上最早的并具有持续影响的探讨诗歌本性以及诗艺的哲学论文。写到这里有必要停顿一下,以便我们记住这一点,历史上一些最早的(也往往是矛盾冲突的)对于诗歌艺术特征的鉴别认识,正是由柏拉图及其追随者们确立的,也正是由于他们揭示(甚至可以说是创立)了一条道路,从此以后,所谓"文学"者才成其为思考的对象了。

吊诡的是,柏拉图却不太欣赏诗艺,甚至于禁止大多数诗歌进入他的理想国。他之所以这样,是出于两个重要理由:其一,诗歌固然可以在人们的个人道德和社会道德方面给予教化,但另一方面,由于诗歌的诱导力,又可以通过诱人的庸俗无耻幻象让人腐化堕落。因为诗歌又是一门模仿艺术,在一个被创造出来的世界里去模仿对象和(对象的)动作。对于柏拉图来说,那个被创造出来的世界本身,就是对于"理式"(Ideal form)的模仿,因此,诗歌就是模仿的模仿。正因为如此,也就比对象和动作更为谬误。由于诗歌是这么一种供人娱乐的消遣玩意,也会十分危险地使人远离真理。其二,柏拉图又谈到了诗歌的"神性迷狂"(divine madness),例如"灵感"(inspiration),在这种灵魂的超越状态中有神灵的力量在通过诗人去言说,使得诗人能够与隐藏在物质世界背后的"理念"(Ideas;意味着终极现实或是原型)。同样吊诡的是,尽管柏拉图由于诗歌是一种浮华的模仿而对它抱有强烈的反感,却又在其他地方对诗艺高看一头,一是把所有的艺术都看成诗艺,二是把所有的诗艺看成创造(这是在 *poiesis*——希腊文的意义上的"创造";本书英文版第一章第18页里业已提到),他的原话是:"所有那些能够打开从无到有的通道的东西,就是'诗艺',就是创造。"①这样一种思想对于后世具有非常关键的意义,因为从此以后就将"诗艺"确立为人类至高无上的成就:如今已经珍藏在这样一个概念里了——"文学"。柏拉图的弟子亚里士多德在他的《诗艺》中,依据他所接受的模仿论观念(艺术模仿生活)而推进了这个过程,

---

① 《研讨》,参见乔维特[1871] 1969年,第537页。

但是,他又提出,在更高的道德层面上说,由于诗艺具有综合的与普遍化的特征倾向,相对于历史的特殊性而言他反而比现实更加真实。亚里士多德也是第一位对于文学作品结构有着系统研究兴趣的人,并且进一步首先在"文学"的界定方面运用了美学语言。

可能与此相反的是,公元 1 世纪的希腊有一篇论文《论崇高》,后来人们把作者算到一个"伪朗吉努斯"(pseudo-Longinus)的人头上。这篇论文主要关注文学的表现的质(*expressive* quality)。为了寻求究竟是什么使得"伟大文学"成为伟大的,"朗吉努斯"将诗作优秀的原因与作者情感与智慧的深刻性和严肃性联系起来。换句话说,"崇高性"作为一种精神的效能、一种情感的激动要高于一切。唯有如此,作者的灵魂才能与读者的灵魂结合起来。他说:"崇高性是伟大精神的回响。"[①]有意思的是,这个"朗吉努斯"的论文并没有在当时的文学思想上留下什么堪称伟大的标记,而是到公元 17 世纪后期,在探讨情感的崇高的时候才产生深刻的影响,正因为这一点,此刻就成为将崇高视为文学基本属性的一大开端。由此产生的结果就是:开始将文学对象化和心理学化了,由此崇高也就成了读者情感体验的一种标记;开始出现"天赋才能"之自由精神的观念;因此之故,也就相应地出现了浪漫主义的发展,美学也由此成为哲学的一个新颖的独立分支(参见此后的叙述,见本书英文版第 35—36 页)。

最后一点是,在我们简单回顾大写"文学"的最初经典话语的过程中,看到由普罗提诺(Plotinus,公元 3 世纪)开启的新柏拉图主义传统又比亚里士多德的"模仿论"立场向前发展了。对于普罗提诺来说,诗人所扮演的是真正高贵的角色,几乎是像神一样的具有创造的能力,这是因为诗人的艺术深入到柏拉图式的"理念"王国,在其中,正如我们所知的,被创造出来的世界才是范本。具有

---

① 引自《崇高》,普利明格[1965]1974 年,第 819 页。另有一位普利明格是奥地利裔美国电影导演(1906—1986)。——译者

讽刺意味的是,柏拉图自己的理念,即关于诗人与诗艺在追求真理过程中存在着诸多令人不满之处的理念,现在由新柏拉图主义者用来反对他自己了:诗人的模仿成为了最高的模仿,这是因为它开通了连接神圣原型的道路,而不是简单地对现存世界的仿制。在说明后浪漫主义的语境中,已经"审美化"了的文学观念也随之来临。值得关注的是,这样一种新柏拉图主义的观点在整个文艺复兴时期都产生了深远的影响,并且延伸到浪漫主义时代,在这里重申一下,这与新的美学之间的协调一致关系也是极为明显的。

在柏拉图之后的几个世纪里,"文学性"艺术获得发展的事例在整个希腊罗马时代层出不穷,一直延伸到所谓的"黑暗年代"的中世纪;当然,这也包括了用本国语言写作的作品以及那些古典作品。我在下面简略选择了一些西方文学传统中的经典作品,只是简单地在策略上确定一个事实,这就是早在欧洲语言里第一次出现"文学"这个词之前,"文学"(小写的)已经出现在许多民族语言中了,也拥有了许许多多的样式。要说明的是,在这里我们暂且不用顾及大写的"文学"的现代用法。在我看来明显的例子大略如下:

- 维吉尔的《牧歌》和他的史诗《伊尼德》(公元前1世纪);
- 奥维德的《爱情诗》与《变形记》(公元前1世纪/公元2世纪);
- 罗马作家彼特隆纽斯(Petronius)的《萨蒂里卡》(公元1世纪),以及阿普列尤斯(Apuleius)的《金驴记》(公元2世纪)这样的早期散文体小说(我们应当记住,长篇小说作为一种明确的样式出现,是在后文艺复兴时期);
- 冰岛和挪威的散文体史诗传奇(出于9世纪口传文学传统,而以书面形式写成则是在12和13世纪);
- 盎格鲁-撒克逊的史诗《贝奥武甫》;

- 中部高地的日耳曼史诗《尼伯龙根之歌》(可能出于 12 世纪);
- 纪尧姆·德·洛利斯(Guillaume de Lorris)的《玫瑰传奇》,以及特鲁瓦的克雷蒂安(chrétian de troyes)的法兰西宫廷爱情诗(12 世纪);
- 爱尔兰的库·丘林(CúChulainn)故事,始于 8 世纪,至 12 世纪方被记录;
- 13—14 世纪意大利但丁的诗歌《神曲》与《新生》,14 世纪薄伽丘的故事《十日谈》;
- 地中海拉丁地区、普罗旺斯和法兰西中部的抒情诗;
- 中世纪英语的头韵体诗歌《高文爵士与绿衣骑士》(还有在同一部手稿里更为短小的诗篇,如《珍珠》、《忍耐》与《纯洁》);
- 当然还有 14 世纪的英语诗人,最为著名的杰弗利·乔叟,他的作品有《特罗伊勒斯和克丽西达》(Troilus and Criseyde)(约 1382—1385)以及《坎特伯雷故事集》(约 1388—1400)。

所有这些作品都可以认为是"有文学性的",但关键的一点是,并不能认为因为有了这些就构成了大写的"文学"。那么,认为"文学"这个词在这层意义上真正进入英语是在 14 世纪后期则是比较恰当的(《牛津英语词典》的第一个例子是在 1375 年),这也正是乔叟写他那篇究竟是什么成为英国"民族文学"奠基石的时候。

英语中"文学"这个词的来源,不论是直接地还是间接地经由同源的法语词 littérature,都来源于拉丁文的 litteratura,而这个词的词根是 littra,意思是"一个字(或一个字母)"。因此,不论是拉丁文的这个词,还是它衍生的欧洲语言(例如西班牙语、意大利语、日耳曼语都直接来源于此),都具有普遍相同的意义:"字",意思就是我们现在所说的"读书",就是对于书本的熟悉与了解。说某某人是"识字的人",就是说他读的书多;也许就像《牛津英语词典》第一层定义所说的:"有教养或合乎人道的学问"(见本书英文版第 5 页);也许是说那种掌握了文学文化的人,这就是说这种文化要靠读书才能获得。一个反面的例子来自于布莱德肖(Bradshaw)①,他在 1513 年说明(同时也像罗杰·富勒所表明的(1990:8)),任何社会判断的成分都内在于是否拥有过这样的学问,而这本身也超前地指出了差别之所在,终于被远为后起的文学观念所吸纳,"普通的老百姓他们没有这样的学问(lytterature),也没有从本·莱克(Ben lyke)到布鲁特·比斯特斯(Brute beestes)的知识"。② 这种占有文学(lytterature)的精英本性(在这层意义上能够成为文学,要算得上是一项罕见的成就,而且由此可以打开书籍印刷的通路)也在斯克尔顿(Skelton)于 1529 年的评论中有所表现,他说:"我懂得你们的艺术,也懂得你们的学问(lytterature)。"类似的话也出现在伯尔尼(Burne)在 1581 年的论述中,他说道:"没有足够的知识(literatur)去理解手稿。"至于弗朗西斯·培根,则在 1605 年致信英国国王詹姆士一世时说道:"没有哪一个国王,能够这样通晓所有的知识、博学多才、神性和富于人性的学问(literature)。"一旦我们确定了这一点,就意味着出现了一种价值判断,而不只是在谈论对知识占有的事实,也不仅是提供知识的书籍。在这一层意义上使用这个词一直延续到 18 世纪的中期和晚期。《牛津英语词典》解释说,这是约翰逊博士 1775 年编撰的《词典》给定的"唯一的意义",在他的《密尔顿的生活》(*Life of Milton*)(1780)里他在两处都是这样来使用的:"他很可能拥有超常的学问(literature),因为他的儿子在对他致信时引用了他一首精心写作的拉丁文诗歌"(引自威廉斯,1976:151);另外一句是:

---

① 这一段落以及其后四段的例子均引自《大英百科全书》"文学"条目,但其他的陈述除外。

② 原文为"The comyn people... Whiche without lytterature and good informacyon Ben lyke to Brute beestes."古英语。此处的确切含义译者无把握。

"他的学问(literature)毫无疑问是博大精深的。他能读懂所有的语言,而有这种本事就会被认为是有学问或是有教养。"

关于这一点正如雷蒙德·威廉斯(Raymond Williams)所说的,当时的"文学"(literature)与现代的"学问"(literary)在意义上是一致的(1976:151),虽说这个词由于具有一种价值评估尺度的含义,因而就超越了我们所描述的"学问不过是能读会写"的词义。到了18世纪末,情况有了变化,这个词获得了《牛津英语词典》所说的第二层意义,即专业或学识领域。在约翰逊的《考利的生活》(*Life of Cowley*)(1779)里,考利原来的传记作家斯普拉特主教(Bishop Sprat)被描述成这样:"他是一个怀有丰富想象和卓越语言能力的作者,所以值得将他置于文学领域的前列。"在这里,约翰逊侧重的,不是斯普拉特的作品应当放在文学类文本的哪个档次,而是在新出现的写作专业中处于何等地位(不过,约翰逊对斯普拉特写作质量的赞赏,还是指出了这样一些有典型意味的"文学性"作品的特征),这样一些优良品质后来就成为大写的"文学"的标记。大约在18、19世纪之交,伊萨克·狄斯累利(Issac DIsraeli)的话语被《牛津英语词典》所引用:"文学,与我们同在,但却是独立的,不需要庇护,也不倚赖与别人结盟。"在这里,文学再一次被认为是一种生产任何类型作品的事务。到了1830年,瓦尔特·司各特爵士(Sir Walter Scotte)说:"我已定下了决心,文学应当成为我的依靠,但绝不是我的拐杖,而且,我的文学劳作所获之利益,不应当成为我日常生活费用必不可少的东西。"司各特之所言,相对于那些接受报酬的单个"作者"、"作家"(这些词在18世纪后期出现得越来越多)来说,是一种具有自我意识的骄傲。这也表明,已经出现了某种变动,即文学写作生产已经从贵族的庇护羽翼下转而进入了商业环境,在这种环境中,个别的作者在不同的市场上出售他们不同的写作货物。在这一过程中,我们能够想象的是一种社会—文化境况的出现,在这样的氛围中,经过选择的"高档"文学范畴,以及与此相对的穷酸文人写出来的低俗作品之间的重大界别,就必定出现了。

对于浪漫主义诗人来说,在文学性写作的整个领域里"诗人"与"诗艺"仍然是头等重要的术语,但是也出现了一些征兆,从17世纪中期以来这些词渐渐被赋予特殊的含义,不再是通常意义上的有创造性("制作")的写作,而是指有韵律的写作或是韵文,这一过程由华兹华斯在《抒情歌谣集》(1802年版)的序言中著名的抱怨而突显出来了。他说:"我在这里使用的'诗艺'这个词(尽管这违反了我自己的判断),是与'散文'这个词正相对立的,而且是'有韵律的写作'的同义词。"正如雷蒙德·威廉斯所说明的:"这是非常有可能的,从'诗艺'到'韵文'经历了一个特殊化的过程,这也与长篇小说这样的散文形式变得日益重要相一致,因此也就使得"文学"这个词变成最为普遍适用的词了。"(1976:153)

到19世纪初,在浪漫主义内部对诗人的角色功能有了新的认识,由于受到这一重要变化的刺激,"文学"原先的意义也就转而演变到《牛津英语词典》中"文学"这个词的第三层定义,但随之而来的问题也是值得考虑的,我们在前边(见本书英文版第7页)已经提到了这一点:

> 作为整体的文学生产;是一种作品的实体,产生于特定民族或特定时期,或是大体而言产生于全世界。现在则具有更为限定的含义,应用于声称在形式美或情感效果领域思考的作品……
>
> ……这层意义晚近出现在英语和法语中。

现在我们可以由上述定义里所说的"晚近"进一步推断,"文学"作为一个概念词语,已经深深打上了特定时期的烙印,而且,更为重要的是,打上了"民族"的烙印(民族的概念作为世界概念之下的分支在稍后会再次出面,这种地位是马修·阿诺德和他的弟子所赋予的)。当然,重要的是,应当避免在纯粹的词汇意义与概念历史之间动摇不定。为此,乔治·普腾汉姆(George Puttenham)在1589年就已经在思考"民族"文学方面的问题了,他提出了他的看法:"可能存在一种我们英语自己的诗艺(*poesie*),这就像有拉丁文和希腊文的诗歌艺术一样。"①不过,我在这里用的斜体字"诗艺"也就使得我们可以去解释《牛津英语词典》的一个例子了,这是关于小写的"文学"的一个例子,而且是在"更为限定的意义上"(比如说,是在谈论大写的"文学"时)去加以解释,不加以声张地检测这个例子是否具有民族特色。就像戴维(Davy)在1812年所说的:"他们的文学,他们的艺术作品提供了范例,而且从来没有被超越。"但是,在1857年布克尔(Buckle)做出了充分明确的解说,他说:"文学,在它处于健康而不受外力压迫的状态时,它只不过是一种形式,一个国家的有关知识被记载于其中的形式。"到了1874年,格林(Green)则在一种可辨认的现代语义上使用这个词了:"充满了荣耀的新文学(new literature),对于埃德蒙·斯宾塞的英格兰来说,是一次突变。"可是,雷纳·威勒克(René Wellek)却通过摘引证实了自18世纪中叶以来在意大利语、法语、日耳曼语以及稍后的英语中这个词的用法是如何出现的:乔治·科尔曼(George Colman)在1761年试图将莎士比亚和密尔顿从"旧式英语文学受到的普遍破坏中"拯救出来;约翰逊博士在1774年谈到了使"我们的陈旧文学"获得复兴的可能性问题;詹姆士·贝蒂(James Beattie)在1783年希望探索"晚近时代的历史与政治、习俗与文学"(参见威勒克,1970:5—8页)。上述的一些评论谈论的是一种有文学性的作品,而且与其他类型的作品例如历史、哲学、政治与神学有所区别,而这些类型的作品迄今为止一直是被收容在小写

---

① 《英语诗歌的艺术》,引自特里,1997年,第94页。

"文学"范畴之内的。这一种有文学性的作品又可以依据它的美学特色而加以准确的区别(这在上述的《牛津英语词典》定义的第二句话里已经有所表明)。威勒克也确实由此而断言说:"这个词"在1760年代之前已经经历了一个双重过程,一个是"'民族化'的过程……另一个是'审美化'的过程"(同上书)。

无论其准确的时间定位如何,这个发展过程已经开始,文学这个词在我们的词汇术语的文化历史中仍然是一个关键词,由于"审美化"这个词界定了一个特殊的写作品种,即有"创造性"、"想象性"的作品,实际上也就开始将一种新的、更高的价值赋予了这一可以区别辨认的品种。关于这一点,特里·伊格尔顿说得很清楚:

> 我们讨论的这个时期(18世纪后半叶,即是步入浪漫主义的时期),也就是眼看着现代"美学"兴起的时期,这一美学的兴起绝非偶然……它主要来自于上述的这样一个时代,出现在康德、黑格尔、席勒、柯勒律治以及其他一些人的著作里,因此我们也就承袭而形成了这样一些当代观念,诸如"审美经验"、"审美和谐"与典型作品的独特本质的观念。先前的男人和女人为了种种不同的目的而写作诗歌,在舞台上演戏,或是运笔作画,而与此同时其他人就在用不同的方式去阅读,去观摩,去欣赏。而如今,这些具体的、具有历史多样性的种种实践却被归结成某种特殊的、神秘的本领,并且冠之以"审美"的大名……有过这样一些假定,例如,设定某些固定不变的对象而冠以"艺术"(art)之名,或是将某些孤立隔绝的经验称之为"美"(beauty)或是"审美"(aesthetic),所有这些假设在很大程度上都是来自社会生活的艺术异化的……产品,所谓有"创造性"的作品的全部要点就在于它灿烂辉煌而没有丝毫的功用,在于它自身是一个终结,即从卑污的社会目的转向崇高的终结……艺术,是被拯救出来的,是从物质实践、社会关系和

意识形态的意义中拯救出来的,在这些世俗意义中艺术总是会束手就擒,而且被推上到一种孤独偶像的地位。

(伊格尔顿[1983]1996:18—19)①

然而吊诡的是,在19世纪,这一审美的"偶像"将自己当成了急剧衰落的宗教精神力量的替代物(关于这一点,我们将在稍后讨论马修·阿诺德的时候再次看到),而且,也将它看成是在迫切需要的建设中的一种构成因素,即在一个新的而且是异质的工业、都市、阶级社会的背景下能够凝聚民族意识、民族认同的建设中的构成因素。因此,威勒克所说的另一个术语"民族化"就可以传达下述的含义:民族语言是一种能够将其"自身长处"(这是阿诺德用于人文主义文化的惯用语,参见阿诺德[1869]1971:108)组合起来的方式,在这个背景下,就出现了将杰出的有"创造性"的作品加以精选并据此视为民族财富的情况,然后,又通过典范化而成为堂而皇之的"民族文学"。随着整个过程趋于稳定和成熟,上述的建设看起来就显得很"自然",但是,作为一个民族的典范,它无论如何也是深深地打上了意识形态的印记。所谓有价值的文学,所表现的不仅是纯粹的"审美价值",而且,用前面引述过的布克尔的敏锐话语来说,还是"一种形式,一个国家的有关知识被记载于其中的形式"。这就是说,这样的表达形式,无论是它理解到的,还是它努力想要理解的,都会因为它所拥有的最值得赞美的精神价值和人文价值,而具备"真实特性"。值得注意的是,大约在同一时间,查尔斯·金斯利(Charles Kingsley)作为学术领域里的"英语"之父将文学说成是"一个民族的自传"②;到了1835年,在确定了教授印度

---

① 这一论证在伊格尔顿的哲学批评著作《审美意识形态》(1990)中有了更多的发挥。
② 《论英语文学》(这是帕尔默作为皇后学院的英语教授在伦敦为妇女而发表的介绍性演讲,引自帕尔默,1965年,第39页。

人英语而使他们文明化的需要之后,麦考利爵士(Sir Macaulay)确立了这样一个前提,即"英格兰的文学现在远比其他的古典遗产更有价值"(麦考利[1835]1995:429)。我们暂且不论超越了民族边界的"世界文学"这个概念如何,说到在"审美的"与"民族的"二者之间的这种互利互惠,确实成了某种障碍因素,使得我们对于依据其民族的存在境况而归纳出来的(大写的)"文学"进行讨论变得困难了,而且这也推动着我的讨论中心不断地回到"英语文学"这个特殊的案例。到了19世纪下半叶,一个充分审美化了的、大写的"文学"概念已经流行起来。但是,在这个大写文学的构成中有一个更具影响的因素,这就是它与批评之间的象征关系。的确,我们可以这样说,小写的文学是在批评之外而独立存在的,然而大写的"文学"却完全是由批评创造出来的。正是文学批评选取、评估和提升了那些作品,而那些作品又同样地再被分配安置。也正是由文学批评或多或少明确地去测定那些作品的特色,那些构成了具有很高"文学价值"的特色。换句话说,所谓"文学",其实是按照批评所设想的形象来制作的。当然,克里斯·波尔狄克(Chris Baldick)也一针见血地指出:"所有在'英语文学'名目之下的校园课程的真正内容,已经不是原本意义上的文学了,说到底,那其实是文学批评"(波尔狄克,1983:4)。至少,在英语传统中,始作俑者是维多利亚时代的诗人和批评家,尤其是马修·阿诺德。在这个领域中,他才最具有影响,也正是他从根本上确定了这个具有很高文化价值的、审美化了的主导概念——大写的"文学",一直影响到后代。贯穿在他所有著作中的,是这样的一些词语,诸如:"当前的英语文学"、"好的文学"、"法兰西与日耳曼文学"、"伟大的文学作品"、"文学名著的创造"。这也就表明,《牛津英语词典》的第三层语义到此刻终于降临了。同样,他归结出来的"伟大文学"的地位也就从此在文学批评上得以确立。

然而,尽管阿诺德已经是在现代的主要意义上使用文学这个词了,但他一方面仍然保留了"诗歌艺术"比较古老的一般意义,也用以指称文学艺术的最高档次;另一方面,他也将小写的"文学"的位置加以变换,使之纳入更为宽泛的"文化"这个术语的范围。上述的两种用法,通过不同的方式,都对后来的关于"文学"的价值与功能的概念产生了同样深刻的影响。在他的文章《诗艺研究》("The Study of Poetry")(《批评文集》(*Essays in Critics*)第二编,1888)中,他以诗歌艺术的名义做出了非常好的表述:

> 越来越多的人将会发现,我们不得不转向诗艺并用它来为我们解释生活,用它来安抚我们,支撑我们。缺少了诗歌艺术,我们的科学将不完美;如今主要是诗艺在伴随我们,因为宗教和哲学将要为诗艺所替代。
>
> (阿诺德,1970:340)

在这里我们可以看到伊格尔顿是怎么做的。在现代"科学"社会的精神领域里,所谓"审美(诗艺)特殊的、神秘的本领",究竟是怎么被取代的。还有,在阿诺德的《批评在现代的功能》("The Function of Criticism at the Present Time")(《批评论文集》(*Essays in Criticism*),1865)里,他做出了一个著名的界定,即对于文化人(或者叫"批评家")来说,其关注的对象应当是"在世界上最好的即最著名的和最为人所思考的东西"(阿诺德,1970:141);在《文化与无政府状态》(*Culture and Anarchy*)中,这句话又变成了这样:"在世界上最好的即一直为人所思考的和称道的"(阿诺德[1869]1971:6;着重号为本书作者所加)。对于现代英美文学文化而言,"传统"和"典范"的观念正是由此确立的,虽然阿诺德本人对这两个概念词语并不应该负什么责任,而且,他也不必对狭隘的民族化的倾向承担什么,正如我们已经看到的,这种倾向是与大写"文学"的审美化携手同行的。至于他自己的"希腊化"的典范观念,事实上却是毫不妥协的世界主义的,而且他的毕生事业,就是同19世纪英国社会文化的狭隘地方风尚对立斗争的。稍稍有些讽刺意味的是,他应当成为智囊(éminence grise,法文,意思如上。译者注),作为我们民族认同的"形式"而站在20世纪制度化的"民族文学"后面,作为学术的处理场而站在"英语"的后面,在其中,文学受到赞扬,得到滋养,以民族精神健康的名义而再度运作。

不过,在阿诺德关于"批评的功能"的观点看来,现代"文学"概念进一步的决定性因素是可以发现的。他最重要的论文集除了《文化与无政府状态》之外,还有两种以《批评文集》为标题的系列文章。他说道,必须以一种"无关心"(disinterestedness)的态度去努力"了解世界上最好的即最著名的和最为人所思考的东西",这种"无关心"的状态即是"心智在一切领域中自由的游戏"(阿诺德,1970:141—142),也就是要努力使"最好的理念获得成功"(134)。通过这样的方式,就会形成"一种真实的和新颖的理念趋势"(141),经历过"这样的动荡和成长,文学的创造时代就来临了"(134)。有一点是非常重要的,即对阿诺德来说,恰恰是"批评优先","尤其是批评在完成它自己工作的时候"(142),正是这种批评的优先才为真正的创造性创造了条件。而且,批评还包含了"很高的标准和严格的判断",这一点在稍后的《诗艺研究》里说得很清楚(阿诺德,1970:341),"因为只有最好的诗歌艺术才是我们想要的"(342);"诗歌艺术具有极为精良的秩序"(341),因为只有在诗歌里,"我们的种族将会随着时间的延伸发现什么叫永驻常留"(340)。为了获得这一了不起的文化利益,我们应该有能力"去鉴赏佳作与所有著作之间的区别,在这些著作中并不存在同样高级的特色"(344);为了做到这一点,我们应该牢记"大师的作品,并且将这些作品当做试金石去衡量其他的诗歌艺术"(347)。阿诺德又补充说道,当然了,这也不应该是一种用来确定伟大与否的抽象过程,应当取得"具体的例证……高水准诗歌的样本,它们具有极高的质量,然后就可以说:什么是高质量诗歌的特色?就是要像这个样子来表现。"(349)换句话说,阿诺德所提出的,就是依据实践的而不是理论的区别和判断对最优秀的"文学"做出评价性的选择,并以此为精神和文化的后盾而进入"一个时代……在这样的时代,我们应该了解多数普通读者的情况,以及大量普通文学的情况……读者们既不要求也不能够欣赏比这一档次更好的文学……而这一档次文学的汇聚正在变成一项庞大的、有利可图的产业"(366)。

作为一种高尚的审美领域的体现,文学是在捍卫人类的利益,在与平庸的商业化侵袭对抗,这样,就难以明白声称这种具有意识形态性质的投资是能够由高档文化的"文学"概念带来的。与此相同的是,在《文化与无政府状态》中,阿诺德常常借用宽泛的"文化"术语来标明如下一些词语,例如:"甜蜜与明亮"(阿诺德[1869]1971:69)、"追求完美"、"人的精神在整体上的成长"(30)、我们"最好的自我"(108)。还有,就是有必要对"流行"(69)这一类观念加以确认。很清楚,在阿诺德的心目中,文学文化即"在这个世界上被思考,被言说的最好的东西"其实是一道防波堤,在抵御着当代文化的无政府状态,而这种无政府状态是一个现代大众阶级社会兴起的伴随性产物。进一步说,这种现代大众阶级社会的"异己者"(aliens)即个人,"不是被他所从属的阶级的精神所引导,而是被普遍的人文精神所引导,被人类完美的爱所引导"(109),这种说法看上去明显是指那些文学批评家,是他们有能力从"大量的普通类型的文学"中鉴别出"最好的诗歌艺术",也正因为如此,他们才成为了现代世界文化健康的捍卫者。

为了说明阿诺德在"文学"观念建设中影响的力量——尤其是在这一领域里有一些具有同样影响的20世纪英美文学批评家如艾略特、利维斯的情况下——而且是在"文学"已然在教学大纲中体制化的前提下,让我来概括一下阿诺德著作中的重点观念:

- 存在着作为一种关键的人性化力量的崇高"文学"("诗艺"、"文化");
- 对来自历史的伟大文学作品传统的认识具有重要性;
- 如何选择"最优秀者",在鉴别批评中处于中心位置,而目的则在于创建一种健康的文化,在这样的文化中创造性才能够茁壮成长。这也就是说,批评并非基于抽象理论,而是来自经验直觉,只有经验直觉才能洞察在诗艺自身的具体范例中所存在的内在品质;
- 应当具有知识精英的概念(即批评家或异己者),他们是上述过程的中介,他们能够帮助高档文化(有文学性的、居于少数的文化)在面对那种以丧失信念、丧失价值为特色,以碎片和异化为特色,以都市大众文明为特色的现代性的时候获致成功。

然而,在我们观察阿诺德的这些观念是怎么以炼金术的方式被融进成熟的现代"文学"体制之前,我们还应当注意到在19世纪下半叶所发生的另一个平行的、相邻的过程,即大写的"文学"在学术领域的建构过程。

在下述内容里如何避免失去平衡,即在提供一种浓缩的"英语"兴盛的学术史以及继续聚焦于我们所关注的现代"文学"观念的建构过程之间避免失去平衡可能是比较困难的。但是,不论是在哪一种情况下,都应当清楚地认识到,我是在受到约束的情况下进行一种有限的民族角度上的观察(虽说这样做也就会尝试把美国包含到我们的观察维度里来)。[①] 我要做的是,指明有哪些东西在这漫长而复杂的过程中依托着文学从而具备了有意义的特色,在这种民族文化历史的背景下,究竟有哪些看来具有意义的特征

---

① 参阅雷奈·波里巴尔以及多米尼克·拉伯特论后革命时期法国教育体制中文学性文本的意识形态功能的著作,波里巴尔,1974年,1978年;波里巴尔与拉伯特,1974年。

使得它们或多或少变成了"英语"的同义词。

在英格兰①,最早提供英语语言教育和文学教育的,是19世纪20年代位于伦敦的"大学学院"(第一个教授受聘于1828年),而且着重于道德和"自由化"的文学研究。此后的几十年里不仅是伦敦,其他郡县地方的大学学院也都随着仿效(然而这不包括"古老"的牛津大学和剑桥大学,直到这一世纪很晚的时候它们才开设这些课程)。尽管如此,在教学大纲上也是形形色色的,在"英语科目"中包含着语言和文献学、历史、地理和经济学,当然也有文学。② 大多数课程的"设计"都包含了民族语言和文学的历史因素(第一部题为《英语语言与文学的历史》是由罗伯特·钱伯斯(Robert Chambers)撰写的著作,出版于1836年),这一过程立即成为一种征兆,后来又得到了维多利亚和爱德华时代一些大型学术项目的支持,这些项目是:《牛津英语词典》(初版于1836年)、《剑桥英语文学史》(15卷本,出版于1907—1927年)。

不过,应当看到恰恰是在那些机械学院、技工学院以及从大学里向外延伸的巡回讲座中,而不是严格意义上的大学里,"英语"才得到了最有活力的发展,而这样的讲座获得成功又要归功于维多利亚时代的福音传教士,例如莫里斯(F. D. Maurice)和查尔斯·金斯利(Charles Kingsley)。这样也就明显地在工人群众中培育出一种民族归属感和"博大的同情心",并且在他们与其他阶级之间创造出一种"同类情感"。许许多多的工人的确因为有了"文学"上的收获而产生了一种解放感,然而,文学依旧具有为意识形态所驱使的主动性,具有在一个阶级分化加剧的社会中将那些潜在的、具有分裂性质的社会因素"人性化"、"文明化"的功能,而手段则是向

---

① 然而,多伊勒(1982:21—22)与特里(1997:90—93)在他们的著作中指出,18世纪苏格兰大学中文学性的教学以及与之相关的教育学的情况多少有些刁诡:它们都是确立"英语文学"过程中的民族性规范,并且使之进入了教育大纲。

② 我本人从布瑞恩·多伊尔的大作中受惠多多(尤其是他出版于1982年的著作)。

工人群众提供"自由"的或是"人道"的教育。在这样的背景下,"英语文学"就立即变成了道德教育的工具,变成了廉价的和可接受的"穷人的经典"。当然,这样的社会使命有多成功,以及这在多大程度上还保留着"文学研究的特色标记"①,则都是探讨争论的事情。

在"英语"的发展中也出现了类似的过程,只不过这一次与妇女相关。在19世纪中叶,对于未婚妇女过剩问题的认识,以及对需要教育出民族国家的儿童的认识合在一起,就导致了像培养学校教师同样的对妇女加以培训的课题。在这样的培训中,"英语"尤其是文学就成了"个人的"和"直觉的"工具,扮演了关键的、恰当的角色。查尔斯·金斯利在他成为皇后学院英语教授时所做的一次关于中世纪的妇女和伦敦的演讲中说道,阅读英语文学非常适合于"妇女天然的个人兴趣",这也将有益于在妇女中形成对于"英语精神"(English spirit)的理解,②有助于成为一种群体的根基,这个群体就是教导本民族青年一代的"教师加母亲"。在1870年的教育法案颁布之后,产生了对于学校教师的巨大需求,尤其是受过更高教育的,这也最终导致进入大学学习"英语"的妇女数量激增。在这样一种背景下,下面的一些事情就越发显得富有意义了。最初,在19世纪50年代牛津大学曾经极力反对一项由皇家学会提出的建议,即将英语教学列入教学大纲的建议,到了1873年,这门课程已经列入通过学位的考试项目了,到了1893年,这所大学已经建立了一所英语语言与文学的荣誉学院(honours school:相当于可授予硕士学位的研究生院。译者注)了。再往后,到了第一次世界大战时期,"英语"在牛津很大程度上已经成为一门"女性课

---

① 最后这个短语来自于伊格尔顿的著作([1983]1996:23),但是,也受惠于巴尔迪克(1983)和格拉夫(1987)。参见格拉夫《人道主义的神话》序言,在其中他对伊格尔顿提出了质疑。

② 引自多伊尔(1982:21—22)和帕默尔(1965:23)。由于进一步的引证来自金斯敦的演讲,请参阅上书,第37页。

程",一种不适合智力超强的男性的"软性"课程了。这样的男性往往选择数学或是"大学问"(Greats)也就是古典学问,但是,如果一个人被认为涉及"桃红色的黄昏"或是"关于谢莉的喋喋不休的议论"①,就会被归入"娘娘腔"(feminine mind)的一类。同样,无须惊异的是,牛津的第一位英语文学教授(1902年)是瓦尔特·拉雷(Walter Raleigh)爵士,在剑桥(1912年)的,则是阿瑟·奎勒·考奇(Arthur Quiller Couch)爵士,这两位"有学问的人"都认为他们所教授的"女人味"的课程不过是一门"美妙诗歌"②的"欣赏"课。无论如何,就是撇下这些不吉利的开头不说,也可以看到,在一般古典教育的普及中出现了某种共存的衰落,取代它的,则是作为新的"人文研究"的"英语语言与文学"。

在美国,在大学和学院里设立英语系最初是在19世纪的最后25年,而且都叫做"语言文学系"。将"英语"推向专业化的动力的确来自于语言学家。正是他们首先在新的学科体制中发展了本地的研究所,也同样是他们倾向于在他们的语言研究中使用文学文本的例证。但是,随着认识的深入,相对于语言学理论而言,那些关于例证的研究却更为普及,而且,随着时下的文学文本的学术化与制度化进程(比如说,编写新的文集),一种文学批评研究也开始浮出水面了。与此同时,在更为宽泛的非学术社群中有着另一层考虑,就是把人文的、文化的普遍教育发展视为国家利益。杰拉德·格拉夫(Gerald Graff)和迈克尔·华纳(Michael Warner)就将这一点写进了《美国文学研究的起源》的序言:

在南北战争之后,教育家和文化管理人开始觉察到,对于

---

① 第一个短语(引自多伊尔,1982年,第24页)是薇拉·布里坦的,见之于她的《牛津的女人》,伦敦:哈拉普出版社,1960年,第40页;第二个短语(引自帕默尔,1965年,第96页)出自E. A.弗里曼的《牛津的皇家教授的历史》(1887)。

② belles-lettrist,法文,前者为"美,美好",后者为"法国字母派诗人"。——译者

> 英语文学的学习研究应当更多地推向社会,因为民族团结感似乎正在受到日益增长的威胁,这些威胁来自于例如工业资本主义这样的分裂力量,来自于欧洲移民,来自于劳工骚乱以及其他形式的阶级冲突,此外,一方面是美国人民向城市的汇集正在日益增长,与此同时的另一方面则是美国人又散落在整个大陆。在这样的情况下,在中学和大学里的英语文学教育就可以允诺作为一项将彼此连接起来的原则服务于美国人民,而在南北战争之前,这些美国人只不过是居住在小城镇里对于公共事务知之甚少的人。
>
> (格拉夫和华纳,1989:5)

在这样的英语语境中,是一种多重动机的混合作为教育过程中富有意义的成分而推动了文学研究的发展:可以理解的是,文学研究有助于政治的和社会的控制,从更为自由的观点看,它又有着民主化、文明化与人文化的前景。

然而,与语言学家促成的专业化同时发生的,而且与这种专业化经常产生公开冲突的,则是那些美国文学批评家。他们追寻着马修·阿诺德和约翰·罗斯金,他们将文学视为道德与精神价值的宝库,认为这些价值可以集中地代表完整的"人文"教育,可以增进民族文化。对此格拉夫在我们上引的引文中与他另一部著述《公开宣称文学:一部制度性历史》(*Professing Literature: An Institutal History*)中说得很清楚,"文学研究"中的多种构成因素之间所产生的紧张与矛盾关系,在美国所表现出来的"绝不是单一模式胜利的故事,既不是人道主义的胜利,也不是民族主义或是其他单个的专业模式的胜利,而是一系列的冲突",而这些冲突却标明了林林总总的未来历史的面貌(格拉夫:1987,14)。因此,格拉夫又说道,"教授冲突"现在在应该成为"文学研究"的主要项目(格拉夫,1992),唯有如此所谓"文学研究"才能够得以解释,才能使得对于文学研究自身的、确定的历史之理解产生意义,而这些冲突也的确应该成为文学案例,成为关注的对象。对此我将在第三章(见本书英文版第79—80页)回到这个话题。虽然如此,在美国的"文学研究"的起源表明,作为一个创造了"文学"观念的意识形态原生地,这里所发生的与我们所观察到的英格兰的情况具有类似相关的关系:这就是对于"文学"(复数的文学)价值认知的增强,催生了人文的民族文化,也推动了对于文学文本自身批评研究的专业化进程。在后面我们思考美国的"新批评"的时候(见本书英文版第56—59页),我们将会看到这些倾向的极致。

在英格兰,在1902年的教育法案颁布之后,英语学会又于1907年成立,该学会所信奉的是阿诺德的原则,而学会的宗旨则是推动、提升英语文学文化在教育中的地位、作用。有了这样的前提条件,"英语"开始在更为广泛的领域里占据它的位置,开始在学校的课程表中占有核心的位置,成为在一个充分民族化的教育体系中的一门适合于每一个儿童教育的基本课目。到了19世纪后期和20世纪初期,随着这个进程的日渐精致,又出现了一个新的趋势,试图将语言与文学分开,使文学获得方法论意义的特色,使文学在培育均衡成长的公民,使个人得到充分发展的方面具有核心地位而受到尊重。这样一种大众社会工程可能并非马修·阿诺德在要求文化得到"流行"时心中的所思所想,但是,两者的意识形态前提却并非不同。

在第一次世界大战前期,帝国主义是一个强有力的因素,是它造成了一种需要去颂扬"英语文学"这一份民族遗产,而目的是铸就一种民族认同感(参见波尔迪克,1983年,第三章),不过,恰恰是战争本身强化了那种铭记在文学中的"英国气派"的爱国狂热,并确保牛津和剑桥"英语"的胜利能够超越它往昔的敌人:"条顿的"或是"日耳曼的"语言学(同上书,第89页)。在这样的背景下,我们只要回想一下数以千计的"英雄"诗以及乔治国王时代早期的战争诗歌就足够了,当然还有脍炙人口的鲁伯特·布鲁克(Rupert Brooke)的《战士》(*The Soldier*)这样的十四行诗。与此不同的是,战争及其后果所造成的在文化上的巨大破坏——所有的信念和价值都受到摧残,阶级与性别的模式陷于混乱,战后的世界对于许多人来说变得不可辨认了。这一切又造成了进一步的需求,即强化民族意识、强化对于民族机体的归属感。这样,"文学"再一次显示出它可以提供那种用阿诺德的语言所说的"一个永恒的稳定而又稳定的靠山"。教育委员会于1927年提交的关于"英国的英语教学"的《纽伯特报告》就是对此最明显不过的表达。这种阿诺德的预设前提被反反复复地编织到战后社会网络的"无政府"状态中去而要求它发挥作用,宣称:建立在"英语"基础之上的自由教育"应该构成民族团结的新成分,将所有阶级的精神生活联系在一起……更为确定的是,应当为民族文学起到这种黏合剂的作用而感到自豪和愉悦"。文学具有一种"精神影响",它可以改善"国民的病态状况",因此也就可以避免"可悲的后果",教育应该通过文学的方式来提升"同道关系"(fellowship),因为文学是体现"一流头脑的一流思想的具象,是个人与众人之间最直接也最持久的经验交流"。但是,文学一方面在指导人们更加注重"高尚"事物而不是"社会问题",教导人们"介入严肃的国家事务"的同时,另一方面自身所呈现的又是对于政治的漠不关心,产生的纯然是文明的影响,并以此教育"青年男女懂得闲暇的作用",让他们为"生活"做好准备。

当然,《纽伯特报告》最初关注的是加强"民族文学"在教育中的核心地位。在这样的思想指导下,报告认为,莎士比亚这位"我们最伟大的英语作家"就必定是"校园教育活动中不可避免的、十分必要的组成部分",那么,那种稳定的、同质的和有组织的伊丽莎白时代文化所具有的创造性"同道关系",就是值得仿效的。报告说:"那个时代并非我们历史上不体面的时刻,当时的英国人聚集在一起唱歌、跳舞、观看戏剧,而且这种种快乐并不是少数人的或是一个阶级的特权。"但是,这个报告也或多或少地显示出一些如今我们依照常规所接受的大写"文学"观念的特征:

> 所有的伟大文学都具有两项要素,即当前性和永恒性。……对文学的学习研究应当主要集中在它的第一方面……也就是要忽略它的华丽,而更多地注意……那些具有普遍性的要素。存在着这样一种感受,也是最重要的感受,在这样的感受中荷马、但丁和弥尔顿、埃斯库罗斯和莎士比亚仿佛是同时代的或者是不存在年代的。伟大的文学仅仅是一个特殊年份和一个时代的局部反映;另一方面,文学也是永恒的事物,它绝不会成为老古董,也绝不会过时……

伴随着国家对一代新型英语教师的急迫需要,也伴随着《纽伯特报告》在培训方面所涵盖的影响,不难看出直到 20 世纪中期这一具有支配性的"文学"观念是怎样得到广泛传播和接受的。

作为《纽伯特报告》出版的另一个后果,是"文学"这一概念作为现代文化话语在演进中的进一步发展,这一话语更加成熟也更有影响了,有着与《报告》共有的特色。剑桥大学的关于"文学、生活与思想"的荣誉学位考试是在 1917 年被引进的,虽说直到 1926 年单一的英语学位才予以颁发。它所包含的课程作业有:悲剧、文学批评、特殊科目,以及英国的道德伦理。对于我们所处的语境而言,尤其重要的是"实践批评"。有了这最后一项具有创建性的批评,再加上剑桥学术与实践之间非常有意义的联系(参见瑞恰兹(Richards)、燕卜荪(Empson)和利维斯(Leavis);见本书英文版第 51—56 页),我们就可以说,这一可以认知的现代"文学"概念及其专业的批评研究就最终形成了。我现在要转而讨论的,正是做出了独特贡献的也是最直接和最有影响的先驱——T. S. 艾略特,以及在此后具有影响的英国与美国的新"现代主义"批评。

如果简单而又不是过分简单地叙述的话,就要考虑在20世纪英美批评传统的丰富多彩变化中,有什么是处于中心的,有什么是共通的。在这一传统中,人们应该深深地、怀着敬意地关注文学作品自身。这一点是显而易见的。首先,要紧紧地盯住"文本自身",不多也不少;其次,对待文学文本时,要将它看做与20世纪的野蛮文化相对的人类价值的象征;第三,要以一种"科学的"、"客观的"、"无关心的"(阿诺德的用语)批评态度对作品进行"每一页上的每一个词"的细读(close-reading)。所有这一切加在一起,就表现为"文学"在根本上的人文主义美学特色,而且这也就形成了批评本体的构成要素,这两者会合起来,就主宰了20世纪数十年的文学文化。对于这样一种文学本体来说,现在就会提出要求,而这种要求自20世纪60年代末之前也已经获得认可(这是第三章的话题)。这一要求就是,如果文学和文学批评要在当代社会里得到重新解放的话,那么对这样的文学本体就必须进行分解和去神秘化。

使得马修·阿诺德的思想成功进入新批评运动,并使他成为最富于影响的公众人物的主要中介者,就是美国(后归化英国)诗人、戏剧家和批评家T.S.艾略特。在他较早的一篇文章《传统与个人才能》(1919)(这可能是20世纪英美文学批评中最有塑造力的单篇文章)里,艾略特强调指出,作家必须拥有"历史感"。也可以说,这就是一种文学传统感。在文学传统中作家必须学会摆正自己的位置,而传统也会帮助作家在他们的作品中获得"非个人性"(impersonality)的基本品质(艾略特[1919]1969a:16—17)。艾略特关于"传统"的观念在经过精选、形成独特风格后,被用来支持和维护他那种自己的"高难度的"、"机智的"诗歌。这不禁让人想起阿诺德的那句格言,"在世界上被思考和被言说的最好的东西"。在建构这一为20世纪所普遍接受的"文学"概念的过程中,处于核心位置的是伟大作品的典范,正是这些伟大作品才最为成功地抓住了体现在诗歌媒介中的人类经验的根本。因为,真正的诗歌(我们也许可以把艾略特的诗解释为某种最高形态,因为这一点已经成了许多"实践批评"和"新批评"最初的关注焦点)就是一种"非个人的"传达手段,并不专属于个人经验,而其余的元素才构成了"媒介":诗歌本身。恰恰是最后这一点应当成为读者与批评家唯一的兴趣对象。在另一篇文章《哈姆雷特》中有一个著名的短语,艾略特把艺术作品说成是具有"客观的相关性"的(这是一个在现代主义诗学中与"形象"观念密切相关的概念),因为这"真实的"经验是可以被塑造的,由此,诗歌可以作为"非个人的"再创造而傲然独立(艾略特[1919]1969b:145)。在艾略特的理论中对于独立的艺术客体的强调,是具有原旨意义的,这无论是在现代主义批评的"文学"观念中我们能见到的对于"文本自身"的崇拜上(参见本书英文版第49页),还是在新批评和实践批评中那种聚焦于"每一页上的每一个词"的"细读"的"科学的""客观的"态度上,都可以见到。

但是,艾略特最有力的贡献在于他那种阿诺德式的对"文学"和"传统"(在阿诺德来说,"传统"这个词则是"文化")的提升,这就是将它们看成一种反对在战后"荒原"上出现的具有破坏性的大众文化的精神——美学的"中流砥柱"。在他对流行文化的失望中,他却认为唯有文学在一个对文学敌对的世界中铭刻着人类的价值,尽管文学自身是脆弱的,正在受到威胁。在这个方面,他自己的诗歌《荒原》的结尾也许可以看作一个连接点,一方面是对第一次世界大战后出现的、阿诺德曾经说过的"最糟糕的文化先兆"的一种确认;另一方面,则是现代主义批评的意识形态核心。艾略特当时写道:"我支撑着这些断简残篇来面对毁灭",并且列举出他从早先生动又富于创造的文化中产生的文学作品里做出的种种摘引(艾略特[1922]1958:77),因此我们可以将"文化"、"文学"读作"断简残篇",将"无政府状态"读作"毁灭"。

在同一时期,艾略特也在推动这样一些观念,例如我们已经注意到的"英语"的概念,由此也就使得它们被确立为教学课程里的核心科目。另一方面,他也在寻求尤其是在剑桥的荣誉学士教育方面摆脱陈旧的"美妙诗歌"的色彩,这种色彩其实一直到今天还在起着主导作用。在艾略特的影响下,一代新的专业批评家出现了,他们和当时的现代主义存在着一种非常紧密的象征关系,他们在寻找自己的假设前提,并且在他们的文学理论和实践中予以检验证实。在20世纪二三十年代,对这一新型的"'实践批评'分析"进行操作的关键人物是剑桥的学者,例如 I. A. 瑞恰兹、威廉·燕卜荪和 F. R. 利维斯。

瑞恰兹撰写了他影响深远和富于创意的著作《文学批评原理》(1924)和《科学与诗歌》(1926),在这些著作中他尝试为文学研究奠定一个明确的理论基础。由于在批评是否应当仿效科学的精确而追求一种新的专业方法论特色方面存在争论,他就去寻求文学语言特性的关联,从非文学话语的"参照性"语言中分离出有差异的"情感性"的诗歌语言。不过,相对于他的科学和心理学观念而言,他依然保持了一个审美主义的本色(而且可以确认是阿诺德式的),在战后环境充满了无政府状态的情况下依然坚持着诗歌所应有的角色功能。由于宗教不再向人们提供他们生活所需要的精神支柱,而科学在感情方面又保持中立,在这种情况下,瑞恰兹说道,唯有诗歌"有能力拯救我们"(瑞恰兹,1926:82—83),也只有诗歌才能在"协调"我们生命经验的纷乱冲动中提供和谐的秩序。而更有影响的著作(当然根据其标题所阐释的实践)则是《实用批评》(1929),在这本书中,瑞恰兹提供了他的学生对一些未指明出处的短诗进行批评分析的令人遗憾的不完善的尝试的案例,并因此寻求为了对诗歌进行"细读"而建立的一些基本原则。这样,"实践批评"本身就成为新的剑桥荣誉学士教育的一大特色,因此,在英国,也在美国,"实践批评"就成为第三级"英语"教育(也包括第二级)的、处于中心地位的,甚至带有强制性的批评与教学的工具,并且迅速地在这里规整(naturalised)为基本的和客观的"科学"批评实践。它的功效在于它鼓励对文本专心致志的细读,在于它讲求对于文本做知识上的和历史意义上的提炼,在于它推动了课堂上文学研究的民主化。在这里,每一个人在"未经预习"的文本面前都处于平等地位。关于这一点,我们将在本书稍后的第57—61页上谈到美国新批评的时候再次予以强调。

但是,"实践批评"的效果也存在于它把文学文本(诗歌)当做一个有价值的、能够产生价值的审美客体的问题,存在着非历史和抽象的文学研究的问题,完全迷恋于脱离了它所得以构成的语境而处于孤立状态的"文本自身"上。不过,以简单的"实践批评"或是"新批评"来描绘艾普森(他是瑞恰兹的偶像)的特色是很不准确的,在我们这本书的语境中,在他的第一部声名卓著的也是早熟的著作(写作时他还是一个学生)——《含混的七种类型》(1930)中,可以见出"实践批评"原则在应用上的范例。它在创造性细读上的特色,它在界定诗歌语言特征上对于"模糊"的强调,它在从社会的、历史的和知识的语境中对文学文本的剥离,以及它对于种种模糊现象的开掘,都确立了"实践批评"和"新批评"在整个20世纪30年代、40年代和50年代的英国和海外的深远影响。

然而,在所有新剑桥批评家中出类拔萃的,还是利维斯。是他最为强有力地确定了20世纪中间几十年的"文学"观念。甚至到了1983年,特里·伊格尔顿还这样写道:

> 无论这《细读》(*Scrutiny*)杂志(这一发行量巨大而又有影响的刊物是利维斯在1932年创办的,他担任编辑直到1953年)是"失败"还是"成功"……事实是在英格兰的英语专业学生今天依然处在"利维斯的引力场"内,不论他们知道这一点与否,但已经被这历史的干预无可挽回地改变了。
>
> (伊格尔顿[1983]1996:27)

由于受到阿诺德与艾略特的深刻影响,利维斯的工作进程完全是为了在教学大纲里确立"英语"(只有通过英语才能理解"文学")的中心位置。他的著作《教育与大学》(1943),收入了一些他早年的文章,例如产生了广泛影响的《关于"英语学校"的随笔》和标题宏阔的《大众文明与少数人的文化》等,这些都证明了利维斯与其说是批评家毋宁说是教育家。此外,他还编撰了多卷本的文学与文化批评文章。他编辑的刊物《细读》,在其存在的 20 年的时间里被成千上万的大学校园内外的"英语"专业读者所广泛阅读。他教出来好几代的学生,而这些学生已经作为利维斯的门徒而进入了中学和大学教育圈内,并且直到今天仍然有相当大的影响。他还是几百部由别人撰写的批评著作背后的影响者。举例而言,那部由鲍里斯·福特(Boris Ford)主编而获得广泛成功的《鹈鹕英国文学导读》(*The Pelican Guide to English Literature*, 1954—1961),就是在表面上不偏不倚而事实上却打上了利维斯印记的一个案例。

在许多方面,利维斯与"实践批评"有着许多共同之处,相当重要的一点是他能比较平衡地对待"文本自身"的一般特点以及"逐字逐句的细读"这两个方面。在《亨利·詹姆士与批评的功能》(*Henry James and the Function of Criticism*)(该文收入他的著作《共同的追求》(*The Common Pursuit*))中,其中涉及阿诺德和艾略特之处都明显地予以强调,他写道:"批评家要考虑的是,摆在他面前的著作中究竟有什么是应该包含在其中的,以及为什么是这样而不是别的样子"(利维斯[1952] 1978:224)。在他与著名的美国批评家威勒克的一次意见交换中,他证实了这一点,并且用一种非理论的策略表明了他的著作的"实践"本性。他说,批评家要做的事,就是"获得一种特定的具有完整性的反应能力……以便进入既定诗歌的领域……进入它具体的丰富内容"(《文学批评与哲学》,同上书,第 213 页)。的确,利维斯在所有的有影响的批评家中是最坚决反对理论的人,而且也正是在阿诺德之后我们又一次听到了对于"抽象化"理论的拒斥以及对诗歌艺术的"具体"案例的直接回应。

但是,如果简单地认定利维斯就是一个非历史的、形式主义的"实践批评家",就肯定是一个错误,因为他之所以密切关注文本,仅仅是为了确定其"可以感受的生活"(felt life)之活力,其"经验"的真实性,为了证实其道德力量,为了展示其优秀精美,因此也就可以在与较次要著作的比较中"鉴定"其价值。他对艾略特的文章《批评的功能》中关于"批评家的任务"部分进行了完整的引证,这篇文章给利维斯的《共同的事业》提供了题意,这就是:"真实判断的共同事业"(T. S. 艾略特[1923]1969:25)。凭借着"细读"的方式,"判断"和"鉴别"就成了利维斯工作的核心。因此另一些更具有指向性的著作,例如《再评价》(Revaluation)这部著作中就包含了 T. S. 艾略特式的关于英国诗歌"真实"传统的论断,又例如《伟大的传统》(The Great Tradition),就展示了他独到的又是具有倾向性的"判断":"伟大的英语小说家是简·奥斯丁(Jane Austen)、乔治·艾略特(George Eliot)、亨利·詹姆士(Henry James)和约瑟夫·康拉德(Joseph Conrad)"(利维斯[1948]1962:9)。这样看,对于利维斯的著作来说,其核心就是一种检验的需要,也就是通过检验,将"真正"伟大的"文学"作品从那些渣滓垃圾(举例来说,就是那些为了大众市场而制造出来的"通俗小说")中筛选出来,从而进一步确立阿诺德和艾略特的"传统"。像这样的作品,就其经验特色而言,也就是使"生活"具体化。而"生活"正是一个关键的但往往未经界定的利维斯的术语。他在《伟大的传统》中写道:"伟大的英语小说家……都是由于经受了生命力的检验而确定的,他们的作品在生活的面前具有一种值得尊崇的开放性,而且也具有一种业经标明了的道德高度"(同上书,第 17 页)。伊格尔顿在论及利维斯的地位时说,他的理论存在着一种不可撼动的圆环状态,仿佛在说:"无论你是否感受到了'生活','伟大'的文学都是一种向'生活'敞开的'文学',而'生活'也正是由伟大的文学来演示的"(伊格尔顿[1983]1996:36。译文加单引号处,原文均为大写。译者注)。利维斯说:"'真正'的文学作品将能够激发出它们所拥有的生动的生活价值,去对抗由'技术功利时代'所生产出来的城市——工业物质主义与文化野蛮主义的力量"(利维斯,1969。"技术功利时代"这个词是他第四章标题的一部分)。事实上,这就表现为"少数文化"与"大众文明"的两军对阵。而且,对这些文学作品的认同以及对它们的保护,主要是因为传统或伟大传统是最根本的东西,也是因为这些作品才构成了大学"英语"的教学大纲的基本内容。正是由于这些关键性的作品在教学中的存在,才使得国家的文化生活得到提升和新生,才能够得以延续。对于利维斯来说,关键之处恰恰是"民族文学",也正是这民族文学才尊崇这具有根本意义的"英国气派"的品质。

如同因为利维斯有他的道德使命从而使他能够与那些抽象的、审美的形式主义批评有所区别一样,他的另一特点是他的社会责任感和历史感。对于他来说,"文学"是他与现代世界进行文化政治斗争的武器;而且,往昔的"伟大"文学(他选中的"往昔"是17世纪,也就是指艾略特所说的发生"稳定之裂变"之前(艾略特[1921]1969:288))恰恰可以证实前工业文化所拥有的组织力量及其稳定性。至于阿诺德、艾略特以及我们先前谈到过的《纽伯特报告》在这一点上也同样认为,历史以及往昔的文学都有如测试"现代荒原"贫乏程度的一杆标尺。然而,那些"伟大"的现代作品,例如艾略特、D.H.劳伦斯的作品,会由于它们的"必要的"难度,由于它们的复杂,由于它们对于文化价值的责任,都被利维斯用来作为"生活"的代表,与20世纪的"大众文明"毫无结果的破坏性形成鲜明的对比。在《英语诗歌的新风貌》(*New Bearings in English Poetry*)(1932)一书中,利维斯第一次教导读者怎么去

"阅读"《荒原》这样的现代"大师之作"。在他稍后的著作《作为小说家的劳伦斯》(1935)中,他又将作者的成就视为这种文学样式的本质与极致。正是由于"文学",尤其是"英语文学",才使得人文价值在其中得以幸存,而且,也正是这"文学",哪怕处于当代生活最为恶劣的罪行中也依然在做最后的斗争。这样,要去协调这个时代精神的,就是一种矛盾的混合物,一方面是激进的肯定,另一面是文化精英的悲情,而这恰恰构成了整个20世纪中期文化思想的核心。[①] 这样,在英格兰,利维斯所说的文学也就变成了"文学研究"的同义词,而且这也将利维斯式的"文学"观念安置在更为广阔的民族与社会舞台的中心位置上了。

在同一时期的美国,在批评和教育领域发生的类似的运动就是"新批评"。它出现于20世纪20年代后期与20世纪30年代,尤其是在40年代和50年代进一步成为主导潮流。至于这一批评潮流的起源则是发生在美国南部,出自一个传统学术群体成员的著作。他们对由北方主宰的桀骜不驯的工业主义与物质主义抱有强烈的敌意。在这个方面,与阿诺德、艾略特及利维斯的保守人道主义的血缘关系被他们觉察到了。新批评的影响在第二次世界大战以及此后的"冷战"时期达到了高峰。之所以如此,也许可以由"新批评"对一代被战争和政治斗争弄得筋疲力尽的学者与学生提供了一个安静的避难所来得到解释。文学文本在其"秩序"与"和谐"方面的特许权利使得这些学者与学生超越历史和意识形态,而新批评对那种使得伟大作品得以形成的"非个人"化的分析,也非常适合E. P. 汤普森(Thompson)所说的"多民族城邦"(Natopolis)的"精神状态"(*mentalité*)(汤普森,1960:144)。需要补充的是,随着被称为"美国大熔炉"第二代产品的美国学生人口的极度膨胀,具

---

① 参看佩里·安德森的论文《民族文化的构成》(1968),在其中安德森声称,恰恰是利维斯式的文学批评在20世纪中期填补了在英国发展马克思主义或社会学遭受失败而留下的真空。

有"实践"基础的新批评,立刻被认定在教育上是一种导向,也简便易行(只须复制那些简短的"未经预习"的文本——主要是诗歌——分配给在相同基础上的每一个学生)。这也是一种适合于一个有着不同文化需求的、由个人组成的集体,而且这些个人原本就没有共同的历史。换句话说,这种非历史的、具有"客观"本质的批评实践,这种仅仅需要对"每一页上的每一个字"加以细读的研究,明显是一种适合于20世纪美国经验的既平等又民主的活动。

这样一个运动需要一个名称,它来自于约翰·克劳·兰色姆(John Crowe Ransom)的一本书,即评论艾略特、瑞恰兹等人的《新批评》(1941);还有他早期的文章《批评,包含》(Criticism, Inc. [1937] 1972),奠定了一些基本的规则。例如,批评应该是一种"专业"的活动(比如说,大学教授的活动);这种研究应该是"更为科学的……更加精确的和更加系统的;学生应该研究文学,而不是只知道与文学有关的东西";批评不是关于伦理的、语言的和历史的研究;但应当能够展现的,并非"散文的本质"——这对于一首诗歌来说是可以简化的,而应当是"特异性、残留物和组织物,是这些东西使对象保持了诗性和完整"(兰色姆[1937] 1972:229,230,232,238)。克林斯·布鲁克斯(Cleanth Brooks)和罗伯特·潘·沃伦(Robert Penn Warren)的教科书《诗艺解读》(*Understanding Poetry*)与《小说解读》(*Understanding Fiction*)被广泛认为是在整整一代美国文学大学生中传播新批评原则的著作,其他如威姆塞特的《言语象征:对诗歌意义的研究》([1954]1970),以及克林斯·布鲁克斯自己关于细读的著作《精致的骨灰瓮:关于诗歌艺术结构的研究》([1947]1968),都成为兰色姆所制定规则的实际应用。另外一个例子是布鲁克斯的一篇文章——《济慈的〈森林中的史家:没有注解的历史〉》,在这篇文章中他明确地拒绝了传记著作与文学有任何相关性。布鲁克斯对于《希腊古瓮之歌》这首诗进行了认真的研究,他认为这首诗是"反讽","悖论","具有戏剧性的合宜得体"以及"完整性"的范例,他还特别称赞这首诗所具有的自身历史,也就是说,这首诗具有一种表现上的坚定性,能够"在一种烈士长眠的感受中去传达战争与和平观念的撞击"(布鲁克斯[1947]1968:132)。他也十分称许这首诗对于"深层真理的洞察"(134)。相形之下,对于我们所常见的"意义缺失"、"堆砌事实"以及"主宰着我们这个世界的普泛化科学观念与普泛化哲学观念"种种现象而言(135),这首诗却"像是一种永恒,它的历史超越了时间,而且独立于时间之外"(133)——而且,在这篇文章中,布鲁克斯也就确定了这首诗的现代价值(适值 1942 年——正处于战时"历史"的峰顶)。对于布鲁克斯来说,这首诗的基本价值似乎是储存在"反讽的事实"(这是布鲁克斯的习惯用语)之内的,这与济慈笔下的骨灰瓮一样具有反讽的意味,这样的价值远在"所有生动的人类感情之上"。这首诗"所强调的是凡属此等人之情感终究会令人觉得餍足;因此唯有艺术才具有至上性"(130;这是我要再度强调的)。"新批评"所说的艺术对象的"审美化"其要义正可以此一言以蔽之。

在这个批评潮流中具有同样特征的,还有威姆塞特(W. K. Wimsatt)和蒙罗·比尔兹利(Monroe C. Beardsley)的《意图谬误》(*The Intentional Fallacy*)与《情感谬误》(*The Affective Fallacy*)这两篇极具影响力的文章。这两篇文章认为新批评所具有的"经典客观性",与那种极力追索作者在诗歌写作中创作意图的传记式批评是处于对立地位的,因为印象批评家"所从事的工作领域,远不是他们的意图或是控制能力所及的"(威姆塞特与比尔兹利[1946]1972:335),而且,"浪漫主义的读者心理学"更是在诗歌作品及其"心理效果"之间制造了混乱,其后果则是"诗歌作为具体批评判断的对象反而消失了"(威姆塞特与比尔兹利[1949]1972:354,345)。对于"新批评"的批评家而言,他们主张诗歌自身的重要性恰恰在于诗歌"能够将情感确定下来,并使之成为永恒可感的东西",依靠着"作品明晰美妙的意义关联、作品的完整、均衡与张力"使诗歌获得生命。诗歌是一种具有超越历史的有价值的产品,对于处在20世纪混乱状态的居民来说,诗歌就是风浪中挽救生命的绳索:"简而言之,纵然文化会有变化,而诗歌却得以留存,并且得到阐释"([1949]1972:356,357)。

无论对于新批评的起源出处可以做出什么样的社会文化解释,也不论新批评有多少不同的变体,新批评的特色是植根于其基本前提及其实践的。是新批评揭示了文学艺术的独特性仅仅在于其自身,也仅仅是为了自身。新批评完全不去考虑"语境"问题,无论是历史的语境、传记的语境还是哲理的语境。新批评仅仅赋予诗歌艺术以独特的权利,却不去搜寻具体一首诗的意义,真正关切的却是"诗歌是怎么自己开口的"(例如阿奇博尔德·麦克利什(Archibald Macleish)的那首诗《作为艺术的诗歌》,这首诗本身就是新批评宗旨的概述,其结尾是这样的:"一首诗绝不应该是意味着什么,而仅仅在于它自己究竟是什么。"①)新批评并不是对"意图"的"谬误"也不是对"情感"的"谬误"有什么特别的兴趣,它仅仅关心将诗歌视为"文本"——某种有自己语言和组织的文本,关心的是其各个部分是怎么关联的,是如何获致"秩序"与"和谐"的,又是怎么包含和确定"反讽"、"悖论"、"张力"、"矛盾心理"以及"含混"的,而且,又是怎么将这一切组合成"诗性",成为了诗歌的精髓。不过,新批评形式主义也存在着问题,它过分地倚重被归结为来自诗歌产品的价值了。例如新批评所推重的诗歌相对于"生命"之混乱与纠纷的优越性,对于历史、对于政治的优越性,例如新批评关于诗歌对矛盾与紧张所具有的审美化解能力的推崇,以及诗歌成就具有的至上性的高扬等等,确切地说,这一切都并非"生命"。

---

① 出自穆尔(编辑)的著作(1997,370);但是引文来自布鲁克斯([1974]1968:124),以及威姆塞特与比尔兹利([1946]1972:335)。

到了20世纪中叶,在英美传统中,大写的"文学"观念已如上述处在了中心位置。这样就可以让那些经过选择的、具有审美与道德价值的文学资源为大众文化这种精神沙漠带来生命活力。至于我自己的任务,看上去将要集中在学院中"文学"是如何体制化的方面。然而,还是罗兰·巴特概括得最为地道,他说:"文学说到底是被教育出来的。"① 尽管如此,在文化上的意识形态力量还是渗透到专业批评领域里来了。我们不妨来举一个例子:许多非专业的读者会发现,他们手头的阅读资料往往得自于受到轻视的种种"通俗文学"领域,它们具有"文学"的标志,而这"文学"又要求得到"通俗"的验证。大多数人对这些作品的认识,是在完全不知晓其内容又缺乏第一手知识的情况下得出的。鲍里斯·福特(Boris Ford)在《鹈鹕英国文学导读》所作序言中做出了令人深省的阐述:

> ……我们最好记住,如今是一个充斥着文摘和标题的时代,一个充斥着笑闹与滑稽小报的时代,一个充斥着最佳畅销书与月度最佳书目的时代,一个让根深蒂固的精神上的粗鄙公然安置在我们文明中心位置的时代……对于这样一种状况的回应,20世纪曾经有一个非常活跃的批评时期。在这一时期里,仅仅是很少的一批作家、批评家就做出了具有决定性的努力。他们从文学中得出了什么在我们今天是最有生命价值的结论;由此也就重建了文学传统的意义,确定了蕴涵在这一传统中的雅正标准。仍然是在这一时期,另一件重要的事情,就是要让那些富有生命力的文学感受以及对于蕴涵于其中的文学价值的感受能够得到尽量广泛的传播,这样,不论是今天的还是昨天的文学,就会在相对多数的普通读者群中获得真

---

① 转引自伊格尔顿([1983]1996:172)。

实的而不是名义上的存在理由。

(福特1954—1961,第6卷[1958]1963:7)

我认为,这一伴随着对大众文化予以轻蔑的"利维斯式"的宣言,这一对于文学究竟是什么不存任何疑问的认定,这一对于少数知识分子的"生命"价值观念的重视,以及让这种高档文化获得胜利的救世热忱,对于20世纪50年代的大多数"普通读者"来说,已经成为极其自然和无可争议的了。即使是在20世纪60年代早期,情况依然如此。当我离开剑桥前往诺丁汉大学去获取"英文"学位的时候,利维斯的"文学、生命与思想"的教学大纲依然丝毫不会让人惊奇地占据着"老熟人"——"实践批评"的核心位置。虽说读者群可以划分为高、中、低的档次,而批评上也依然存在着许多不同的类别和学派,然而,没有谁会像这一章稍后将要描述的那样去认真挑战"文学"这一观念自身。

我甚至可以这样说,即使从20世纪60年代后期以来无论在理论和实践上出现了多少次具有革命性的攻击,"文学"这个概念在最近60年里依然很好地保持着它的鉴别能力。比如说,即使是到了1983年,又出版了一部《新鹈鹕英语文学导读》,在其序言中仍然引用原先那部导读的话语,甚至包括引自米耶尔斯(L. H. Myers)的那句名言——"我们的文明中之精神粗鄙"。不仅如此,在1980年,有一家出版商叫做"罗特里奇与基冈·保罗(Routledge & Kegan Paul)",虽说在他们的书目上也常常有非常激进的批评理论书籍,却也依旧刊行了玛娇丽·博尔顿(Marjorie Boulton)撰写的著作《文学研究之剖析》(*Anatomy of Literature Study*),很显然,这部著作对于阿诺德与《纽伯特报告》是深信不疑的。博尔顿认定文学具有"文明的力量",正是由于这样的力量才"拓展了我们的同情心,增强了我们的宽容度"(博尔顿,1980:12)。即使是退一步说,即使是怀有令人痛苦的疑虑,哪怕是为此要在伦敦大学英语系争个第一名,也要具有这样的文明的力量——原因就在于:"人们为了获得这一文明的力量,需要从应该懂得的东西里面学会一些什么"——虽然说过这句话的"哈哈勋爵"威廉·乔伊斯①最终变成了一个亲纳粹的卖国贼(7)。事实上到了1997年,还会有《卫报》的书评家在口诛笔伐依安·麦克依万(Ian McEwan)的一部新小说,其陈腐的声腔口吻全然来自于对"大写文学"理论的俯首帖耳。例如这书评里说:"麦克依万是一个好作家却不是一个伟大的作家",他的"小说是有效的想象发动机,但却不是真正的小说";"这部小说在文学肌理上的单薄",使它"从赋有文学性的作品位置上掉了下来";因此之故,这部小说就未能成为"一个真正的文学成就"(伍德(Wood)1997:9—10)。

"情况就是如此"。"英语文学"在世界上许多地方的中学与大学的教育中都是关键的课程。例如,《后殖民研究读本》(*The Post-Colonial Studies Reader*)的编者在1995年指出,无论对20世纪70年代(前)殖民地中"英语"在大学教育体系中的文化统治地位有什么样的挑战:

> 从那时候起真正的变化很小。英联邦或是前英联邦国家中的大学里,几乎没有什么英语系会废弃这一称谓,而且其中的大多数(包括美国的大学)依然保留"英语文学"作为核心课程。而且,无论在文学理论上发生了什么根本变化,大多数学校依然会保持自己的盎格鲁导向,如果不说是盎格鲁主宰的话。

(阿什克罗夫特(Ashcroft)等人编辑,1995:426)

事实同样证明,许多主要的出版社都有自己的文学"经典"的

---

① 威廉·乔伊斯(William Joyce,1906—1946),绰号"哈哈勋爵",二战期间纳粹德国的英语广播员,战后被捕,处绞刑。——译者

通俗系列（其中有一些简直是惊人的价格低廉），而且还同时出版大量的冠以"文学"名目的批评著作；此外，在书店和图书馆中，也都在将自己拥有的书品标出明显的区隔，例如，"经典类"、"诗艺类"、"传奇类"、"通俗小说类"等等。再往深一层说，每当我问起一些"非学术界"的朋友他们是怎么理解"大写的文学"这个术语的时候，他们总是会提起那些他们能够记得住的"常规"的作家姓名，他们也会沿袭"文学"这个词主流意义的解释，正如我们在上面已经见到的解释一样。当然，此时此刻，他们也多少会表现出一些不必要的惭愧，承认他们不能坚持读完乔治·艾略特和简·奥斯丁，然而却可以去欣赏电视连续剧。确切地说，令人感到刁诡的是，电视连续剧与典范文学作品的电影版却反而证实，大写的"文学"正是通过这种通俗方式得到了持续广泛的传播。

　　无论如何，自20世纪60年代后期以来还是发生了一些什么。正因为这样，到了1961年，利维斯才会被发现，可以在老贝里（Old Bailey）的著名的控诉企鹅丛书淫秽案中用来捍卫《查特莱夫人的情人》的"生命价值"。到了1968年，凯特·米里特（Kate Millet）又在小说男性主义问题上开出了那么一个十分残酷的玩笑（米里特[1969]1971；第五章）。这样，在我于1968年离开大学、离开英格兰到瑞典北部教授"英语文学"的时候，还没有一丝云彩掠过我已然接受的"文学"观念的上空；然而，到了1971年，在伦敦的一所新的理工学院"人文学科"里，它的特色已经变成纯粹"可视性"的了——"文学"是如此彻底地处在了具有优越性的智识风暴的眼前。

第三章 "文学"有何变化?
一部概念史,第二部分:20世纪60年代

一个粗略然而有效的办法预示了对本章标题的回答,即采用首字母缩写词"DWEMs",或"已故白种欧洲男人"(Dead White European Males)(或许在"E"和"M"之间还有一个沉默的"H"代表"异性恋"(Heterosexual))。在过去20年间席卷美国的所谓"文化之战"中(见本书英文版第77—80页),这五个词有时成为一种公开声明,宣告我们在上一章回顾其发展的大写"文学"已经遭到强烈的四面攻击。这些词是否意味着"文学"终结还未可知,但毫无疑问,这个曾经被人们所接受的正统观念已经在知识上和文化上被抛弃了。

这些词首先从女性主义内部浮现。女性主义确实处于"文学"解构的最前沿(虽然我们还会看到,许多其他社会文化的、政治的和理论的运动与动力也为这个过程做出了贡献)。所以把"M"(男性的)置于"DWEMs"的末尾可能是错误的,最早被瞄准攻击的正是大写"文学"和"文学研究"(Literary Studies)中记录的男性霸权。"DWEMs"实质上意味着"典范",一个由男性作家(及极少数女性作家)组成的男性构造物,经过男性批评家和授课者的传递——至少在英国高等教育中——传授给以女性为主体的学生对象。20世纪60年代晚期以降,新女性主义发觉,作为"他们的"文化遗产流传下来的大写"文学"典范,几乎全部由"已故"(过时的、陈旧的、"经典的")欧洲血统男性作家的作品组成。换句话说,典范就是无可置疑的欧洲中心,无视其他已往的或当代的文学文化

的存在。而且这些作者是"白种人"(因此在当代多元文化社会的背景中是一种排外的典范);我们还可以加上,主要是异性恋男性从男性视角写作的异性恋经验;即使它们由同性恋男性写成,在被阅读、称赞和推崇之时也肯定不会有任何性异常的暗示。虽然已故的、白人的、欧洲的或男性的没有任何本质错误,但是被接受的典范过分渗透着这些特征的事实却表明,这既不是"自然的",也不是"给定的",而是被建构的、意识形态的和不公正的。

基于这种认识,20世纪六七十年代的女性主义批评刻不容缓的目标是,在历史的禁锢中代表妇女重新发现女性作者和女性文学传统。类似革新也同时在其他领域进行,历史学家希拉·罗博特姆(Sheila Rowbotham)的《被历史所隐藏的》(*Hidden from History*)(1973)以女性主义敏锐的洞察力发现迄今为止的历史不过是"他的故事"(his-story),而不是"她的故事"(her-story),这是这场运动最简洁和具有说服力的理论纲领。还有艾伦·摩尔斯(Ellen Moers)的《文学妇女》(*Literary Women*)(1976),伊莱恩·肖瓦尔特(Elaine Showaler)的《她们自己的文学》(*A Literature of Their Own*)(1977),以及玛丽·雅各布斯(Mary Jacobus)的《妇女写作与关于妇女的写作》(*Women Writing and Writing About Women*)(1979),这些具有深远影响的著作的标题,都是那个时期症候群的缩写标志。属于同一系列的还有与之相关的"女性批评"(Gynocriticism)的发展,它寻求为妇女写作的文学建立一个女性的分析框架,关注其中表达的妇女经验,以建立一个女性文学文化传统(参见肖瓦尔特,1977)。相关的发展是重建典范,使其中包含更多女性作者,建立"女性出版"(Women's Presses)的首创行为从侧面对这个发展提供了重要的便利。这些知名或不知名的女作者的作品,过去长期不能出版——"从文学中隐藏"——现在人们可以读到她们的文本,通过这种同情的再阅读和再评价,它们从前显然属于"少数派"的称呼遭到质疑。当代女性写作,"严肃的"还是"流行的",成为一个新的重点,这极大地扩展了文学研究的范围,对于由于历史原因导致的不公正——从前女性接受教育遭限制——进行了抗争,同时,这还解放了迄今遭到排斥的群体,如黑人作者和工人阶级女作者。另外,对女性在性方面的独特形式的极端关注,挑战和质疑了男性性别优势,使那些在性方面的沉默者,比如女同性恋者,可以发出自己的声音,同时还在以往的文学中展开性对话,重读所谓"逆性"即所谓"违反天性"的问题。在所有这些方面,无论女性主义运动起初和战略上是否考虑过解构"文学"和典范,然而它却在根本上推动了任务的完成。

但是,在突出女性主义的重要贡献之时,我们也不应该忘记"DWEMs"中包含的另一个重要的核心因素:"白种人"。"白种人"所包含的意思在上文论及黑人女作者时已经有所涉及;在战后美国社会背景中,黑人、亚洲和拉美的作家,不论男性的还是女性的,不断涌现,这在一定意义上解构/重构了文学文化。也就是说,种族和性别在这场运动中具有同等重要的地位,此外还需要注意,即使白人女性的批评理论与实践在激烈地反对父权制的大写"文学"之际,也被指出忽视了种族问题(成为沉默的种族主义者)。在佳娅特丽·斯皮瓦克(Gayatri Spivak)意味深长的论文《三个女性文本和一种对帝国主义批评》(*Three Women's Texts and a Critique of Imperialism*)中,她显示了英美的女性主义批评如何将夏洛蒂·勃朗特的小说《简·爱》抬高为"女性主义的膜拜文本"(斯皮瓦克,1985:263),却没有发觉其中的精英个人主义如何铭刻在19世纪传统的帝国主义话语之中。作为一种"极为孤立的对欧洲和英美女性主题文学的赞扬"(同上,262)——"简·爱成为英国小说中的女性主义个人主义女英雄"(同上,270)——这种西方批评忽略了贝莎·梅森在小说结尾火烧桑菲尔德庄园的事实,这个事件可以解读为"对帝国主义暴力的普遍认识的寓言,为颂扬殖民者的社会使命而建构的一个自我献祭的殖民对象",这类批评"再现了帝国主义公理"(同上,270,262)。西方女性主义者或许激进地重读了"伟大的传统",并为女性对这传统进行了重新配置,但如果它的批评视角仍有偏颇之处,它就依然是一种压迫。

只有认识到"DWEMs"中的"欧洲"所隐含的排斥——尤其当它与"白种人"结合时——才能充分理解攻击作为一种意识形态的大写"文学"构成的其他重要维度。一个欧洲中心的大写"文学"概念排斥"新世界"、(白人和黑人的)"共和国"、"第三世界"和所有处于被排除地带的文化曾经创造的本土文学。若我们把美国——或至少那些能够被置于广义欧洲"文学"中的美国文学和批评传统——搁在一边,转而关注欧洲政权的老"殖民地",我们将会发现,正是在挑战和颠覆后殖民文学与批评思想的时候,出现了其他反对"文学"的重要解构力量。一个显著的例子是,在前大英帝国殖民地,用恩谷吉(Ngugi wa Thiong'o')的话说,曾经有学者力图"废除英文系"(例如在内罗毕大学),"反对英语文学和文化的首席地位",建立"非洲文学语言系……代替它的地位"。这样"使非洲处于事物的中心,不是作为其他国家和文学的附属品或卫星而存在"(恩谷吉[1972]和阿什克罗夫特(Ashcroft)等人编,1995:441)。同样,在白人"移民殖民地",比如加拿大和澳大利亚,也产生了对新殖民主义或延续的文化帝国主义的剧烈排斥。"英文系"在大学课程中处于核心地位,而他们自己的文学却只是"选修",这种不正常的现象暗示了存在新殖民主义或文化帝国主义。这种"文化谄媚"现象象征着对宗主国核心地位优越性的默许,通过后殖民主义推翻弗兰兹·法侬(Franz Fanon)的所谓"文化等级制",这种默许被揭穿了(引自多克尔(Docker)[1978]和阿什克罗夫特等人编,1995:443)。

在尝试从遗忘中恢复"他们自己的文学"的过程中,后殖民运动继续向纵深发展,挑战"西方典范"和"殖民主义者"文学:"写作"或讲述未被言说的被殖民历史或经验,并以积极的术语探索后殖民对象的"杂种性"(hybridity)。这个领域的开创性评论著作的标题再次突显了这个运动的轨迹:《帝国回写》(*The Empire Writes Back*,阿什克罗夫特等编,1989),它生动影射了"大受欢迎的"电影《星球大战》之《帝国反击战》(*The Empire Fights Back*)。处于"回写"概念核心的是后殖民作家和批评家"重书"、"重读"典范文本的方式,这既暴露了典范文本在种族支配中的同谋,又使它们设定为"我们的"文化遗产的普遍智慧容器的"价值"(也即这样一个被指定代表被殖民者的"价值")非自然化(denaturalise)。J. M. 库切(J. M. Coetzee)在他的小说《敌人》(*Foe*)([1986]1987)中"修改"(re-vision)了丹尼尔·笛福的《鲁滨孙漂流记》(见第五章),这是一个"修改"的精彩例子;齐努亚·艾赫伯(Chinua Achebe)对约瑟夫·康拉德(Joseph Conrad)的《黑暗之心》(*Heart of Darkness*)的破坏性批评文章也是一例,他在其中提出,康拉德是"一个彻头彻尾的种族主义者",他在故事中只是把非洲"用作背景布置……除去了非洲人的人性因素……由此将非洲降低至一个聪明欧洲人的煽情小道具角色,"(艾赫伯[1988]、布鲁克·威多森(Widdowson)编,1996:267)。艾赫伯提出的"真正的问题"是"一部赞美非人性、剥夺部分人类个性的小说,是否可以被称作一件伟大的艺术品"(同上)。他所做出的策略性的、具有争辩性和否定性的答案,如果是从西方审美观念的大写"文学"典范出发,恐怕是很难进行反驳的。

值得注意的是,部分近年来最具摧毁性的后殖民写作,包括文学性写作和批评性写作,都来源于那些不得不同时面对"DWEMs"大写"文学"中的种族和性别因素的女性作家。随之而来的结果就是对当代文学的必要关注,这种写作已经彻底放宽了我们看待文学典范的限制。比如关于新作品的"文学价值"问题,由于没有历史定性"经典"地位的负担阻碍,立刻导致了偶然的、主观的和往往是武断的评价出现,从而使特有的"文学价值"的概念大成问题。我们发现,当这种情况出现时,物质市场力量、发行者、评论家和批评家的文化偏好在可见地运行,将一些文学特征特质归于一个文本,这些特征特质因此"被发现内在于"这个文本,用这种方式来推崇或贬低它。由此,如我在第一章中所说,价值判断应该仅仅被视作临时的、策略性的和有特定功能的。

女性主义和后殖民主义作为此过程的关键手段,通过暴露大写"文学"和"西方典范"的不公正和意识形态性,解构了它们;允许创造性地重读过去的"经典"之作;并导致了其他文学(尤其当代文学,也不排斥其他种类的文学)的出现,这些文学讲述了迄今为止被禁锢的经验领域,而这些经验恰恰是处于传统大写"文学"大纲的经验领域之外的。因此,我们正是在这些新文学中看见,通过他们独特的文学表达方式,"新的现实"被"创造"出来。我将继续证明(尤其在第四章和第五章),这些独特的文学表达方式正是为了不把"文学婴儿"随同大写"文学"的洗澡水一起倒掉的理由。

但女性主义和后殖民主义不是导致被接受的大写"文学"概念终结的仅有因素。20世纪60年代中期,由自由主义者所发起(如果政治不是处在关注焦点的话)的一个更为普遍的觉醒和反叛时期开始到来。甚至代表大写"文学",至少是承担着"英文"使命的高等教育资源长达30年之久的剑桥,也受到了威胁。1966年雷蒙德·威廉斯(Raymond Williams)进入这所大学,只是为了接受"马克思主义者"的教育,大卫·海尔(David Hare)形容他"憎恶"为"获得承认"的"道德"作家和那些没有获得这类认可的作家"开名单"。传统"英文"教育看上去完全由这些组成:

> 我不想被训练成艺术警察局的非授权警察,为"缺少严肃性"等重大违法行为巡视文学……(导师们)的态度隐含着对人们普通感受的轻蔑,以至于所有这些开名单不可避免的后果是,我越来越脱离现实生活,而不是投身其中。
>
> (海尔,1989:2)

这种反应在这里还主要是个人反抗,但是,在遍布欧美的1968年五月"事件"引起的政治进程中,它成为了焦点。在这次"事件"中,所有传统课程、教员与学生之间的专制关系都遭到质疑。在这场风暴中,改变"英文"或"文学"教学大纲的呼声无处不在,但在英国的新机构——"新大学"(New Universities),即开放大学(Open University)中,以及在甚至更为彻底的最近建立的多学科工科大学(Polytechnics)中——这种改变最为快捷明显。"交叉学科"(Interdisciplinarity)在这里成了术语,标志着旧的学科界限被打破,新的综合研究被建立,这些研究大多就其特征被称作"人文科学"。含有这个名称的学位课程可能大量涉及"英文"课,但这不是说"英文"课自身具备这种资格(如利维斯式的"核心"),而是认为它与其他科目平等,这些科目通常包括历史、社会学、政治学和哲学。在此背景下,经典文本设定的和驯服化的地位受到其他学科目光炯炯的审问。历史学家问:为什么《李尔王》是英国17世纪早期研究必读;它因何较一篇当代道德说教更为重要;与其他无名氏创作的"二流"戏剧相比,是什么使它成为一部"一流"作品;这是谁说的,什么时候,依据是什么?社会学家会怀疑,为什么一个时期普通人事实上在阅读的"流行文学"会没有经典文本重要。一个利维斯式的回答,或一个基于美学形式主义的回答是无效的。一旦这类问题被提出,并要求超越已接受的文学批评思想的回答,拆解"文学"的内在进程就开始了。我们如何知道,乔治·艾略特的《亚当·贝德》(*Adam Bede*)(1859)比同时期奥丽芬特夫人(Mrs Oliphant)的小说《塞勒姆小教堂》(*Salem Chapel*)(1863)更重要;什么本质上的特征导致了这种差异;我们如何识别它们,根据什么标准;这个等级评价经由什么过程产生;在特殊的背景下它是否可能被颠倒(比如相对于《亚当·贝德》,《塞勒姆小教堂》能使我们更好地了解19世纪中期英国的宗教生活)①。来自那个时期的一个自讽的疑问可以显示这类关于文化文本的询问模式的力量与逻辑，即"为何《米德马奇》（*Middlemarch*）比一个啤酒垫子（beer-mat）更重要？"

当然，将"英语文学"作为严格意义上的"文学研究"属于长期的用词不当。比如，以下这些人，邓巴（Dunbar）和亨利逊（Henryson）、巴尔扎克和托尔斯泰（即使是翻译文本）、罗伯特·彭斯（Robert Burns）②、狄兰·托马斯（Dylan Thomas）③和布兰登·贝汉（Brendan Behan）、詹姆斯·乔伊斯、艾兹拉·庞德和威廉·福克纳（William Faulkner），是否得到了"英文"有效的描述？但是自20世纪70年代以来，变得尤为瞩目的是沃雷·索因卡（Wole Soyinka）④、玛格丽特·阿特伍德（Margaret Atwood）⑤、宪章派诗人、罗伯特·德莱塞（Robert Tressell）⑥、杰姬·柯林斯（Jackie Collins）⑦、林顿·维斯·约翰逊（Linton Kwesi Johnson）⑧、《加冕街》⑨、雅克·德里达和朱丽叶·克莉斯特娃等人业已进入了教学大

---

① 将《亚当·贝德》分析作"历史"，见第五章英文版第141—148页。

② 罗伯特·彭斯（Robert Burns），18世纪苏格兰诗人，代表作《一支红红的玫瑰》。——译者

③ 狄兰·托马斯（Dylan Thomas, 1914—1953），英国诗人，著有诗集《死亡与出场》。——译者

④ 沃雷·索因卡（Wole Soyinka, 1934— ），尼日利亚剧作家、诗人、小说家、评论家，代表作有戏剧《沼泽地的居民》、《路》、长篇小说《解释者》等，1986年获诺贝尔文学奖。——译者

⑤ 玛格丽特·阿特伍德（Margaret Atwood, 1939— ），加拿大著名女作家，代表作《浮现》、《可以吃的女人》等。——译者

⑥ 罗伯特·德莱塞（Robert Tressell），小说《穿破裤子的慈善家》的作者。——译者

⑦ 杰姬·柯林斯（Jackie Collins），英国著名通俗小说家，代表作有《好莱坞离婚》。——译者

⑧ 林顿·维斯·约翰逊（Linton Kwesi Johnson），英国非裔诗人，当红音乐艺人。——译者

⑨ 《加冕街》（*Coronation Street*），历史上最长寿的电视肥皂剧，1960年12月在英国开播，时历40年经久不衰。——译者

纲——那么,如今还将"英文"(甚或"文学")用来描述在它名义下的所发生的事情远不是那么精确了。在 1987 年,文化批评家彼得·布鲁克写道:

> 甚至当"英语"被用作许多大学和综合工科大学系科的公用称谓时,它就像是顶梁柱,承载着它所有意识形态的重负,"英语"这个词还变成了下列课程不恰当的称谓:文学和文化理论、文学与社会、美国与欧洲文学、大众文学和女性写作……我们最好还是将这些课程叙述为:话语分析、文本分析,或者干脆地说,文化研究。
>
> (布鲁克,1987:27)

教学大纲的扩充收录了一直受到忽视的亚类型(sub-genre),如"哥特文学"、"罗曼司"(Romance)、"科幻作品"(Fantasy)、"工人阶级写作"、"女性写作"、"黑人写作"和"流行小说",以及符号学、语言学、文体学、电影、比较文学、修辞学和创意写作(creative writing)。如今,"阶段研究"(Period Studies)取代了传统的"作者"(Author)和"文类"(Genre)研究的课程,"阶段研究"的内容是过去一个短时期(比如 18 世纪 90 年代、19 世纪 40 年代、1900—1914 年)写作的文化产品的垂直剖面图,后来的典范性等级制没有做这种区分。但是,这些课程经常特别建立在被忽视的"二流作品"出版的缺席之上:商业出版加强了经典的大写"文学",后者用巴特的话说,实质上保存在"被教授的东西(what gets taught)"①之中。对"当代写作"越来越多的关注也开始迫使较陈旧的时期和"经典作者"从大纲上消失。结果是,在 19 世纪 70 年代,甚至国家学术奖委员会(CNAA's)批准新的多学科工科大学"英文"课的唯

---

① 转引自伊格尔顿([1983]1996:172)。

一强制性要求是,他们必须包括莎士比亚研究,就像"纽伯特报告"(Newbolt Report)(见本书英文版第 47 页)所描述的,经过 20 世纪 90 年代国家学术奖委员会的消亡,"做英文"而丝毫不读莎士比亚已经完全可能。首先,"有文学性的"或"批评理论"课程在联合王国的每个学位课程中几乎都是礼节需要,主要的例外是牛津,我后面将回到这一点。还需要注意,上述的经过确认的许多课程现在已经成为获得英语学位的规定(provision)课程,某种类似于家常菜的东西。"写作"一词已经取代了大写"文学"。这自然标志着与大写"文学"之间的距离,以及标志着考虑到超出传统"文学性"概念的写成的文章:自传、回忆录、随笔、歌谣、新闻报道等等都与"有文学性的"写作平等共存。

顺便提一句——也为了把注意力转移到学院之外——19 世纪 70 年代的英国,一场更为深远的文学民主化正在工人阶级写作中,在融汇于其他事务之中的公共出版中发展。核心奖出版计划(Centreprise Publishing Project)(伦敦)、普通语作家坊(Commonword Writers' Workshop)(布拉德福)、出租马车作家坊(Hackney Writers' Workshop)(伦敦)、皇后火花丛书(Queenspark Books)(布莱顿)、苏格兰道路作家坊(Scotland Road Writers' Workshop)(利物浦)、托克罗斯作家坊(Tollcross Writers' Workshop)(爱丁堡)及女性与词语(Women and Words)(伯明翰)。1976 年,这些出版社与其他出版社进行了一个松散的合并,成为"工人作家联盟与出版社团"(FWWCP)。他们共同编纂的丛书则称为:"文学共同体"(The Republic of Letters)在描述自己的历史与目标时,明显地把"文字"——在这里"文学"意味着"书本与写作的总和"(威廉斯,1976:151—152),这是首创性的发展——和一个平等的、代表大众的政权相结合。工人作家联盟与出版社团背后的理论基础是"拆除"文学,使写作成为所有人的大众的表达形式,而不是大都市或特权精英把持的禁区(莫利(Morley)与沃尔珀(Worpole)编,1982:1)。它尤其针对那些迄今为止被大写"文学"所代表的所有被全面剥夺了权利的人群:工人阶级、妇女、少数民族。为了给予他们发言的可能性,有必要在学院之外建立彼此同情的社团,人们在其中练习写作、交换成果和意见,并且独立出版发行作品,在主流商业产业的控制之外相互合作,而且这样花费较低。如作者们所说,"当这些被构思与建立起来时",就将他们"置于与文学的冲突之中"(同上,43),因为如果他们从事的文学产品类型成为某种标准的话,就会导致那种"有竞争性的、精英的、受利润支配的、讲求劳动分工的、使得生产者与消费者相分离的"(同上)传统出版破产。为了反对决定谁"有文学性"而谁没有的机构,肯·沃尔珀(Ken Worpole)在文中指出,这些机构在定义"英语文学"时具有明显的"狭窄视野"和"文化偏执"(沃尔珀,1984:4—5),因此,工人作家联盟与出版社团(FWWCP)就发起了挑战,而它所反对的并非文学自身。然而,其结果却是那些新的独立出版机构发起"建立了新的写作形式,发现了新的作者,以及新的读者网络"(5),这对后来的所谓"文学""拆除",以及随之发生的当代文学文化的拓展与振兴做出了巨大贡献。

在英国高等教育背景中,有一个"英文"/"文学"瓦解的更深层因素值得留意(即上面提到的社团写作与出版群体这些学院之外的文化政治,这个因素与这种文化政治具有同源性)。前面引了彼得·布鲁克文章的副标题"文化研究之后还有英文吗?",随着"文化研究"脱离"英文"和"文学研究",转而在它们身旁发展,兴趣的重点显然已从大写"文学"转移到各种形式的文化产品及其表现上,最集中表现在"流行文化"上。意味深长的是,这种转变起源于成人教育:伯明翰大学影响深远的当代文化研究中心(CCCS)成立于1964年,由《识字的用途》(*The Uses of Literacy*)(1957)的作者理查德·霍加特(Richard Hoggart)建立,后经雷蒙德·威廉斯和其他人发展。在早期阶段,大众传播报纸、英国广播公司(BBC)、电视、电影、广告、工人阶级"文化"(在"活生生的经验"大大扩展的意义上,或用威廉斯杜撰的词"一种生活的整体方式":[1958]1961:18)、亚文化(青少年、体育)、时尚(摩斯①与摇滚、朋客、工人阶级少女),以及教养与大众教育问题,成为关注的对象——所有这些话语,是大写"文学"多多少少明确界定为自己所反对的,在这些讨论中"文本"的观念必须从根本上重新思考。更重要的或许是,文化研究——亦即所谓知性上"不够纯粹"的、相当政治化的、处于学术边缘的刺激物——从来不是非常新的"学科",而用布鲁克的话说,这是"一种激进思想"(布鲁克,1987:27),或是当代文化研究中心前主任理查德·约翰逊(Richard Johnson)所谓的一种"批判"方式,即:

> 这是一些途径,通过这些途径同时接近其他传统可能生产和禁止之物。批判涉及盗走最有益的因素并弃绝其余。……从这个角度,文化研究是一种过程,一种生产有益知识的炼金术。
>
> (约翰逊,1983,引自布鲁克:同上)

换句话说,文化研究与其说是一项个别"科目",不如说是一种政治化的思维方式,这种思维方式超越了它参与或复原的任何被质疑的领域的界限。

具有讽刺意味的是,基于以上原因,19世纪七八十年代,文化研究暂时看上去似乎会在英国高度教育机构(这些机构与美国的有些不同,见本书英文版第79—80页)中取代"英文",文学将包含在文化研究内,在更广阔的"文化史"概论之中成为众多元素之一。

---

① Mods:这是一种起源于20世纪60年代的英国流行文化,译者注。

这在联合王国并没有发生,20世纪90年代中期文化研究作为一个著名的学术领域似乎逐渐衰落,尽管安东尼·伊斯特霍普(Antony Easthope)在《进入文化研究的文学》(*Literary into Cultural Studies*)(1991)中提出了一种"新范式"(New Paradigm),但反而是"英文"呈现出繁荣——这些现象只能通过涉及政治的、意识形态的、机构的和学术的因素来进行解释,但这远远超出了我的范围。可这里有两点值得注意。第一是文化研究(约翰逊的"批判途径")的许多组成因素和理论/方法实践,已经将自己植入其他学术领域,如女性研究、第三世界研究、电影、传媒与信息研究之中。但同时,"英文"仍保留着"错误的头衔"(见布鲁克,本书英文版第71页),这也同样深深嵌入这些学科之中,而且以我前面提到的方式在内容和智力倾向方面发生了转变:"典范"文本在它们的"时期"重新定位;不同的"写作"种类被介绍,而且没有一个伴随着它们的"价值"等级;"理论"和"当代文学"占据了最重要的位置。或许其中最根本和最具渗透性的维度却是下面两个:1. 科目自身(连同它的内容)被历史化,大写"文学"史和"英语"/"文学研究"史自身成为——或应当成为——所有这类学位课程的基本组成;2. 明确政治化。任何"无关心"(disinterestedness)、"科学"客观性和"意识形态清白"都遭到文化研究政治分析的摧毁,而文本研究也同样遭到它之后主要理论冲击的摧毁:马克思主义、女性主义和后殖民主义。换句话说,对大写"文学"这个构成物以及对它的组成的研究,作为对象和实践都已经从根本上非驯服化了。

"英文"/"文学研究"(虽然在文化研究模式中已经从根本上再次阐释)持续的另一个要点是将部分通过本书后面部分的原理得到阐释。因为虽然大写"文学"可能已经在根本上受创,一般意义上的文学却没有:在20世纪晚期的"大众信息"社会中,它甚至得到广泛的阅读和研究,并在其他当代媒介中维持一种不连续的、独特的存在——其中包括作为一个整体类别的"写作"。

同一时期,相似的拆解和再定义过程在美国也正在进行。女性与种族出版,比如女性主义出版机构(Feminist Press)、露特姨妈(Aunt Lutte)、老姑娘(Spinster's)、公共艺术(Arte Pubilco)和提坤(Tikun),与前面提到的英国的种种出版有相似作用。但是,自20世纪60年代以来,"文化大战"(Culture Wars)更广泛地表现了激进左翼与保守右翼之间关于教育课程应该包括什么——文学学习是其中核心——而展开的战争。正如瑞吉尼亚·加尼尔(Regenia Gagnier)所说,随着20世纪60年代以来高校民主的增长,"社会问题已经成为了高校的问题,包括种族、人种冲突、性别冲突、政治经济不平衡、偏执和缺乏舆论"(加尼尔,1997:4)。重要的是,在非裔美国人、女性主义和同性恋解放运动积极活动的多文化社会中,谁之文化的问题应该得到教导,正如过去30年间围绕课程提出的和充满活力地辩论的问题那样(1992;又见本书英文版第79—80页)。杰拉德·格拉夫(Gerald Graff)写作的《超越文化战争》(*Beyond the Culture Wars*),对当前的论争做出了重要贡献。他写道:

> 今天的学术论争,不仅包括在人文领域哪些文本应该讲授,也涉及西方与非西方文化的竞争性问题,还包含了种种关于正面肯定行为的论辩;以及对于那些涉及人种、族群、特权的仇恨性言论如何规范的问题。此外,甚至涵盖了由深奥的文学理论引发的关于性别问题和莎士比亚研究的相关性的争吵,也是女性主义、同性恋活动者和女性进入职场引发的更大社会中的性角色争论的回响。
>
> (格拉夫,1992:9)

然而,随着80年代里根"新自由主义"的兴起,右翼的反作用力开始起步,要反对一种似乎正在破坏高等教育、破坏对一个公共国家文化感觉的归属感的文化多元主义。国家人文基金的头脑们,如威廉·班尼特(William Bennett)和琳内·切内(Lynne Cheney),开始攻击他们视为左翼领地的大学,尤其是他们从大纲中"撤去"典范的经典"文化"的行为,他们的观点通过以下著作得到加强:阿兰·布鲁姆(Allan Bloom)的《美国思想的结束》(*The Closing of the American Mind*)(1987)、E. D. 赫希(E. D. Hirsch)的《文化教养》(*Cultural Literary*)(1987),还有更近的哈罗德·布鲁姆(Harold Bloom)的《西方的典范》(*The Western Canon*)(1994)。结果,20世纪80年代晚期至90年代初期,"文化战争"在国家新闻中前所未有地流行:《新闻周刊》、《时代周刊》、《新共和》、《哈泼斯》杂志、《村声》杂志、《大西洋月刊》、《纽约时报》、《华尔街日报》、《国家评论》,此外还有许许多多的反映①,都连载了围绕"政治正确性"所展开的争论,而且往往关注斯坦福和杜克这样声名显赫的大学。最声名狼藉的事件是1991年《大西洋月刊》发表了迪奈希·德索沙(Dinesh D'Souza)的一篇文章,名叫《粗鄙的教育》(*Illiberal Education*)(很快成书,标题为《粗鄙的教育:大学校园里的种族和性别政治》(*Illiberal Education*:*The Politics of Race and Sex on Campus*))(1992),声称"白人男性"写作的经典正被从大学必读书目中"放逐",还引用了宾夕法尼亚州立大学英文系头头克里斯托弗·克劳森(Christopher Clausen)1988年说过的一句话,大意是他敢"打赌(艾丽思·沃克(Alice Walker)的小说)《紫色》(*The Color Purple*)在今天的英文课上教得比所有莎士比亚的戏剧加起来还多"②。随着布什在密歇根大

---

① 此处某些信息来源于格巴与卡姆霍尔兹所编之书(1993:1—8)的序言。
② 关于这件"丑闻"更完整的叙述,以及对它的精确性的驳斥,见格拉夫,1992年。

学谴责"政治正确性"暴政①，一场狂怒爆发了，《时代周刊》杂志为学生屈从于"把莎士比亚和小说家艾丽思·沃克作为社会学碎片，而不是作为艺术家的文学课"而感到悲哀。它还意味深长地说，"混乱的课程名称和古怪的阅读书目常常配备一个好斗的政治议程，或关于国家文化与价值的离奇观点"（格巴（Gubar）与卡姆霍尔兹（Kamholtz）编，1993：2）。在这样的语境中，"文学"这个概念清晰地显示了它依然尊崇19世纪和20世纪初期在"文学"建构过程中被赋予的意识形态价值。无论亨利·刘易斯·盖茨（Henry Louis Gates）是否正确，他所说的"庸俗的文化国家主义者……在风中呜咽"（盖茨，1992：16）仍然依稀可见。

然而，美国的语境和英国一样，一个毫无问题的"文学"概念以及相应的"文学"研究不再能继续了。明显的证据便是非洲裔美国人、女性和同性恋/女同性恋的写作和理论课程的扩散——只举这三个明显的例子——以及激活众多当代批评和教育学的解构主义和新历史主义理论方法。更进一步的是，正如瑞吉尼亚·加尼尔所指出的，在美国人文学科中有一个朝向真正的交叉学科"文化研究"的运动。这部分由机构的/经济的决策者要求"实用性"的证据所驱使，部分源于学术界自身的洞察，在一个多种族和多元文化社会中，单项学科方法研究是不够的。来自许多不同学科的教员们一起为识别、探索"个人和群体对自己表现自己从而建构自身的认同"而工作（加尼尔，1997：xvi）。文学和文学研究显然为这一点做了很多贡献。

但或许在美国，关于"文学研究"的角色和功能问题当前争论

---

① 如瑞吉尼尔·加尼尔在给我的一封信中指出的："'政治正确性'一词在'文化之战'中被文化反动者挪用于右翼与大众媒体。但起初它是一个左翼用在自己身上的自嘲用语。在一个复杂的道德式政治问题面前，我们会问自己：在政治上正确应当如何做？当然也知道不存在任何简易的回答。从左翼的自嘲降低到它所宣称的倾向是对'文化之战'自身的一种反讽。"

最具影响力的是杰拉尔·格拉夫的"教导冲突"(teaching the conflicts)方案,加尼尔认为这一方案在新的文化研究中将不可避免地实现。我们在第二章看见,格拉夫如何将冲突定义为从一开始就促成了"英文"在美国的发展,但是在它的大部分历史中都被遮蔽于宽容和整个文学领域的全面"覆盖率"的帐幕之下;以及如何进行文学研究的唯一可持续方案是,将实质上决定文学研究组成的冲突作为它的大纲。在他的近作《文化战争之后:教导冲突能够复兴美国教育》(*After the Culture Wars: How Teaching the Conflicts Can Revitalize American Education*)中,格拉夫认为,"战争"本身只不过是这些地方性冲突中近期最极端的表现,所以"现代美国教育史使自由多元主义的解决办法(每个人做他/她自己的事)和保守的解决方法(每个人做保守派的事)彼此对抗"(格拉夫,1992:10)。当前的"文化战争"表现了这些立场,但是他们是"一枚硬币的两面,两者都不能为文化战争构想出任何积极的角色"(同上)。他说道,为了走出僵局,我们必须"教导冲突本身,使它们成为我们研究对象的一部分,并将它们作为一种新的组织原则,给予教学大纲以几乎所有方面都认为它缺乏的清晰与中心"(12)。通过将以下带进课堂:"冲突本身"、媒体对它们的误传,以及我们自身做的相关研究,即方法论、正规性或文化政治,也即对这个领域我们自身的理论介入,我们可以就智力的相关性、文学的生命力以及当代的文学研究进行交流。

我在上面所强调的传达出这样一个信息,大写的"文学"在自 20 世纪 60 年代末以来所出现的事情中已经明显地遗失了什么:这就是"理论"在所有一切中地位的丧失。当然,在某种意义上这就真是我此刻的出发点——关注女性主义和后现代主义。但是当认识到大写"文学"的理论实际上支撑着所有这些发展,这一章从未想要成为当代批评理论的浓缩汇编,也不想表明主要是由理论引起了所有这些剧变。以下的叙述并没有打算也没有(可能)做成这样一个汇编:①它只是概述一些近期的对于"文学"观念造成破坏的理论所运用的方法以及随之产生的对当代文学的影响。

所谓"理论时代"(Moment of Theory)可以从19世纪60年代晚期算起,经过七八十年代的全盛期,发展到现在,正像有些人说的那样,理论"时代"已经结束;而另一些人则认为,理论早已融化在理性的血液之中,所以,"延续"这个词恰恰是更为确切的描述语言。然而无须争辩的是,从20世纪70年代早期起,一浪接一浪的新(有一些则不是太新的)理论动摇了大写"文学"并改变了理论批评。

"巴赫金学派"(Bakhtin School)

一个更早的理论运动的成果,首先要列举的就是"巴赫金学派"(俄国20世纪20年代晚期,米哈伊尔·巴赫金(Mikhail Bakhtin)是其中最著名的成员),因为在19世纪60年代晚期它对语言社会性的关注产生了广泛影响。巴赫金派学者(Bakhtinian)对费南迪尔·德·索绪尔关于语言"符号"(词)的"所指"与"能指"之间的任意关系的定义进行了批判,并在社会背景中重新定位了这个关系。他们认为这个关系永远充满着冲突和斗争,因为每一次被投入社会空间的言说都隐含着一次对话或一次争论性解释,因而言说是一个潜在的斗争场所。所以,在无休无止的人类斗争和互相作用的过程中,语言总是被堆积于其中的语义增长所污染。通过把这种对语言的动态观点与文学文本的研究相结合,巴赫金强调的不是文本反映了社会或阶级利益,而是文本的语言可能瓦解权威,解放其他声音(voices)。比如他的"复调"(Polyphonic)或

---

① 关于当代文学理论运动进一步但仍是概要性的描述,见赛尔登/威德森/布鲁克(1997)《当代文学理论读者指南》(*A Reader's Guide to Contemporary Literary Theory*)以及特里·伊格尔顿的《文学理论》第2版"编后记"。

"对话"(Dialogue)小说理论,强调了在各种各样的"声音"(杂语)(heteroglossia)中,表达不同观点、不附属于作者控制的意图的在场。因此,文本讲述超越作者权威的解放的往往是颠覆性的话语(巴赫金,1981)。

巴赫金对"狂欢"(Carnival)的定义,作为这种对话主义的一个方面,在大写"文学"的颠覆中尤为重要。他将狂欢节视为传统上的集体与大众的活动,在其中等级制度被颠倒,对立面混合,专制与神圣遭到民间"笑"(Laughter)的释放的亵渎、颠覆和嘲笑,他杜撰了"狂欢化"(Carnivalisation)一词以描述文学中的相似效果(见巴赫金,1984)。这些效果出现在声音获得自由、超出作者控制、颠覆性地骇人听闻地说话之时。实际上,它们能够有效地拒绝、嘲笑或颠覆甚至作者自己的"主导"声音与观点。巴赫金对于"狂欢"的揭示,有助于打破许多在20世纪中期批评(见第二章)占统治地位的有机的美学的形式主义对文学的桎梏。通过促进文学作品是多层面的、反对一致性的思想,他对将"性格"概念作为稳定的单一的个体认同表示质疑,并放松了作者对于他或她的文本掌控。虽然巴赫金本人的著作仍然保留着作者控制技巧的坚实感,但它的政治化批评阅读预见了后来结构主义者、后结构主义者和精神分析理论的主流倾向,比如在这些方面:

- 动摇统一的人类主体概念;
- 赞美超越权威和典范性的解放与愉悦;
- 给予"复调的"、"对话的"、"杂语的"或"复数的"文本以特权;
- 开放一切文学作品的潜在对话。

结构主义(Structuralism)

结构主义也受惠于索绪尔的所指/能指二重概念。但是,与巴赫金学派的社会倾向不同,它的理论认为,文学作为一个意义系统,仅仅在涉及它的内部语言"代码"时才是有意义的,它不影射任何外在于它的现实,因此也不可能是真理性的:它既非"模仿"也非"表现"。因而有了罗兰·巴特的名言:"作者之死"(巴特,1977)。既然作者和读者之间不可能通过文学作品进行"人文主义的"交流,结构主义者批评的唯一目标只能是分析文本自身封闭系统的意义层的内部关系。

马克思主义理论、新历史主义和文化唯物主义 (Marxist Theory, the New Historicists and Cultural Materialists)

大多数当代理论流派都不是孤立的,他们都在分享彼此的要义。近来的马克思主义理论(一个不严谨的统称,称之为"唯物主义者"理论或许更合适),虽然仍涉及在文学自身的历史时刻决定文学作品的社会的、经济的和文化的"生产方式",同时也采取了"结构主义者"的立场,认为意识形态塑造文本时超越了文本自身意识的"认识",将一个文本视为塑造它的意识形态的编码方式与揭秘方式。因此,文本"裂缝"、"省略"、"失误"和"沉默"——它所"未言说的"——比它外在的涵义更为重要①。所以,比如对于新历史主义者和文化唯物主义者来说,文本自身不可能知道的有价值的揭秘,是理解这个文本在其中形成的联合体的主导意识形态的问题,并抵制这一主导意识形态的一条途径。当然,他们在这里也受惠于米歇尔·福柯的"离散形态"(discursive formations)理论——那些流行于特定时期、决定与限制知识形式与"规约"(Normality)和"主体性"(Subjectivity)类型的权力话语,然而这些

---

① 这个与刘易斯·阿尔都塞有关的概念在第四章英文版第18—19页有更详细的说明。

话语也导致了争论。各种各样的文本,其中包括文学文本,对这些过程的介入十分复杂,因此这些文本可用来揭示在它们自身构成的话语中这些权力话语是被如何记录的。

后结构主义和解构主义
(Poststructuralism and Deconstruction)

后结构主义(又一个对大量不同理论的统称)将结构主义者的立足之处引导到自我解构(self-deconstruction),因为结构主义是建立在语言结构建构的观念基础之上的,而后结构主义拒绝这样一个结构的存在,或者说它在实际上拒绝的是任何一种本质结构的存在。后结构主义强调的是意义在根本上具有不确定性,它对任何文本可能被指认表达的矛盾涵义进行一种"游戏的"(但绝对严肃的)暴露,在这个范围里,文本由错综复杂地记录在它的大量话语构成的词所组成。与审美形式主义,例如新批评(见本书英文版第56—59页)相反,文学作品的杂语文本的不统一和剩余才是我们在阅读它们时"愉悦"(jouissance,法语,意思为"极端的快感")的来源。在解构主义者当中影响最大的雅克·德里达那里,任何从一个文学文本"获得意义"的阅读都能立刻被同一文本的指示系统所动摇。因此所有文本都在解构自身("文本通过自身解构自身"[德里达,1986:123])。持有这样一个立场就会坚持认为——用德里达的另一句名言来说就是:"文本之外什么也没有"(德里达[1967],1967:158),既没有作者"意图"对它的控制,也不能从中获得独一的或"本质的"真理。因为我们只能通过语言认识世界,也因为"现实"与认识它的话语无法分离,既然每样东西都只存在于文本和话语的不确定"游戏"中,就不存在任何绝对的确定性。对德里达的后结构主义最复杂深奥的文学批评挪用是美国的解构主义,有时又称"修辞阅读"(Rhetorical Reading)或"文化诗学"

(Cultural Poetics)。通过展示贯穿西方话语的结构二元论的压迫和讽刺,它吞并与取代了结构主义的洞见。在这类工作中,对文学文本语言的细读或"回应",证明了它们无限复杂、自相矛盾的不确定性和"可述性"(iterability)(文本在阅读过程中不断被不同读者"重写"和"解释"的易感性)。这样,一次解构主义的阅读是由绝境(aporia)(绝对不确定的时刻)和对一切文本最终不可读的认可所统治的,在这里,"可读性"意味着一个文本被削减为单一的"确定的"解释。因此,作者又一次不能控制文学文本,文本不包含"一种意义",也不能被视为持有一个能从中引申出的"终极"真理。美国解构主义细致地关注文学的语言学文本,因而有可能就其特殊的形式构成方面恢复"文学性"概念。

读者反应批评
(Reader-Response Criticism)

尽管前提不同,读者反应批评也强调读者参与建构文本所提出的意义,并对这种强调起了很大作用。在这里,读者不挖掘文本的"内在"涵义,而是作为个人阅读主体作用于它,意义产生于文本的文本性和他或她对它的体验的辩证关系之中。对于德国理论家沃尔夫冈·伊塞尔(Wolfgang Iser)来说,文本是一个潜在的结构,"现实读者"根据自身生命经验填充任何文本必须拥有的模糊或"空白",这个结构通过"现实读者"得以"具体化","现实读者"的经验在阅读中也发生改变。文学对象再次不被看做是先在的和确定的意义、价值的容器,而是作为一个阅读可能发生的潜在区域,在每次阅读中,它的意义在读者头脑里发生的调整和修正中被建构。同样,批评者的任务也不是解释文本,而是分析文本为自身建立的"隐含读者"("一个邀请反映的结构的网络",它预先设定我们以某些方式阅读它)和上面定义的"现实读者"之间的关系(伊塞尔 1974,1978)。

后现代主义(Postmodernism)

后现代主义理论在以下方面扩展了后结构主义的内涵,即假设一切经验都是离散的(discursive)以及因此不可能获得任何确定性或真理。文艺复兴发起的社会和智力进步的"宏大叙事"(见利奥塔(Lyotard,[1979]1984)是不可信的。有关这类"历史"或"现实"概念的想法的任何基础,在这个影像和模拟全面"文本化"的世界中已经不再可能,影像和模拟是这个大众消费和先进技术的时代特征。但是后现代主义也称颂无止境的"游戏",以及在任何离散"幻象"(即一个已经是不真实的"现实"的欺骗性的"真实"表现)中意义的再游戏:在没有绝对真理之处,在所指(再)循环的"无深度"暂时性中有一种无政府主义的自由。在所有这些方面,后现代主义理论,时常在"现代性"和"现代化"的定义中拥有更普遍的社会意义,已经从根本上挑战了"高级文化"霸权。因此,大写"文学"仅成为一切艺术形式的大众文化生产与再生产的"技术"谱系中的一套离散的文本。

精神分析理论和新弗洛伊德主义
(Psychoanalytic theory and Neo-Freudianism)

在后结构主义背景下,精神分析理论受到雅克·拉康、朱莉叶·克莉斯特娃和其他人的新弗洛伊德主义的改造,它关注语言的功能,尤其关注语言在主体认同的建构中的角色。拉康强调自我(ego)本身就是一个建构,这个"自我"虽然看似统一、连贯、具有确定的核心,实质上是一个由毫无关联的碎片强行黏合而成的虚构,一直处于分解的边缘(拉康[1973]1979,1977)。语言在性别认同形成方面尤为重要,因为男性把持着进入"比喻的"或"符号的秩序"(symbolic order)——在其中词语替代了物本身——在这方面比女性更为方便。因为我们的生活是在"符号的秩序"中度过的(在"文本"或"话语"之外什么也没有),语言和性别之间的关系对于维持一个父权制社会的性别不平等是基本的。这种理论对文学和批评的冲击再次确认了以下这些:语言既非指示也非表现,而是构成;人类主体(指个体、一元、本质"特性"这些概念)事实上是被建构的、异质的(heterogenetic)、不稳定的;文学文本可以像梦一样做精神分析解读,以及它们会在文本性的"未言说处"编码复杂和自相矛盾的信息。

女性主义(Feminism)

这种新弗洛伊德理论在两个方面都有必要谈论女性主义:1. 语言建构主体性(subjectivity)的方式,比如,对它进行解构有助于被束缚的主体地位的解构;2. 寻求一种表达前俄狄浦斯、前言辞、前符号的话语的"女性语言",以此恢复与那个现在只能从无意识爆发中瞥见的失落的秩序的联系。对于克莉斯特娃来说,诗歌语言在社会封闭的符号系统中引进了她所称之为"符号学"(semiotic)的颠覆(见克莉斯特娃,1986)。而且,正如我们已经看见的,女性主义已经将大写"文学"以及对它的研究政治化了,并将它作为一种性政治的形式,在其中男性的典范被非自然化,女性的传统被建立,表达女性经验和性的话语得到揭露,因此使它们的差异得到释放——一个迄今为止包含在女性对男性认同的屈服中的差异。最后一项首创行为导致的主要变化表现在英美的"女性批评"(gynocriticism),或"法国的"女性主义的"女性写作"(écriture feminine,法语词)概念中,后者可以被定义为一种寻求接近女性主体前比喻的"符号学的"/"诗歌的"经验的写作(见伊格尔顿、玛丽编,1991)。

男同性恋者、女同性恋者和同性恋理论(Gay, Lesbian and Queer Theory)

男同性恋、女同性恋和同性恋理论于最近由女性主义(以及解构主义)发展而来,在今天争论尤为激烈,它们不仅探索记录过去文学中复杂的性别话语,而且试图在文学和其他地方"侵犯"被建构的和压抑的传统性别认同二元论,从而揭示他们更加不固定、动态的关系。这种越界的性别/文化政治的一个颠覆性后现代实例就是堂娜·哈勒薇(Donna Harraway)的"电子人"(Cyborg)概念——"一个后性别世界的生物",它从根本上脱离了支撑着传统西方主体性的组织结构的二元论和极端对立。电子人对技术的开放使"它"与所有起源神话以及有机整体(包括那些隐含在英美和法国女性主义理论中的)相对抗。值得注意的是,写作"明显"是"电子人的技术"。在语言中为意义进行的政治斗争中——"反对完美的交流,反对以一个代码完美解释所有意义的核心教条的斗争"——写作在一种原初共同语言的束缚之外工作,并称颂着自身的"非法性",只要它在为颠覆西方文化的核心神话而工作(参见哈勒薇[1985]1990,文中随处出现)。

后殖民主义(Postcolonialism)

上面这些思考和后殖民主义紧密相关,大多数前面概述的理论立场都能在后殖民主义这里发现结合点:

• 揭露和挑战西方霸权和殖民主体的建构;
• 解构西方文化的逻各斯中心主义;

- 寻求一种"离心的意识";
- 创造一种将声音归还无声者的话语。

  最后这一项的字面意思是,为那些被历史所拒绝的人"写"一个历史,并恢复作为殖民"他者"的(未被书写的)经验。后殖民主义由此提出混血(成为文化交叉培育的"主体"的状况)和边缘(被安置在宗主国社会边沿的状况)挑战后殖民世界中的单一和核心。也许众多这类理论立场表现得最明显的例子汇聚于当代"有色女性"和后殖民女性主义的作品中(比如,佳娅特丽·斯皮瓦克在《下等人可以说话吗?》(1988)、郑明和(Trinh T. Minh-ha)在《女性、民族、其他》(1989)和莫翰地(Chandra Talpade Mohanty)在《在西方之眼下》("Under Western Eye's")(1991)中所做的),她们强调第三世界或大都市少数民族女性被"双重殖民"。这些女性是变化的、多重的认同场所;用葛罗里亚·阿扎杜娃(Gloria Anzaldúa)的话说,她们是"边缘女性","生活在"几个性别和种族构成的"边缘和空白之中"(阿扎杜娃,1987)。无论是提倡一种更灵活的、多元的、没有边界的和跨文化的女性描写,还是赞美这种"边缘地带"的"文化的无文化",后殖民女性主义显出与"电子人"身份概念越界的性政治的清晰联系,有联系的同样还有一切创造性的后殖民运动,它们以不断打破单一的、普遍的范例为原则——大写"文学"无疑是范例中最为有力的。

  这些理论可能在列入各自具体的议程时以及在陈述时表现得多种多样,但它们都通过以下方式破坏了大写"文学"和对它的圣徒传记式的研究:

- 历史化、政治化大写"文学";
- 挑战作者主权、"文本自身"、内在"涵义"和本质主义的"解释"等概念;

- 揭示大写"文学"自身可能不知道的"未言说的"和自相矛盾的话语；
- 使大写"文学"向历史中再阅读的无限可能性开放。

但如果我们走进任何一家书店，就会立刻发现文学作为一个整体并未消亡。相反，尽管当代社会有许多可供选择的文化产品形式，阅读似乎在前所未有地传播和流行。在我写作的当天，《卫报》上有一篇关于新"生活方式"书店的文章:《书：商店中的变迁》("Book：Change in Store")(1997)，它注意到"50年来英国最大的书店今天"在格拉斯哥"拉开帷幕"，号称有350,000册藏书；英国网络图书协议的衰落导致Asds连锁超市这样的零售团体加入图书销售行业；结果，图书销售额比上一年度全面上升了"约11％"。① 进修"文学研究"课程的学生由于吸收了全套理论，因而要求了解这些理论如何在实践中产生作用，以对他们在一开头就要阅读的主要研究对象："原始材料"产生帮助，这个称呼在学术话语中具有讽刺意味；现在许多"后现代"文学写作将自身"理论"作为文本性自反的重要部分。或许是作为"文化战争"的一种反思，一个运动正在而且主要在美国兴起，要在理论和批评中发展一种"新美学"或"新形式主义"，如最近两本书的标题所宣告的，它将使用复杂精密的后解构主义（Post-Deconstructionist）术语发动"诗之辩护"。值得注意的是，这些"辩护"之一，将诗歌作为人们对它"长期与泛文化"需要中的一种"必要，而非日用品"（弗莱[Fry]，1995：2）；另一种辩护将诗歌作为"有效超越破坏性典范和理论抽象解释能力的任何文化创造"（埃德蒙逊[Edmundson]，1995：28）。

---

① 最近，为了祝贺"世界图书日"，《卫报》上另一篇题为《我们为何仍想阅读有关它的一切》（瑞巴克(Rebuck)，1998）的文章写道："每年都有更多的书出版，而且和从前比，有更多的书被人们购买。我们已处于21世纪的边缘，但仍有大约98％的人类知识是通过看书获得的。"其中有很大比例属于"文学"领域。

所以,虽然大写"文学"现在可能实质上是个稻草人,一般的文学似乎成功度过了"理论大战"以及所有相关的敌意,得到了更新和重整。如果确实如此,那么我们当然需要确定"文学性"对于我们可能意味着什么,并根据这样一个定义确定,在新千年来临之际,文学对于我们做什么和能够做什么。

第四章 "文学性"是什么

如果说大写"文学"作为一个概念术语已经不再可靠的话,如果我们同时还想将在文化生产中占有一席之地的文学保留下来并成为一个具有离散性的概念的话,我认为"文学性"或许是用来描述它的最好的办法。此后的篇章就将尝试界定一下通过这个词我们所应该理解的东西。尽管我的这些概念往往出自对于前人见解的折中,然而这里同样不打算采用综述历史的方法,不去梳理围绕这个概念而产生的形形色色的美学、文学理论做出的各种界定。说穿了,我的意图其实是想为我们的社会中那些不可替代的话语确定一个术语,一个具有连续性的工作术语,因为没有这些话语,我们的文化生活就会枯竭消亡。同时,我也考虑到了是否有可能将"文学性"作为一般性"写作"的元话语。

您很快将发现,我将要把通常是作为形容词的"有文学性的"改成一个实词:"文学性"。虽然《牛津英语词典》中并未列出这种用法,但从任何意义上说,这都不是一个原创的新词。这部分说明了我所说的"文学领域"是一种具有离散性的一般范畴,它可能和大写的"文学"同源但又与它相异,它来自后者的形容词形式,比如,在"有文学性的人工制品"(literary artefact)或"文学性成就"(literary achievement)中。它还避免了使用名词"文艺性",这个词的传统意思——"具有文学性的性质"(the quality of being literary)——现在常常用来表示矫揉造作的东西;同时,可以看到20世纪早期的俄国形式主义者对"文艺性"具有某种更为纯粹的形式主义的联想,这也与我的立场拉开了距离。但是需要承认,俄国形式主义者"使一部特定作品成为文学作品的""文艺性"涵义,以及他们强调研究文学的特殊性、独特性是有必要的,这样就使这种研究不仅仅作为艺术对象的一种形式主义分析,而且也可以作为"审美功能自主性"的一个实例,①而且这也就可以与我在下面必须阐述的内容呼应起来了。

我所说的"文学性"试图界定这样一种写作种类:首先,它和一般的"写作"不同:既在于它自身成为"有文学性的"自觉意识方面,也在读者对此特性的理解方面;其次,它与其他传统上相联系的艺术形式不同,如音乐、绘画和电影。这些区别主要基于对"文学性"的社会、文化效果的评估,而非基于任何定位于"文艺性"的美学或语言学特征的尝试。

德里克·阿特瑞治(Derek Attridge)在他的著作《独特的语言:从文艺复兴到詹姆斯·乔伊斯之文学的差异》(*Peculiar Language: Literature as Difference from the Renaissance to James Joyce*)的序言中指出,在西方关于文学的思想传统中,存在着根本的矛盾,"有两个无法协调的需求——我们要求文学语言与其他的语境中所遭遇的语言既可以辨认出差异,也可以辨认出同一"(阿特瑞治,1988:3)。可以说,没有确凿的证据证明存在着一种"专门"(peculiar)适合于文学的语言。但如果它真的被"辨认"出与"普通"语言是"同一"的,那么"文学作为一个独特实体"(1)的存在就岌岌可危了。由此,文学作为"差异"的概念,不得不从试图定义特殊的"文学性语言"(如我们在俄国形式主义者的尝试中所看到的)的基地上转移到承认文学存在于并取决于"由社会产生的关系、评价和区别的不断变化的网络",文学也因此向着"变化和文化变异"开放(6)。所以阿特瑞治写道:

---

① 鲍里斯·艾肯鲍姆与禹瑞·梯尼阿诺夫在霍索恩(Hawthorn)(1998:188)中"文学性"词条下分别引证。

目的在于指明文学和文学理论领域为何不能为文学性语言的差异问题提供自足的、持久的答案……以及支配文学性语言作为艺术的地位、功能的判断必须和它在其中被塑成、支持和更改的更广阔语境相联系。

(16)

和他一样,我对"文学性""差异"进行界定的尝试也是倾向于文化主义和功能主义的。

读者在下面会留意到,我把所有适合提出的定义的写作类型都不加区别地放到"文学性"这个词语之中。虽然我依旧尊重一般性差异的有效性,但这里却没有诸如"严肃"/"流行"、"一流"/"二流"这样的区分。因此,也就不应该认为所谓"文学性"是由一些事实上比其他"有文学性的"写作更"有文学性的"写作组成,或者认为我正在制定具有优先权的评价标准:要求所有的写作都适合于组成我的"文学性"概念的方案。由此可见,这个"文学性"实际上被提升为某种"联邦"或者是一个"文字联合体",它给予各种各样繁荣昌盛的文学以公民权,在这样的联邦或联合体里评价作为一种必要的反映,总是短暂的、变化的,并且是由功能来裁定的。

首先,我认为"文学性"一词和它自己作为"文学性的"(of the literary)这个意思有差别。这个明显的循环定义意味着,写作将自身表现为"创造的"、"想象的"和"技艺的"(即由技艺和通过技艺组成),并认为自己和其他不这样设定自己的写作类型不同。这里暂不考虑唯美主义或与当下后现代主义文本相关的策略性自反(那里有清楚的内在注释,比如在创作一部小说的离散实践中),而是指任何文学性文本流露出的将自身理解为"有文学性的"的意识。文学文本首先是一个作者选择写一首诗、一部戏剧或一部小说,这是一个在特定文化语境中做出的有意识的选择,在这个语境中这些文类被赋予了特殊的意义。其次,它是读者通过自身"文学修养"(literary competence)(见本书英文版第99—100页)认出他们读的实际上是文学文本的产品。文本被不可磨灭地记录了这些归属意识,我们甚至可以认为,它的决定性特征之一即是作为"有文学性的"。更简单地说,一首诗自我定义为属于"有文学性的"诗歌文类,它的"诗性特征"(poem-ness)有助于决定它被如何阅读。同样,一部小说作为"有文学性的"小说文类的自我呈现,是它和一部没有这种自觉的作品相区别的组成特征。我所举的两个例子其实在根本上是通过宣告它们在"文学领域"的定位构成的。

当然可以反驳,在现代体裁分类约定俗成地建立之前,一位戏剧作者不会意识到写了一部"戏剧",或者一个早期小说家也不会认为他或她在写一部"小说";观众/读者在这两种情况下也不会认为自己置身其中。但是,如本书英文版第8页和第34页所显示,词汇史不一定符合概念史,所以中世纪神迹剧的无名作者和观众不一定要意识到他们在创造或观看某种和圣经或教堂圣礼不同的东西。丹尼尔·笛福、亨利·菲尔丁同样没有意识到他们正在创作某种作为"小说"而不是"真实叙述"或"历史"的东西(如果他们对自己的虚构作品或宣告他们的故事事实上是"真实的"的确是自觉的专注的话)。同样明显的是,针对这种写作的"小说/新"(novel)类型迅速建立的大众读者群,能很好地理解和欣赏它的新奇或差异之处。

暂且不论一般的"命名",我的观点是,形成"文学性"的意识生产与接受的策源地,在作品自身中隐喻地授予了"作为有文学性的"自觉。所以当我们承认不存在一种特殊的"有文学性的"或"独特的"语言时,我们却仍将一个文本的语言视为"有文学性的",而不是看做一种普通的交流行为,因为我们将它当做一个"有文学性的"著作。用安伯托·埃科(Umberto Eco)的话说,一个"组织得好的文本"(可以理解成一个自觉的"有文学性的"文本)"前设了一种修养模式,这种修养来自文本之外,同时也有利于仅仅通过文本性的方式建立此种修养"(埃科[1979]1981:8)。读者"外在的"修养在事实上使文本的阅读成为可能,但是文本自身"内在的"文本策略召唤和确认这种修养。

这不是详细讨论"文学修养"这个概念之处,但由于我在这里用了一个宽泛的概念,所以也需要某种定义。我们不妨采用诺姆·乔姆斯基(Noam Chomsky)的"语言学修养"这一概念(这些语言规则被说母语的人内化了,这也就能够帮助他们产生和理解那些语法上正确的句子),"文学修养"的假定隐含着知识或内化规则——乔纳森·卡勒(Jonathan Culler)将其称为"阅读习惯",它帮助读者去区分文本、阅读文本并且从中获取意义(卡勒,1975:114)。这就在简单的"有读写能力"(literacy)和我们所说的"学问"(liter-acy)之间指出了一种区别。简单地说,在"有修养的"读者面对一个文本时,似乎有内在化的标准和程序来帮助他们理解它,并决定什么才是,或不是一个恰当的"解释"。虽然文学修养看似把对"有文学性的"的识别和归属从文本转移到读者,但其实文学作者写作也同样基于这种假定,因为他们写作可以像文学那样被阅读的文学。

我们通过积累获得文学修养,但最明显的是通过教育。如一位评论家所说:

> 我们往往忘记这个事实,阅读并非一件自然而然的行为——如果没有人去教的话,就没有孩子会这样做。阅读是必须被教授的……人们不仅教孩子如何发音,也在解释它们——这就是说,从孩子的父母开始对他或她朗读或解释大街上标志的那一刻起,文学性批评就存在了。[1]

---

[1] 格利高里·杰伊未发表的评论,引自格拉夫(1992:76)。

换句话说,不同于"自然的"语言学修养(我们不正式学习如何说话和理解语法上正确的句子),"文学修养"是通过教养学会的,因此每个人的收获也有所不同。因为我们不能设想所有成年人都有这样的修养,当然,可以反驳说,尽管作者可能做了一次特殊的选择制造一个文学文本,一个缺乏"文学修养"的读者并不能识别上文提出的这种文学"自觉"类型。因此,就我本人来说,这不可能是我的"文学性"概念的定义性特征——这只会使它显得毫无意义。然而这需要假设一个读者,他实际上可以阅读,却缺乏将眼前的诗歌和其他种类写作文本区分开的"文学修养",换句话说,这个假设的读者逃离了任何文化接受的伴随过程,却受到了教育(literate)。这反而可以视为证明了我的观点,因为读者在"文学修养"之外就意味着他们不能识别"文学性",相应地也就不能将诗歌进行归类,因此也就不认为诗歌是有"文学性的"。这在事实上就隐含了"文学性"的属性其实和文学对象一样,都是诗歌的构成部分。

我对于这个概念的用法提出了一个假设,在绝大多数人普遍识字的 20 世纪后期社会里,大多数人实际上已经使他们能够觉察出不同种类写作之间差异的"习惯"内化了,在阅读文学作品方面已经多多少少有些"修养"了。比如说,在很小年纪时就受到的那些校园教育的种种因素,诸如阅读故事、写作诗歌都是常见的活动;此外,还有巨大的生产儿童书籍的产业,"以每年 7000 种新书的速度持续膨胀"(《钻进一本书》("Dive into a book")1997:3);书店和图书馆、出版社的目录、文学节和文学奖、大众媒介的评论、广播朗读,以及改编、电视电影等等无处不在,都在不断地强化人们获得"文学修养",并在普通公众眼中保留了"文学性"的特殊性。所以,可以假设大多数读者是在一个文化上已经决定和接受的"文学"概念环境中活动的。换句话说,面对一首诗时他们会这样命名它,从而认出它的归属是"文学性的",即使他们说不清究竟是什么使它成为了"一首诗歌",而不是一份足球成绩单。

我关于"文学性"的第二个定义特征将我们带回"制作"(*poiesis*)或"制造"(making)这样的概念。我在本书英文版第26页提到,"诗艺"曾长期代表后来的"文学",这一词在英文中的同义词是"创造的技艺"(arte of making),尤其在文艺复兴时期。这个创作文学文本的行业较为字面的概念是:"世界无意识的立法者";"在他作为精神之光的世界中"的知识英雄("The Hero as Man of Letters")。① 当然,这是由于多种心理因素的缘故而形成了后来的浪漫主义者对创造力、"想象"的推崇,而且,浪漫主义者又将诗人这样的角色视为独立不羁及天生的才子。但我在这里关注的是这个事实,文学即使声称为一种现实主义模仿(mimesis)的形式,是"复制自然"或"表现真实",事实上却在"创造"我所谓的"诗性的现实"(*poietic* realities)。

考察现代形容词"创造的"(creative),它现在具有作为某人艺术天赋特征的"有想象力的原创性"、"富于想象力的写作"的意思,或指上述即"创造性写作"的实践。如果进一步恢复它的原初意义的话,那么用《牛津英语词典》的话来说,就是"那创造的"/"从无中生有的"。一个"创造性的写作"的概念,这是动词"创造"的基本意思,也正是我所强调的:"生成,尤指从无中形成……首次或再次制造、形成或组成"(《牛津英语词典》)。"生成/从无中形成/首次组成"的力量是我的观点的核心,因为当承认文学文本由某样东西(即语言)创造而成时,语言正是在新的东西"从无中形成"的原创"形式"中被组织起来的。《牛津英语词典》接下来对名词"创造"(creation)的定义:"首次制造、形成、生产或组成的行为……一种原创的(尤其是富于想象力的)人类智力生产"(加重点号处,是我予以特别指明的)。通过想象力(即通过一种精神创造行为)生成

---

① 雪莱在《为诗一辩》(1821)与卡莱尔在《英雄与英雄崇拜》(1841)中分别提及。

(即物质的存在)中包含着明显的矛盾,这正是我的"文学性"定义的症结之所在。詹姆斯·乔伊斯在《一个青年艺术家的肖像》中,让希腊传说中"神奇工匠"的后裔斯蒂芬·迪达勒斯把成熟的艺术家视作"如同创造的上帝"(乔伊斯[1916]1964:215),而不认为他自己将"遇见……经验现实,并在我的灵魂冶炼场中铸造我的民族尚未被创造的意识"(253;以上词是我所强调的)——在小说结尾,属于乔伊斯的讽刺。"铸造"当然既意味着"制造"又有"虚构"(fabricate)之意,拥有"建构"(constructing)和"虚构发明"(inventing falsely)双重意思;但正是"尚未被创造的"暗示了在这个"铸造"过程中有什么新东西将被制造。我的"文学性"定义依赖"创造的"这个基本意思——首次制作。

我们可能也会留意"诗人"(poet)/"制造者"(maker)以外涉及文学、用于承载相似涵义的词汇。比如,"写剧本的人"(playwright)事实上不是"剧作家"(playwrite(r)),而与譬如"造轮子的人"(wheelwright)或"造船的人"(shipwright)同源——此处的"造东西的人"(wright)字典简单地注释为"一个制造者"(a maker)。如上定义,一个写剧本的人"制造剧本"或"创造"(create)它们。"虚构"(fiction)一词同样处于此语境中,它源自拉丁词 *fingere/fictum*,"塑成"(fashion)或"形成"(form)之义,名词形式是 *fictio/fictionis*,指"一个构成物"(a shaping)。现代"虚构"一词承载着想象性散文叙事(小说)和纯粹杜撰两种涵义,常常涉及蓄意欺骗。所以我们用它表示一个捏造的或虚假的"伪造物"(fabrication),如在以下例句中,"他对法庭讲的故事是纯粹的虚构"或"小乔只不过在说一些关于他朋友的谎言"。《牛津英语指南》(*The Oxford Companion to the English Language*)(麦克阿瑟,1992:401—2)还提醒我们,这种用法涉及"社会或文化建构"("一种特殊的事实类型"),比如"转瞬即逝的小说(temporal fictions)",也就是"日常生活小说"和"地理性的小说",例如那本

《赤道》(The Equator)。《指南》表示,这些既是"生活的部分",又是"想象性故事讲述的产物",所以"歇洛克·福尔摩斯和那本《赤道》在虚构方面是相同的"。它还说,"在某种讨论层面上,[英语]语言自身即是虚构:是人们在一个文化体系内创造出来为某种社会目的而服务的某种东西"。那么,从这个背景中就产生出两个要点:

首先,虽然下面部分概念曾在男性批评话语中被不公正地性别化①,我仍想突出"虚构"一词的词源学意义,即一种审美的"形成"、"塑成"或"构成"。与其他文学写作种类相似,虚构是一种语言的构成,但因为此种话语的特征是一种公然声称和"真实生活"相连的指涉形态,所以它似乎将生活经验的原始材料形成或构成于"书本世界"之中。柯勒律治(Coleridge)的"解散、扩散、驱散以再创造"、"具有融合"能力的"次级想象力"(secondary imagination)观念,是对这个过程的一种具有塑造力的审美的简述。② 但是亨利·詹姆斯(Henry James)在他为《波依顿的报酬》(The Spoils of Poynton)写的序中,巧妙地强调了我所使用的语境的重要性,他断言"生活总是在犯错,走弯路,在岁月中迷失自己。原因当然是生活对主题没有方向感,只能导致(对我们而言是幸运的)奢侈的浪费。这样就给崇高的艺术经济提供了机会……"(詹姆斯[1907],1962:120)换句话说,艺术恰好"有一种主题感"(a sense of subject),它将主题感从生活"奢侈的浪费"中"解救出来",在它的未成型之物的文本"构成物"中,将一种可感的现实"塑成"可理解的图案或模式(patterns)。在这个方面,小说和诗一样,在结构上是诗性的(poietic)。稍后我会回到"模式"这个概念。

---

① 感谢埃克塞特大学的简·斯宾塞向我指出,女性主义批评已经开始解构创造力概念的男性类别。她尚未发表的论文《贝恩的儿子们》讨论了这个问题,并涉及了其他女性批评的相关著作。

② 柯勒律治:《文学生涯》(1817),第10、13章。

其次,"虚构"和"伪造物"之间的相关性——以及"真实的"和"虚构的"之间的含混关系——提醒我们,我们对世界的理解是在话语(discourse)中建立起来的;我们本身也是依据话语而塑造出来的,而且,也可以视为参与了"共谋",最常见的活动就是"讲述故事"。我们的认识、意义和获得意义的体系,都是文本化的叙述。正因为如此,我在第五章主张,"真实"在"文学性"中明显的文本化是文学作为我们的有益资源的原因之一。

我主张"诗性创作"具有决定性作用,并不是认为"文学性"绝不影射一个外在于自身的"真实的"物质现实,而是肯定即使在最具有现实性的时候,文学性话语也不过是在营造它意欲表达的现实。我也不认为,其他的写作种类就不包含前面提到的这种"创造",比如一个政治小册子,出于某种特殊目的用语言"造出"一种言论,这种言论可能被回应的反对意见所"废除"(unmade);又如每日新闻通过写作"新闻故事"(news-stories)(这个词是陈述语气)炮制新闻。但在这两种情况下,一方面,一个假设"真实的"参考的外部环境证明并实质化了小册子和"新闻故事"的参与;另一方面,这类写作自我假定属于真实世界的"诚实的"、"事实的"话语(即非虚构的),而且它们也从读者那里获得这样的信任。换句话说,这种非"文学性的"假设,将它们和甚至最指向"真实世界"的小说区分开,只要小说"自觉地"流露出这样的意思,如我所说,这是它成为"文学性的"种类的一般性自我定义之核心。

但我认为,文学"制作"的最重要特征是它创造原本不存在的"诗性的现实"(*poietic* realities)。我没打算和浪漫主义视"原创性"为"天才"核心属性的话语共谋,我只是主张,这是一切文学性作品定义中独一无二的特性——既然只有一字一句的拷贝可能严密复制原物——这允许它们从生活"奢侈的浪费"中产生可感的新"主题"。我们因此处在谢默斯·希尼(Seamus Heaney)所谓的"写作前沿":"区分日常生活现实情形和文学中对这些情形的想象性表现的分界线"(希尼,1995:xvi)。但这种"原创性"只是一种"文学性"的授权特征,不是一种价值授予特性,毋宁是解释和评估——而且永远是临时的和受功能支配的——正因为如此,才使得"制作"获得了理解与价值。

　　雷蒙德·威廉斯早期有一句含糊却又意义丰富的话,有助于澄清我这里的意思。在《漫长的革命》(*The Long Revolution*)中,他将"文化历史"出色地定义为"对生活整体因素之间关系的研究",并说"这分析中的一个关键词是模式"(威廉斯[1961]1971:63;以上词是我所强调的),这对我目前的目标很重要。我理解他的所谓"模式"指的是亨利·詹姆斯所说的:艺术拥有从生活未分化的"包含物与混乱"中推演出一种"主题感"的能力。威廉斯说,通过对"模式"的感知,我们能接入一个时期的"感觉结构",并经历一个社群中"一般性组织中所有因素的独特生活结果",也即它的"文化"(64)。他说明了小说如何是接入这个"感觉结构"的一个重要形式,在此过程中他做了一个过渡性评论,我将把这个评论推延至整个"文学性"。与我此处的语境相联系,会留意到他所说的"艺术通过新的感知和回应创造因素,这些因素是社会无法同样意识到的","我们还发现,在某些特有的形式和手法中,社会的死结和悬而未决的问题的明证,常常以这种方式第一次为意识所承认"(86;以上词是我所强调的)。威廉斯在这里提出的不只是通过内容,还通过更重要的虚构塑成("某些……形式和手法"),这种虚构塑成通过"构成"一个"模式",制造出新知识。这个"模式"是"意识""以这种方式第一次"觉察到的。无论我们把模糊的"以此种方式"(in this way)理解成"通过这些手段",还是"在这种特殊的形式中",威廉斯似乎确认了我的观点,即"文学性""从无中形成……第一次"在创造性文本性中"制作"新的可感知的现实。我们会在这些观点和后面刘易斯·阿尔都塞(Louis Althusser)的观点当中找到共鸣(见本书英文版第118—119页)。

第四章 "文学性"是什么

威廉斯在他后来关于"可认识社群"（knowable community）的概念中发展了这些思想（[1970] 1974：66）。他认为，尤其通过乔治·艾略特，"小说的社群扩展了"，不是通过增加它的"真实社会的范围"，而是通过讲述它，使得"已知的社群得到了创造性的认识"（67—68；着重号是我所加：就是说，通过艾略特的文本，获得一种创造性认识），而这种情况又可以划分成关系状态来理解，比如说划分成"真实社会"的社群和小说家运用"表意意识"来对这个社群进行"认识"：这个意识"并非已经被认识的（the known）或可以认识的（the knowable），而是将要被认识的（the to-be-known）"（69,74）。艾略特以可感知的形式留给我们的，正是她写的"将被认识的"社群的"表意意识"本身的界定，也就是今天被部分疏离的观察者/小说家的"表意意识"。换句话说，这是她的视域，在文本中讲述并且是作为文本来讲述，使已经习惯化了的视域陌生化，以允许我们"认识"一个因为忙于"真实生活"而生活得"奢侈浪费"而不能认识自己的社群。后面我会回到"陌生化的视域"这个概念（见本书英文版第112—116页）。

因此，对于威廉斯来说，艾略特的重要性在于她描绘"一个可认识的社群"的能力，而不是说此社群"在一种新意义上是可认识的"（73；着重号为本书作者所加）。她赋予意识一种形式，这种意识"在思考上、在情感上都具有超越性，对一个压力重重的、有限的、令人沮丧的世界所造成的约束和限制的一种超越"（77）：一种"奔驰着的超越"（同上书），今天对于变化的拥抱，作为一种历史进程而言，它带来的，就正是未来。这样一种预期现实主义把"将被认识的"体现为"可认识的"。事实上它通过文本创造一种新的历史认识形式，威廉斯特别指出这是"文学地制造"（同上；以上词是我所强调的），它的视域拥有比学术史更大的"在"确定的"真实社会""之上思考与感觉"的潜力。① 这里可以再次引用谢默斯·希尼的话:"文学性""更专注于在想象性中反映更新世界的潜力,而不是关注社会潜力的适当性"(希尼,1995:xvii)。这些文学作品后来如何依据它们的"原创性"受到评价和等级化不是我目前的问题。现在我想确立的定义是,一切文学作品就其在语言中原初的"制作"方面是"创造性的",同时也在其中潜在地为我们保存托马斯·哈代所谓的"梦幻时刻"(moments of vision)(见本书英文版第112—115页)。

我将引用特德·休斯(Ted Hughes)的诗《思想之狐》("The Thought-Fox")(休斯,1957),对它进行一次细读,通过举例阐释"创作的技艺",并缓解一个矛盾,即这本关于文学的书迄今为止漠视文学的个别实例。这不是要为这首诗做宣传,仅仅是因为它明显、自觉地有助于确立我的主要观点:

我想象午夜此际的森林:
某样东西仍在活动
伴随着时钟的孤寂
以及我手指挪动的这页白纸。

穿窗而望我看不见星辰:
某样逐渐靠近的东西
虽然越发地深入黑暗,
却正走进这孤寂:

冰冷、纤柔如黑色的霜雪
一只狐狸以鼻轻触枝、叶;

---

① 威廉斯就小说与历史的进一步看法——尤其与他晚期小说相关——在英文版第五章第180—184页探讨。

第四章 "文学性"是什么

> 两眼转动,就在此时
> 以及此刻,此时,此刻
>
> 把整齐的字体嵌进林间的
> 雪地上,小心地一个跛足的
> 阴影艰苦地慢行,在那胆敢
> 穿越空旷地的身体
>
> 穿越空旷,一只眼睛
> 一种逐渐扩张、深沉的绿意,
> 灿烂地,专注地,
> 从事自己的工作
>
> 直到,它带着一阵突兀辛辣的狐臭
> 走进黑暗的头穴。
> 窗口仍不见星辰;时钟滴答,
> 纸上印满了字。

现在我们来详细分析这首诗。首先,它有一个内在的时间架构:在第一节中,它设定这是"午夜此际"——"森林"属于这个时刻("午夜此际"是所有格);有一只钟,以及"我手指挪动的这页白纸"。我们应该留意"挪动"的张力暗示一种当前的持续(当然援用了著名的诗行,"不停前移的手指写字字—写完就向前去",来自爱德华·菲茨杰拉德(Edward Fitzgerald)的诗《鲁拜集》);如我们所见,这持续有助于建构诗歌的其他部分。第二节始于"我"透过窗户"看不见星辰"。如果我们就此跳到诗歌的最后两行,我们发现"窗口仍不见星辰"——"仍不见星辰"(starless still)可能同时意味着时间上"仍然没有星星"和物理上"无星并寂静",即静止不动——这暗示在"午夜此际"没有任何东西在时间和空间上有变化。同样,我们会留意,"时钟滴答"不是持续的时间过程,即不是"时钟在走"。这再次暗示了在诗节一和诗节六之间只有瞬间发生(一个"此际"),当最后一行说:"纸上印满了字",不能确定"印"是指诗行四的"手指挪动"在打印"这页白纸",还是一个隐喻说这页纸现在有了印记(字体),但我们会注意诗节四中狐狸把"字体"嵌进雪地的"白"纸上。也就是说,诗歌的内在"时间"与诗歌创作的时间是完全等同的。因此,借用罗塞蒂(D. G. Rossetti)的名言,这首诗事实上是"一座此际的丰碑"①。

这意味着,诗节一中的"某样东西仍在活动/伴随着时钟的孤寂"不仅指诗中的狐狸,而且也指诗人"想象"中创作此诗歌的过程。它明确以"我想象"开始。这里的问题在于"伴随着"(Beside)一词,它会被轻易误读作"此外"(besides),意思是"另外/又",但实际上它应该读作"紧挨着/在旁边"。也就是说,诗人的"想象"处于时钟和"我手指挪动的这页白纸"之畔。这种理解可以通过诗节二的最后三行得到证实,"某样逐渐靠近的东西"也可以是诗歌创造之肇始,它在"时钟的"时间暂停("滴答"之中的"此际")的"孤寂"中"想象"这首诗歌。但它至今还未实现,因为纸页尚未被"印",它幽禁于"越发地深入黑暗"之中:即处于迄今刚刚浮现的创造过程之中。如果我们再跳到诗节六的第二行,我们会发现狐狸和诗歌的相互关系被再次提及,诗中的狐狸以现实的整体进入"黑暗的头穴",前面的"越发地……黑暗"现在被它自身的创造填满或占有。就以上这些方面,我们能感觉到诗歌的"主题"正是它自身的创作。

但诗节三至五清晰地暗示了"某样东西"和"某样逐渐靠近的东西"确实是"某物":一只走近的物理上存在的狐狸。与特德·休

---

① 罗塞蒂事实上在描写一首十四行诗;罗塞蒂,1881年,第一部分,绪论。

第四章 "文学性"是什么

斯许多咏动物和鸟的诗歌一样,这些诗节做了一种移情的尝试,要在一个非人的生物身上实现特殊的他性(otherness)。此处我们似乎在对一只狐狸的狐性(fox-ness)做一次生动的诗歌的召唤。狐狸冰冷的鼻子"轻触枝、叶",纤柔如落下的"黑色的霜雪",它的"两眼转动(serve a movement)……/把整齐的字体嵌进……雪地上"。此处的"serve"在我所谓的"现实主义"功能中或许指"支持"或"服务于"狐狸"机敏"的移动——即狐狸敏锐的视力巡视它前行的安全。但我们也应该注意,这里的狐狸只由部分构成它存在的因素组成——它的"鼻"和"眼",这些是我们分辨出一只狐狸的存在时第一眼"看见"的物理特征,这里使用的是举隅法,即以这些因素代替狐狸的整体。在这个方面,"serve"一词具有更深的意思:即可以认为在"serve"和"movement"之间有一个沉默的"as",所以,两只眼睛与鼻子有效地定义或描绘出狐狸的移动,也即它们在诗中"服务于"(serve as)它的移动。换句话说,狐狸仅仅作为诗歌的修辞策略存在。

回到对于狐狸的"现实主义"描述,我们就看见"就在此时/以及此刻,此时,此刻"的断奏重复如何精确追寻狐狸的移动,当它"把整齐的字体嵌进林间的/雪地上,"我们跟随"跛足的/阴影",当它"机敏地""慢行"(慢慢走近,犹豫却步),穿过森林的前景之时。但我们还应该留意到两只"眼"追踪的"活动"仅仅"把整齐的字体嵌进……雪地上"——并暗示着——也嵌入白色"空白""纸页"上。完全的肉体的存在仍在这些之后不可见,我们"看见"的只是一个"阴影"——一个"影像"或视觉幻象——而不是它自身。这行诗的最后宣告完全的现实的来临:"那胆敢……(前来)的身体"。这里的"胆敢"(bold)的意思必须等到下一诗节第一行才能完成:狐狸"胆敢前来/穿越空旷地",也即无畏地走出"森林""黑暗"的保护。但如果考虑诗节的暂停时刻中"那胆敢……(前来)的身体"的意义,它的意思又变得不清楚了:似乎可以把这个短语理解成身体

"大胆露出"的意思,即在清晰的定义中实现自己,而不是我们至今看见的"阴影"(它甚至还可以读作"粗体字",因为涉及"字体",作为调用一种移情的字符类型的感觉)。同样,下一行的"空旷地"一词可能也不仅仅暗示森林里的空地,而是"黑暗"的"空旷地",它迄今封裹着狐狸创造。这一诗节中接下来的诗行继续描绘狐狸的物理现实,它的"眼"因描述成为了现实,不再仅仅是狐狸"活动"的标志之一:"从事自己的工作","灿烂地,专注地"。但是在我对诗歌的同步双重阅读中,我们可以再次思考这两个副词,它们既恰当地描绘了狐狸的眼睛,又是对诗歌将它的狐狸现实化的自我祝贺,当它在诗中浮现之际。因此"从事自己的工作"也可以是对诗歌的"自己的工作"的一种自反:即讲述自己。但此时,"真正的"狐狸以"一阵突兀辛辣的狐臭"的感觉形式来到了,虽然如我们已经注意到的,它在"黑暗的头穴"(既是诗人的也是读者的)中来到,并被译成一张"印满了字的纸"。

通过对休斯这首诗的细读,我想得出关系到本质的一个结论是,狐狸与这首诗是同一样东西:狐狸是诗,诗是狐狸,因为两者同时被创造,离开任何一方另一方都不存在。换句话说,两者的"现实性"仅仅在于此诗的语言文本性之中。无论这首诗涉及多少狐狸的外部可识别的"现实",这种看见这只狐狸的方式是唯独属于诗歌的语言编码方式,就像这首诗如果没有关于这只狐狸的建构也就没有实体一样。我们不应该忘记诗一开头的两个词"我想象",而不是它的标题"思想之狐",决定了此后的一切。标题显然试图标志狐狸的存在方式(虽然"诗—狐"或许会更贴切)。因此,诗歌所做的是创造一个"诗性的现实",在此之前看不见,但如今在这特殊的陈述中实现了的"现实"。创造的这种功能,连同文学文本使我们得以"看见"新"现实"正被创造的方式,而这恰恰是我的"文学性"定义的核心。

虽然我认为并非所有(或甚至多数)的诗歌都像这首诗那样具

有"相关"的虚构性自我意识,但是我却准备提出——尤其在第五章——"文学性"的构成文本性在整体上使我们能看见任何文本"现实"被文本化的方式。不过,有两个可能产生的反对意见必须加以处理。首先,虽然我在上面所说的必定会暗示,每个单独的文本都是确定的,只要它是这个文本而不是其他文本。我并没有宣称"文本存在于自身"是它的唯一"本质"意义上的最终裁决者。无论作者的"意图",还是语言上的特殊性,都不能将"纸上的词"限制在确定含义之内:我自己对这首诗的阅读,在解释上有策略性的倾斜就是一种证明。其次,在这个例子里,我也没有断言这首诗的价值在于它使我们带着对"狐性"的新观察而回到"生活"(我在后面会说"文学性"可以做到这一点);而是说,它允许我们观察这个过程,通过这个过程任何它可能有的外在效果都将获得。换句话说,在寻求"文学性"的一个功能主义的定义时,我只是说,这正是文学性文本可能做到的事情——就是说,它们对于自己被创造成"诗性现实"这一点,有可能表现出某种"自我意识"的迹象。如果是因为起源于这样的特质而得出的用途与功效的界定,那是我们所乐于接受的。就是说,这取决于特性而导致的结果,却并非来自于定义。

让我们以另一种方式思考"成为有文学性的"(being literary)之性质。前面我引用了托马斯·哈代诗集之一的标题"梦幻时刻"("Moments of Vision")。仔细观察这个看似简单、实际上却相当复杂的短语,可以进一步解释迄今为止我所说的许多东西。"vision"一词显然很含糊;同时具有字面的"看见/视觉"、想象性显现的超自然概念("她有一个异像")和看透或超越当前的预料能力("他有先见之明"、"她对未来的预期")等意思。但围绕"时刻",这些变化群的不确定并不明显。当然,"时刻"指时间的短暂片段,通常暗指时间进程(如"午夜时刻"(this midnight moment),"等一会儿"(wait a moment),"魔幻时刻"(magic moments)或"真实时刻"

(moment of truth))中的时间碎片。这就是哈代标题中的意思，有关"梦幻"的独特例子。还有另两种意思出没在"时刻"（moment）一词的边缘：首先，是那种具有严肃性后果的意思，例如"重大的"、"事物的精髓以及重大时刻"；其次，是另一层意思，就我而言这个意思更为丰富，在物理学中它指一个旋转效果的尺度（如"一个力矩"）。所以哈代的短语可能暗示"vision"的重要性（伟大时刻中的时时刻刻），但视界（vision）似乎自身也在运动，围绕着一个点而转动、移动、旋转。

如果我们思考一个转动的视界（vision），在完全是字面的意义上，我们必须想象一个随其对象移动的"看"（设想宇航员从他们循环的宇宙飞船里观看地球），理论上可以从任何角度360度围绕它移动。围着你的椅子转，看着它，在不同地点从所有侧面和角度看它。你可以把它理解为一个整体，一个三维的实体。但是有两件事可能会触动你：一、如果你从理论上的正下方直视它的时候停下来（椅子挂在你绝对垂直的上方），从这个"视界时刻"（moments of vision）得到的"影像"看上去非常不像为人接受的标准椅子形象。（想想那种恶作剧摄影，从不熟悉的角度拍熟悉的物体：比如一个桶，从垂直上方拍摄，就成为一组同心圆。）二、你究竟（on earth——我此处使用这个短语，很快就会发现它不仅仅是一种说话的方式）如何通过视觉的词汇，表现你对整个三维椅子的一切理解：椅子的所有椅子性（chair-ness）？你如何在一个时刻整个"看见"它？两个"时刻"的意思——转动和即时停止——在此发生根本的矛盾冲突：一个指在时间中的运动；另一个指停止，"静止的"，正处于时间进程之外。是否存在解决这个物理上的不可能的办法？是，但我们只有重新考虑这个短语中的另一个词：vision。

vision在形而上学一层的意思上，允许我们（但尤指创造性艺术家）突破第三维的时空陷阱，进入超越时间和空间的确定因素的相对论地带。简单地说，"vision"允许我们"看见"未来，或者"构想"(envision)另一个世界,但是它也使我们能在一个总的"时刻"(在这种情形下,两者都停止了瞬间并满足了循环运动)看见整个椅子,这个超时空的第四维解放,这个经验所构想的"同时性",上世纪早期现代主义画家就是基于这个原则与传统现实主义的(或模仿的)形式发生了断裂。这就是为什么在立体派艺术家的肖像画中可以同时看见一张脸的两个侧面,或一把拆开的小提琴,它的所有平面都同时展现在一个现代主义静物图的二维画面上。

作为某物独特"此性"(this-ness)的一个瞬间揭示(詹姆斯·乔伊斯在《斯蒂芬·希罗》(Stephan Hero)中称为一次"显现"[1944/56]1969:216—18)和作为一次"旋转"或不稳定的观察,"vision"是一种与传统的、熟悉的、被"常识"批准的驯服化表现产生断裂的方法。事实上,它割裂了一个主要由这种"现实主义"文化意识形态建构而成的世界:对所有奇怪的、烦扰的、使人不安的、不可能的或不合情理的带着强烈的反感,所有这些特点自身恰恰时常是"vision"和"幻想"(the visionary)的结果。"vision"在这个意义上("双重 vision"?),是"再—vision"(re-vision)和"再—构像"(re-envisioning)。① 换句话说,它是一种"陌生化"(defamiliarising)、"奇异化"(making strange)传统的感知现实中已被驯服化或习惯化的世界的方式,一种"看待事物如物之所是"的方式。针对这里出现"疏离"(estrangement)概念,我策略性地选择了俄国形式主义的词汇,以便待会儿能更充分地回到这个话题。

但是哈代本人在将自己和(文学)艺术中的"现实主义"拉开距离的特殊语境中,强调了他写作时在这些"moments of vision"的过程性事件的效果:

---

① 当代"修正的写作"的例子在英文版第五章第 164—179 页。

艺术是一种现实的不均衡(即变形、抛弃比例),以便更清晰地表现现实中事物的特征,它们如果只是被复制或列清单式地报告,或许会被注意,但更可能的却是被忽视。因此,"现实主义"并非艺术。

(F.E.哈代[1928/30]1975:228—229)

我要争辩的是,现实主义其实正是文学最富于"艺术"性的部分,可以说,现实主义的确在"扭曲"现实,非常显见的是,越是最为现实主义的时候,这种"扭曲"也就最甚(参见本书英文版141—144页)。无论如何,我们还是能够感受到哈代所讲述内容中强大的引力。也就是亨利·詹姆斯所拥有的一种观念——即艺术是在对于生活的"奢侈挥霍"中最终确立其主题的。还有,就是雷蒙德·威廉斯所说的,新的可感知的意识形式的意义,是"可认知社群"在他们的文学性想象中才得以显现的。在尝试定义"文学性"的效果时,我们可以看到哈代的"不均衡"观念和俄国形式主义的"陌生化"概念之间的一致性,我的定义可以视为与形式主义思想的某些方面部分同源。

"陌生化"概念源于俄语词 ostranenie,意思是"使奇怪"或"疏离"。批评家维克多·什克洛夫斯基(Victor Shklovsky)认为我们永远不能保持对事物感知的新鲜,因为我们的文化、社会生活进程使它们变得"自然化"或"自动化"了。文学的特殊任务就是把我们对事物的意识还给我们,虽然我们每次都是第一次看见事物,但我们对它们的意识已经在每日对它们的感知中习惯化了(什克洛夫斯基[1917]1965:13)。然而,早期形式主义者著作的所谓"纯"形式主义,在于它对导致"陌生化"效果的手法的性质比对感知本身更感兴趣,因此,一个意象只是一种"诗歌语言的手法",如什克洛夫斯基写道:

> 艺术的技巧是使对象陌生化,使形式变得艰难,以增加感知的难度和长度,因为感知的过程本身是一种审美目的,而且必须被延长。艺术是一种经验一个对象的艺术性的方法;对象并不重要。
>
> (同上:12;着重号为什克洛夫斯基所加)

如果在这种精神中思考特德·休斯的诗,我们会说狐狸作为"对象"是"并不重要"的,但通过诗歌的陌生化"手法"感知它"本身"是"一种审美目的"。相反,我对这首诗的解读却指出,"重要"的是我对诗歌自身作为"对象"的"艺术性"(artfulness)的感知,感知"本身"不"是一种审美目的",它实际上展示了"审美"如何运作。

形式主义的技术关注还导致它们将"文学的"语言视为一种特殊的种类,这种语言的独特性通过背离和扭曲"实用"语言获得。后者在交流行为中使用,文学的语言除了让我们有不同的"看见",根本没有这种实践作用。将它和"实用语言"区别开的是它的被建构特性,此项特殊属性是其修辞手法自身的"突显",这样,它对言说是不寻常的(独特的语言)这一事实引起了关注。这将我们的感知模式从"自动化的"改变为"艺术的",并由此革新了一种被习惯用法抹平了的语言资源。形式主义关心的正是这种"建构性"的修辞和形状(figures),它认为文学文本"暴露"自身的手法是最基本的文学特征。形式主义将劳伦斯·斯特恩的《项狄传》当做一个重要文本,因为它暴露了自身作为一部小说的虚构性(见什克洛夫斯基[1921]1965),由此得出,整个文类的人工性被设想为"现实主义"。但是,布莱希特的剧场中的"间离效果"(alienation effect)——戏剧的自我揭示手法迫使观众承认事实上是在看一出戏,以及许多后现代主义小说的自反,都是"暴露"过程的好例子,虽然后两者携带着比形式主义单纯的"文学性"(literariness)定义更多的政治或策略功能。

然而,由于相信语言是一种社会现象,不能和意识形态分离,与"巴赫金学派"相关的理论家/批评家将"文学性"带回到更广阔的文化、历史和社会关系中。比如梅德维杰夫观察到,"艺术的语言",其实"只是一种单一的社会语言的对话"[①]。而且,"陌生化"通过将关注点从"修辞策略"(静态的)转移到"功能"(动态的),这也就是说,陌生化并没有变成什么本质的或是本质主义的文学特质,而是成为文本用以抵制永无休止的驯服化、习惯化或自动化进程的效果,而且是由历史决定的文本效果。这种陌生化的"功能"概念还意味着,不同社会和阶段的功能、意义与评价的文学变异是变化和历史进程的反射,因此潜在地破坏任何关于大写"文学"的确定典范的想法,作为一种内在的要求而被铭记。

显然,我的"文学性"概念与上述立场非常相似,因为一方面,我接受不存在一种语言学或修辞学意义上独特的"文学语言"(阿特瑞治,1988,pp.94—95);另一方面,我希望在历史的、文化的、社会的地位、功能和影响中,而不是在审美本质中,确立"文学性"的定义。我还希望,用一种所谓形式主义者—物质主义者的批评方法,既确认"文学性"的外在文化定义,又保留它与其他写作话语形式、其他文化产品模式的内在差异,最终确立我的主张,即"文学性"是一种不系统的文化类别。

形式主义影响了结构主义和马克思主义文化批评理论,我现在借助"结构主义—马克思主义"哲学家刘易斯·阿尔都塞(见本书英文版第84页),尝试完成上面概括的艰难任务。阿尔都塞的著作很少涉及文学,但是他的短文《关于艺术的一封信》中的一些简评对此处有一些帮助。他主张"艺术的独特"或"特殊"效果(与"知识"或"科学"截然相反)是:"使我们看见"……"使我们发觉","使我们感觉到"一些暗指现实的东西……(这现实就是)它生于其中,

---

① M. M. 巴赫金、P. N. 梅德维杰夫:《文化的形式主义方法》,引自丹迪斯(Dentith)(1995:16)。

浸润于其中,从其中将自己分离出来并指向它的意识形态(阿尔都塞[1966]1977:204;重点号为阿尔都塞所加)。换句话说,由于作为艺术的形式组成,艺术从它所牵涉的意识形态获得了"一处隐居之所,一种内在的距离"(同上)。因为小说作为"鲜活的个人经验"为意识形态提供"形式","使我们看见""在意识形态与现实的独特关系中,意识形态自发的'鲜活经验'"(204—205),并在此过程中批判地揭示了小说仍然"宥于"其中的意识形态。阿尔都塞总结道:"艺术与科学之间的真正差别在于它们以截然不同的方式给予我们同一对象的特殊形式:艺术以'看见'、'发觉'或'感觉'的形式,科学以'知识'(严格意义上的概念)的形式"(205)。他还认为,我们需要"对产生一件艺术作品的'审美效果'的过程有足够的(科学)知识"(206);而他并未提供这样一种知识,我猜想是因为对"过程"而不是"效果"本身的分析会再次走向形式主义的死胡同。但在早期涉及布莱希特的文章中,阿尔都塞提出,文学不是在它被规定的表层,而是在"沉默"或意识形态的压迫中,以及在其"潜在的失衡—批判结构"的"动力"中,促进了影响与暴露意识形态的"内在分解"(阿尔都塞[1962]1977:142)。[①] 批评必须留意的正是这些,不是在注释性阅读中,而是在"征兆性"阅读中,读出表层下、隐秘地揭示但未得到公开承认的情形的泄密标记。

  此处提及阿尔都塞的思想不是为了强调"意识形态"和"文学性"的关系(这是否是它使我们"看见"的一切,在第五章将深入探讨),而是为了把他的两个理解作为重要前提:一个文学文本的"不同的""特殊形式",在它对社会文化秩序(意识形态)中驯化与同化进行"陌生化"时,是一个至关重要的因素;还有,就是它在揭示意识形态将我们与"真实"关连时会产生一种社会文化的效果。"形式"与"效果"的这种双重理解巧妙地将我目前观点的多种线索连

[①] 关于这些想法的进一步例证,见马克瑞(Macherey)[1966]1978。

接在一起。因为重要的是,使"文学性"与其他种类文化产品区别开来的"特殊"功能,似乎确实处于它的新的可感的"诗性现实"的形式"创作"之中,处于它的文本化的陌生化"moments of vision"之中,以及处于铭刻于它的语言学文本性的"模式"或"主题感"之中。

有两个拒绝性承诺是必须做出的。首先,强调"文学性"作为一个特殊种类,是认可在所有历史时期与文化中它都被认为是一个特殊种类,但同时也接受在其中它有不同程度的扭曲。换句话说,我并不是将此种类自身定义为永远不可改变的和超越历史的。其次,将文本"创作"一个特殊"诗性现实"作为一个重要前提,并非暗示这(在历史中)一劳永逸地决定和确定了它的意义,即它是一个"moments of vision"。相反,虽然文本自身可能大致保持一致,但它的可读性、意义和作用,正是此文本嵌入历史的产物。换句话说,它可以在不同历史文化场所中进行不同的陌生化,但在嵌入的同时它们自身也被陌生化。比如在后殖民语境中,莎士比亚的《暴风雨》的文本性没有变化,但如在殖民主义最具有意识形态的动力之时,它的作用却不同。它曾经或许下意识地帮助"确定"欧洲和它的"他者"之间的殖民关系(普洛斯彼罗和凯列班),用海伦·蒂芬(Helen Tiffin)的话说,它通过建立"阅读嬗变模式的同时记录此嬗变的'确定性',在它的认知符号中将差异予以温驯化"(蒂芬[1987]1995:98),但今天它可以被视为陌生化了它曾与之共谋的意识形态。强调一下,这一文本的特殊文本"创作"之诗性现实,证明它有能力为历史现实提供一个持久的"模式"或"构成物",这个"模式"或"构成物"会在后来的历史中、并由于后来的历史产生不同的诠释。①

当然,上面所说的大部分关于"文学性"的东西也适用于其他

---

① 英文版第五章第137—141页有关于《暴风雨》如何做到这一点的进一步讨论。

艺术形式,比如音乐、绘画或电影(包括电视)。它们同样在前面提到的意义上是"创造性的";它们也建构与生活经验有间接关系的"审美现实";它们也制作"moments of vision",陌生化"被驯服的"世界等等。我只是坚持它与其他艺术的差异,以及坚持为它保留一个不系统的空间或领域的必要性,我没有任何企图授予"文学性"特权或暗示它高于音乐、绘画或电影的想法,而只强调它确实和那些艺术形式不同,也确实在做和它们不一样的事。这里的关键因素是我在第一章的最初定义,即关于什么构成这本书的主题:文学处于书写的形式之中,它的原初形态和所指物的终点是它作为写成的(written)(现在是印刷的)文本存在。

但我希望,通过对文学的"自觉"和"文学修养"的讨论已经建立了"文学性"不同于其他写就话语的差异性,比如,使它和音乐不同的是,后者主要不是一种语言符号形式。即使它有"词",而且虽然它在某种意义上是"写成的"(作为活页的谱式曲谱),对它的"阅读"方式和阅读文学的语言学文本性的方式仍然不一样。我们阅读音乐不是为了理解一个由词组成的概念整体,在其作为"文本"的特殊表达中有一个社会文化的所指物,而是为了将它作为一个音乐的结构来"听"。更进一步说,写成的音乐设想乐器或声音的表演,这些可以说是它完整的实现。就像一部创作的或表演的戏剧,一个介入"文本"和接受者之间的媒介阐释先于解释主体的行为,后者在人们第一次阅读一个文学文本时会发生。所以一次表演是稍纵即逝的(即使"难忘"),但和戏剧不同,这次事件之后没有一个可转回的语言学文本,因为即使录像也永远是这次表演的。因此,在塞缪尔·贝克特(Samuel Beckett)的《等待戈多》的最后,爱斯特拉冈和弗拉季米尔做了一个决定,"那么,我们走吗?……好,咱们走吧",我们仍然可以获悉最后引起巨大震撼的舞台指示的全部力量:"他们没动"(贝克特[1956]1970:94)。所以可以证明,一部戏剧是一个可读的整体,不一定需要表演,尤为重要的是,任何能够阅读但没有更专业的音乐知识的人都可以阅读它。那些有这种能力的人当然能在短暂的表演之后回到乐谱,但是符号系统和("文学性的")戏剧文本的符号系统不同,仍然不是基本上可以被任何识字的人占有的有文化适应性的语言学符号。另外,在下面关于绘画和电影也将看到,例如音乐演出是需要有人来照料后台管理的,这就与"文学性"之间构成了进一步差异的特征(例如,您在床上只能够听一个音乐会的录像)。简单地说,音乐运作的方式与文学不同,在于它没有一个私人阅读可以普遍触及的语言学指示物。

但我们可以说,视觉艺术与音乐不同,在它的整体(作为物理对象的绘画或雕像)中有一个持久的可感知的所指物,但这里与"文学性"的差异再次是,一幅画不是由词,而是由建构在画卷表面,主要通过视觉理解的视觉意象构成的。如果反驳说阅读的词首先也是一种视觉行为,我们可以就"文学性"的特殊性进行辩驳,一个失明的人从未见过一幅画,但其实可以对他描述它们,但描述的行为实际上是一个解释的媒介行为。相反,一个人听别人读一部文学性作品,能够接收文本的非媒介意义,如同他们亲自阅读它一样(或许除了读者的声音感染力之外)。而且如果阅读录入磁带里,他们将有一个"文本"的持久所指物。相比之下,某人描述绘画的磁带录音里只能使媒介的解释性描绘长存,在某种意义上和一个演出的音乐录音做的一样。

视觉艺术和"文学性"之间的进一步重要差异也在此处察觉,这个差异也是后者作为一种普遍渗透的文化媒介的核心定义特征。我曾论证,"文学性"的定义词之一是隐含在任何文本独一性之中的"原创性",这也是个人视觉艺术品的一个核心宣告。但自从印刷术发明,文学的决定性媒介在印刷中出现的事实,意味着人们期望"原始"作品可以广泛复制,而且没有任何破坏或对作品自身的体验的损失。照片对绘画的复制虽然现在质量很高,却从来不被认为和看见了"真物"一样:绘画被"创作"出来不是为了复制,但是文学作品在我们的文化中是如此。① 这就意味着,要体验一幅画的整体必须去看原作,在存放它的博物馆、艺术馆或艺术商的展厅里。但这可能要么完全不能,如果它是在私人收藏中;或者实践上很难达到,有赖于难得的机会:看《蒙娜·丽莎》意味着巴黎;意大利中部地震之后,在什么意义上可以看见契马布耶的壁画,除了它不完整的复制形式?文学的精确复制意味着人们可容易、廉价地细读它,它容易获得(商店、图书馆)和具有物理持久性,如果我的《安娜·卡列尼娜》的副本(copy)(注意这个词)烧毁了,我可以立刻买另一个"副本",这个"副本"和烧毁的那本没有区别,也不比它差。但是一幅画的"副本"无论多棒,即使由另一个天才艺术家所为,也不能代替"原作"——单售价就说得很清楚了。事实上,视觉艺术的经济评估和审美评估的合并本身就极具特色。

　　电影和广播电视的复制形式当然拥有我所提出的"文学性"部分特征,如可广泛获得和可复制性,现在常常说,是虚构叙事与戏剧在这些媒介中找到了最具创新性的当代表达。然而,正如我在本书的一些场合中提出的,他们似乎并未减少文学阅读,回答这个问题也许仍然再次在于这些媒介和"文学性"之间的差异。首先,我们可以再次注意这个事实,它们在一开始就不是写成的形式,因为一个完成的制作总是有一个作为基础的剧本,后者作为一个阅读的对象只有很少的地位或者自主性。然而这意味着像音乐和戏剧一样——如果不是更突出的话——我们在电影院或者居室里看见的总是已经被思考/被解释的原文本的制作或表演。但是和音乐(乐谱)或者戏剧(剧本)不一样的是,只有极少数的电视和电影

---

　　① 当然这不是真的"字体",因为在大多数流行版本中它们很少被印刷出来,可是如果它们代表了某种"价值",一些单个的艺术家会有这样的要求。

观众可以看见剧本,①当它们以印刷的形式出版时,它们就确定地进入"文学性领域"。比如迈克尔·翁达杰(Michael Ondaatje)的小说《英国病人》和安东尼·明格拉(Anthony Minghell)的同一电影剧本——事实上非常不同——现在作为拥有同一题目但互不相干的作品在被同时出售,所以一个粗心的购买者很可能拿起其中任何一本作为这部"小说"。

所以,早期关于一些更进一步的差别来自以下事实:举例来说,"电影的"(cinemal/cinematic)这个词,原来起源于"动态的"(kinematic),即与运动有关。它来自希腊文(kinomat,kinema),意思就是"运动"(movement),这又来自(kinein),即是"移动"(move)(这为我们提供了一个词 kinetic,即"动的":"在动态中"、"移动的"意思)。"电影"的称谓就表现得非常明显,就是指"移动的图片"、"运动图片"、"放映"。所以,需要指出的是:第一点是这些媒介的基本形态确实是图片,我们看到的多数屏幕"事件"都是视觉交流,对话是第二位的。所以一个由文学文本改编的剧本写作需要将许多写成的对话转换成视觉的表演形式,因此,对"文本"的体验和阅读写成的词的文本非常不同。第二点,如我们所知,这些图片是"运动图片",这意味着如果我们在影院里看一部电影,或者看只播放一次的电视节目,我们会留意它们与音乐、绘画之间有着不同的装备保障。比如,一个人不能在公共汽车、地铁或火车上看电影,或仅仅是一部录像,因为它们不像书本那样"便于携带"。

---

① 这种观点正在改变,越来越多的电影、电视脚本正得到出版,比如法贝(Faber)、企鹅和梅休恩剧作(Methuen Drama),因此也呈现为一种便宜和容易获得的形式,人们把这些脚本当做什么,以及为什么购买和阅读它们,这是一个相当有趣的问题:
- 当做文学文本本身;
- 只是为了看看电影脚本、戏剧或改编版本在纸上会是什么样子;
- 学习写剧本的技巧;
- 因为人们倾向于买和他们喜欢看的任何东西相关的"书"——尤其当它的封面上有电影中的一个"剧照"(still)时。

第四章 "文学性"是什么

我们同样不能像读一个文学作品一样方便地回到"这个文本";我们不能总是回电影院随意要求"重复",因为它的节目时常变换;不能随意对电视中漏过的按"重复"键,或者倒回现在正播放的电影/电视节目,以便整体或部分"重看"(review)第一次所见的闪回。当然,今天录像带的广泛存在,确实意味着我们能随意重复地看电影或看电视,而且,借助于返回键可以经常倒回到我们想仔细研究的部分。即使这样,我们也只能回到"移动中的图片",回到决定电影和使之与文学相区别的"动的"形态,而且只能通过"暂停"键使它停下来——暂停键就是一个根据事实本身(ipso facto,拉丁语)来中断这种(文艺)形式动态特征的装置。虽然单个的词在书写文本中是按顺序排列的,在我们阅读时以渐进的方式前后连续,但是它们本身并不作为意义的决定性特征而"移动"。

  关于文学符号与电影符号的差异,一个有趣又很有说服力的例子是戴维·洛奇(David Lodge)的小说《变位》(*Changing Places*)的最后一章,章名为"结局",以一个电影剧本的形式出现,其中一个人物问道——表面上是关于她卷入的事件:"这一切要到什么时候才结束?"(洛奇,1975:227)。事实上,这个问题标志着整章对于生活、电影和写成小说的结尾之性质的自反式注释,正如结束段落表明的(这贯穿在小说最后两页):

  菲利浦:你还记得《诺桑觉寺》里的那段话吧,简·奥斯丁说她担心她的读者老要猜测圆满的结局随时都会到来。
  莫里斯(点头):"读完最后几页之前谁都想看到压缩了讲述的故事,由此可见,我们都在一起急不可待地奔向圆满的幸福结局。"
  菲利浦:正是这样,瞧,这就是小说家总归会泄漏的东西;他的故事很快就要写到结尾了,不是吗?现如今,它不一定是个圆满的结局,但作者不能把这伪装成一种故事的浓缩。

我是说,你在精神上做好了走向小说结局的准备。当你阅读时,你知道书里只剩一两页这一事实,你准备合上书。可是看电影时(洛奇的文本中翻过一页)你无法做出判断,特别是在当今,电影比起以往结构更为松散,有更多的二重性。你无法断定哪种结构方式会延续下去。电影往下演,正如生活往前走一样,人们举手投足,做各种事情,饮酒、交谈,而我们在观看着他们,在导演选定的任何一个时刻,没有提示,没有任何事情得到解决、解释或结果,就可以……到此打住。

菲利浦(耸耸肩膀)。摄影机停了,将他定格在做了一半的姿势中。

(233—234)

下面是小说的结束语:"剧终"(THE END)。洛奇当然是诙谐地并用二者以消除电影与小说的结尾的差异;但即使如此,在物理事实上我们明白,事实上我们正读到他小说的倒数第二页,在也就是刚好翻过这一页就能看到"剧终"的位置上(然后我们可以翻回前一页去重新阅读)。在这方面,它证实了我的观点,即文学文本持久静态的在场与电影文本持续动态的缺席。但我也指向洛奇结束的方式,它指出"文学性"如何从托马斯·卡莱尔(Thomas Carlyle)所谓生活经验的"存在的混沌"中(卡莱尔[1830]1971:55)延伸并确定一个复杂的"主题"以供精读:在小说的印刷本中物质地实现"结尾"的任意性。

我认为"文学性"的一个基本定义原则是它可以在印刷中被复制,这看似矛盾,因为在第二章我已经声明,文学(如果不是大写"文学")无疑先于印刷术发明数千年。但正是早期学者(见本书英文版第27页)将文学作品抄写为写成的文本,使得印刷术发明时它们可以被机械复制。由此也可以说,因为西方传统典范经典易于印刷复制,所以才能成为"典范"。然而,在后古登堡的时代,诸如超文本之类的计算机化话语对"文学性"的冲击,现在还不得而知。一篇最近与"超文本小说"有关的报纸文章认为(值得注意的是,在我提出的"文学性"与其他艺术形式不同的形式中),"超文本小说"尝试"打破印刷页的束缚,以及印刷页中隐含的线性叙事模式",这将成为"一种创新的艺术形式——拥有电影的或生动的表演特性的文学——而不是一个书本的替代物"(立林顿[Lillington]1997:2)。可是,当前《诺顿后现代美国小说选集》(*Norton Anthology of Postmodern American Fiction*)中已然收录了超文本小说,而且,事实上报章已经在向我们预告"一个舒适的阅读设备(即超文本)可能并不遥远了"(同上),这些都可能表明了什么。但如果"书"确实能够存活下来,广泛传播的可复制性就说明了它的部分特征,那么光盘和因特网只是预示"文学性"的时代才刚刚到来。

"文学性"的一个具有决定性的特征,还有其他我尝试归结于它的属性的,是它一定在一个具体的物体之中成为现实,这个物体很容易细致地观察或再阅读,而且它不一定要表演出来(被抢先解释),以便作为非转介文本被首次阅读。当然,出版评论与学术评论——如果不将它们定义为"文学修养"的话——就意味着没有文学文本能够完全不需要无中介(比如,被描述为"经典"的"加勒比诗歌"、"传奇故事"、"复辟时期喜剧"等等)。但我是在这样的一个假设上工作的,即当一个读者第一次阅读一个文本,他将阅读它"自身"作为理解的首要行为。因此,作为这样一种普遍可接触和无中介的结果,"文学性"属于最民主的艺术形式:我们已经目击了它的普泛化状况,也看到了最希望减少自由的人如何担心审查制度会受到削弱,这些都证明了这一点。正是出于这些原因,不论是作为写作实践还是作为阅读对象,它一直数量巨大、多种多样并且受到重视。但是如果对这样一种"文学性"的功能主义界说——并且考虑到文学性的持续性,考虑到文学性将要作为当代及未来文化中一个至关重要的"空间"的话,我的定义及其使用方法就需要得到检验和证实。说到底,这是因为需要对"文学性"的用法在更大范围里得到论证分析,正因为如此,它就成为了下一章的内容。

第五章 "文学性"的用途新的故事

"为何阅读?"黛安娜·艾兰(Diane Elam)针对自己提出的这个问题回答道:因为"文学阅读拥有巨大的潜力而成为完全没有用处的东西……文学阅读不是一种保证,它是一种可能"(艾兰,1997:12)。她的主张涉及为文学倡导的思考类型保留一个空间的必要,尤其在当代的全体大学中。她写道,文学受到写作年代的限制,但是"一些东西仍然保留下来,一种文学剩余物,等待着被阅读",所以阅读其实是:

> 一种再思考,一种不断提出问题的文学性询问,这些问题包括文学自身问题……阅读的虚无及潜在无用性使思想作为一个问题、一次提问而开放,因此既是回答也是提问的一部分。
>
> (13;着重号为艾兰所加)

我绝对同意她的观点,同时也要指出其中的悖论:这"虚无及潜在的无用性"正是"文学性"的用途之所在。如果按艾兰所说,还有一些东西仍然保留在文学中——"一种遗物,一种来自过去、却要求作为将来的问题被思考的剩余物"(同上),如果我们在她的"过去"概念中加入一个总是已经过去的现在——那就迫切需求探索这个资源的当代有用性。

本书最后一章试图通过有选择性地阅读不同文体、种类、时期与文化的文学性文本,提供一些不同用途的例子,这些例子是"剩余物"记录在文学中的(同时包括过去与现在),是我们今天可能持有的。所以,我的"用途"一词较少是产品中介之义(即作者写作文本时放入"文学性"中的用法),而是指当代读者对它的"作用"或"效果"的接受。我的提议不可避免地是片面的、实验性的与临时性的,因为我的论点的整个脉络基于对阅读差异的承认,读者的共时与历时位置使之必然产生。实际上,这是文学永远可触及的"遗物"对我们如此重要的关键原因:它总是在那儿,(用艾兰的话说)"等待着被阅读",提出各种各样的问题,对这个它在其中被创造,又为之被消费的世界。顺便提一下,我已经粗略区别"过去的文学"与"当代文学"之间的差异,虽然一切文学在我提出的意义上都是"当代的",我们将发现文学的各种"用途",这些"用途"在文化记录中从过去传给我们,不仅仅包括大写"文学"这个旧概念。但是,在开始这两类例子之前,我想介绍一种自由飘移的"文学性的用途",它看似琐碎,事实上对文学的持续普及与文化流行具有根本性作用。

与其他艺术形式一样——虽然具有决定性的形式使它们有别于文学(见本书英文版第120—127页)——文学提供愉悦:人们似乎只不过是喜欢读它。从中可以举出无数理由:失眠、好奇、打发时间、避免无聊、激发思考、为了刺激或逃避,知道发生的事,欣赏文辞之优美,进入无法达到的经验领域,揣测那些在书中我们遭遇到的人物像或不像我们自己等等。或者也可能根本没有可以列举的理由:仅仅是喜欢而已。有理由认为,文学工作者承认在一切科学、理论与文学研究实践背后,有一个偶然的"喜欢"的根本的非理性前提。无疑,每一位读者的爱好都可以有社会的、心理学的和文化的阐释——他们各自独特的"文学修养"(见本书英文版第98—100页),但是在一个特定时刻的一个特定例子中,最难回答的问题恰恰是我们为何喜欢阅读,更弄不清楚的是为什么我们更喜欢读某一些文学作品。作为一名职业批评家和教师,我可以拿出自身喜好的合理化解释;在研究室里面对"我实在是不喜欢这本书"的回答,我会催逼可怜的学生解释这句评论。但若我是诚实的,我知道我就是喜欢一些而不是另一些。我不好意思说我只是最近才读了加布里尔·加西亚·马尔克斯的《百年孤独》和伊莎贝尔·阿连德(Isabel Allende)的《幽灵之屋》(*The House of the Spirits*)。别人告诉我马尔克斯的小说棒极了,但我读这两本书的顺序"错了"(阿连德在马尔克斯之前),而且知道阿连德的小说受马尔克斯影响很深,如果不是寄生于它的话。我能够确定这两本书的独特成就与问题——但在内心深处我必须承认,我只是单纯地更喜欢阿连德而非马尔克斯。家人和朋友"知道"我可能喜欢或不喜欢的书的种类。无论是否在未成年时读过多恩(Donne)的诗和T. S. 艾略特的《杰·阿尔弗洛克·普鲁弗洛克的情歌》("The Love Song of J. Alfred Prufrock"),我现在仍然怀着巨大的愉悦读它们,但我从不乐意去读弥尔顿和埃兹拉·庞德;我不能忍受雪莱,但相当欣赏济慈;我更喜欢《李尔王》而不是《奥赛罗》;我希望我写了克里斯多弗·伊舍伍德(Christopher Isherwood)的小说《柏林》,而不是君特·格拉斯(Günter Grass)的《铁皮鼓》(*The Tin Drum*)等等。喜欢是其他潜在"用途"依赖的基本前提;没有喜欢(我并不是暗示"喜欢"不能被学会),我下面概括的作用与效果就永远无实现之日。在某种程度上,我认为我的"喜欢"概念与黛安娜·艾兰对"阅读的虚无"的定位相似:它建立了用途得以出现的空间。

作为历史的"文学性"

由于文学的数量、多样性与差异,任何当前"文学性的用途"的全面考察都是不可能的,同样它也排除了"代表性"例子的选择。因此,只能对文学作品做一个明显偏颇的选择:根据可获得性和(或)熟悉选择文本,这些文本将涉及许多不同创作类型,而且作为历史知识的一种形式关注政治、种族与性别问题。我可以想象政治不正确的痛苦表情,当他们听见我从他们的新教义中提取出这几个三位一体词,但这三个事实上包含着许多人类经验的核心,如果因为其他更不"时髦"的主题——无论这些主题是什么——忽略它们,就会是一个枯竭的文学和一个无力的文学批评。

我思考的写作类型都以不同方式将"文学性"与历史相联系,并且都是我所谓的"新故事"(newstories)。这个省音词意在探索"新故事"与"新闻故事"(news-stories)之间悬而未决的涵义模糊,萨利·谢林汉姆(Sally Sheringham)的儿童故事《胆小鬼克利福德》(*Clifford the Sheep*)有趣地关注了这个差异。在故事中,克利福德发售报纸,"他也是个很不错的说故事能手,所以当他缺少一点新闻(news)的时候,他就编一些故事(stories)"(谢林汉姆,1986:10)。我想指出,这种"新故事",连同头脑中"历史"与"故事"的坚固联系,在某种程度上为我们这个时代提供了一种历史:通向过去的特殊形式(当下重读"老故事",总会变成"新故事"),以及通向我们当代文化的生活经验,而这种当代文化在我们遭遇危险或面临损失的时候往往会加以忽略。在这种境遇中,以及在上文强调的"三位一体"式的多样性表现的时候,这些"文学性"的例子决定性地证明了迈克尔·达什(Michael Dash)所谓的"想象的反文化"(a counter-culture of the imagination)(达什[1974]1995:200)。[①]

有必要留意英文词"历史"(history)与"故事"(story)两个词均源自希腊词 *historia*(通过询问学习)——来自 *histor*(一个知道或看见的人)——所以,从源头上说,"故事"就意味着一种认知的方法、一种认识的方法。我们的词来自流传下来的更早英文用法,即"故事"与"历史"可以是"想象的事件或被设想为真实的事件

[①] 关于这个概念详见英文版第184—185页。

的一个描述"(威廉斯,1976:119)。虽然现代法语词 histoire 同时保留了"故事"与"历史"的意思,但15世纪之后英文词分岔了,"历史"逐渐指"一种对过去事实事件的描述",而"故事"包括"过去事件的不那么正式的叙述和想象事件的叙述"(同上)。虽然我们应该记住,在早期英国小说中,亨利·菲尔丁将他的"新"虚构作品冠名为《汤姆·琼斯的历史》。此外,在确立一系列词与意的过程中,能够追溯它们之间的相关性:故事＞历史＞知识,我们还会注意到"叙事"(narrative)一词(这个词起源于拉丁词 narrare/narratum (告诉或叙述)),最早来自古词 gnarus,它的意思是"认识"。Gnarus 也是我们的词"认知"(cognition)的来源:"认识的行为或能力——它的产物,察觉或洞见"。我认为"文学性"提供给我们的正是"知觉"(perception)(看见)与"洞见"(insight)(景象)。"故事"与"历史"都是对过去的认识的叙事化组织方式;"过去",当然也包括一刹那以前。

也许可以争论的是,历史通过提供"过去真实事件"的严肃真实描述,毫不含糊地将自己表现为与"真实世界"、与事实相关。我为什么认为它和"故事"是一对呢?早在后现代主义为人们所知之前,托马斯·卡莱尔就指出,与"行动的历史"或他所谓的"存在的混沌"同时存在的,在"写作的历史"中对它们的记录是一种"延续":"叙事是线性的,而行动是立体的"(卡莱尔[1830]1971:55;着重号系原作者所加)。随之而来的两个结果则是:首先,历史只能为"立体的行动"提供不完全的描述,就定义而言是片面的,却企图成为整个真理;其次,历史写作事实上是"叙事",一个通过从"存在的混沌"即过去与现在经验的整体中"铸造""模式"或"主题感"以形成知识的"故事"。在这里可以闻见第四章中的"文学性"定义的回响,这并非偶然。

而且,正如现代史学本身所指出的,事实的真实性是变化的:一个事实何时才成为一个事实;谁来说它是这么一个事实,而且还要问一下为什么；此外，是否存在无须解释的事实？历史学家难道不是就他们当下的意识形态立场去"再创造"或是"写作"历史吗；写作的历史岂非与其他话语一样是被编造的？但这又导致了更加紧迫的问题：谁的历史作为历史受到了忽视——这是非欧洲中心历史的核心或反父权制女性史的"herstory"的核心。直到最近，女性与被殖民者都排除在"his-story"的殖民主义/父权制话语之外，除了主流叙述决定介绍和展示它们的方面。讲述另一种不相同的叙述既宣告了"his-story"的（事实上是任何故事的）地方偏见，又开放了解放另一种历史的可能性，此历史曾遭到权威历史的"官方"话语压制。本章的主题正是这些历史可能被写作的形式，以及它们的作为的特性。在此背景中，需要注意朱丽叶·米切尔（Mitchell）对早期女性主义小说家的一句评论。她说，她们试图"于变迁之中创造一个历史……小说是女性开始在资产阶级资本主义中作为社会主体创造自己的首要例子——将自己创造成一个类别：女性"（米切尔[1966]1984：288—289）。我在引语中强调了"创造"一词，因为它说明了第四章中指出的"文学性"的一个基本特征，即它"形成/从无中生有/第一次组成"。我们在这儿观察到的是，"文学性"作为一种历史的主动写作是为了发现——甚或"从无中形成"——社会构成中的一种身份，这个社会构成的主流话语使一个被压抑群沉默："从/被 his-story 中隐藏"，女性在故事中写作她们自己——所谓"herstory"。本章稍后将在当代语境中回到这类"创造的"（[hi]story）写作。

定义"新故事"（newstories）一词的关键词其实是"新奇的"（novel）——虽然我绝非将这个杜撰词限于虚构散文。"novel"的两种现代英语意思（"文类"，以及"在某人的经验中是新的、革新的、天才的、拥有意想不到的因素"）最早源于拉丁词 nous（新的）。但前一个意思在 16 世纪从拉丁词 novella（storia）——"一个小的新（故事）"——进入英语；而后者源自法语词 novelle，这个词在现代仍然有这个意思,既是"新的、新奇的"又是"新闻"(这一点尤为重要)。可以证明英语文学词汇"the novel"保留了所有这些词的痕迹:"一个新故事";"新的、革新的、奇异的"——甚至"使奇异"或"陌生化";以及提供与社会生活有关的"新闻"——信息或"洞见"。然后,重复它们,使得"新故事"同时为我们提供过去与现在的历史的"新的"(new)和"新闻的"(news)故事。它们能够告诉我们什么是新故事的本性,以及它们是如何做的,这些内容将构成本章的剩余部分。首先让我们来看一下过去的文学提供的一些"新的"理解历史的方法。

作为历史的"过去的文学"

"过去的文学"与我称之为"当代的文学"(大致为二战以后)的重要差别在于:首先,这些写作看上去是和我们多少有些遥远的历史社会与历史文化的产物,我们或许期待的是,这样的阅读可以向我们传达它们的历史。其次,基于此,我们可能还想弄清楚为何今天仍然阅读它们,它们与我们的生活有何关系。再次,部分也是对最后一点的回答,它们已经过长期评价和再生产,尤其当它们是曾被"经典化"的文本时,就会因此携带自身被延伸的文化历史的增长物,以一种正处于获得自身文化历史的当代作品的方式呈现给我们。前者为我们展示着一种完成之作;后者则让我们看见增长过程的运作。我想对这三点提供一个概要的回答,通过关注"文学性"的两个例子证实"文学性"一词在第四章推演的定义性特征。但必须清楚将这些"老故事"称作"新故事",我并不是跟随埃兹拉·庞德对文学的定义:"这是常新的新闻"(见第一章,本书英文版第4页)。庞德认为"文学价值"在于记录超历史的或普遍的意义,我愿意精确地指出意义在不同的历史阅读中会得到新的、有所差异的激活——虽说这意义原本就潜在地记录在作品的确定文本之中。

让我们从莎士比亚的《暴风雨》开始吧。作为他的"晚期戏剧"的最后一部,《暴风雨》只现存于一个文本中(1623年对开本),被认为是他所有作品中"最纯净"的,在莎士比亚的典范与"世界文学"中具有核心地位。它受到无限的赞扬,被无数次地扮演,得到批评性的解释;许多作家与艺术家都受到它的启发,或是被后世的作家、艺术家作为目标而加以"回写"(written back to);它还为我们贡献了现代的神话人物普洛斯彼罗(Prospero)、凯列班(Caliban)、爱丽儿(Ariel)和米兰达(Miranda),以及许多我们熟悉的经常要加以引用的话语(不只是"美丽新世界")。在全球文化史中它是如此不可避免地在场,以至于事实上它总是在"等待着被阅读"。

作为适应殖民需求的写作大多涌现于17世纪早期,《暴风雨》看似对这种殖民需求给予了承诺,这具体表现在普洛斯彼罗的人文学问对小岛的殖民化与文明化中,以及在戏剧里"野蛮的"凯列班的表现中。当然,在整个殖民事业里,普洛斯彼罗/凯列班的二元对立暗喻了(欧洲的)自我/他者的对立,并有助于在角色等级形式中"固定"(fix)变化,然而也可以说,这部剧作的文本一直孕含着张力与反讽,而这又对"固定"形成了质疑。

- 普洛斯彼罗的殖民化是他被欧洲恶人(阿隆佐、安东尼奥和西巴斯辛)"驱逐"的结果;
- "优等"人种里同时包含着小丑——斯丹法诺、特林鸠罗和作为文明女性天真理想的米兰达;
- 普洛斯彼罗权力的执行助手(爱丽儿)在强迫之下完成任务,而且非常想从这种状态下解放出来;
- 权力通过"魔法"并作为"魔法"来加以维系,普洛斯彼罗相当理解它在可持续性方面的限制。当他放弃他的"强有力

的技艺"(也在同一行称它为"这种狂暴的"(莎士比亚(1610—1611)1975:V.1.50))时,他知道:

……如同这虚无的编造一样,

入云的楼阁、魁伟的官殿,

庄严的庙堂,甚至地球自身,

以及地球上所有的一切,都将同样消散,

就像这一场幻景,

连一点烟云的影子都不会留下。

(IV.1.151—156)

可以很明显地指出,在当下后殖民主义语境中这些戏剧话语中的颠覆性因素给人们带来了莫大的安慰,此剧可以被看做同时倡导与质疑了殖民模式。虽然在阿尔都塞看来,《暴风雨》与它浸润其中的意识形态是疏离的。最特别的是,可以看见"魔法"与意识形态——"个人和他们真实的生存状态的想象关系的虚假'表现'"(阿尔都塞[1970]1977:152)——之间的紧密联系,普洛斯彼罗的魔法仅仅是存在于他的(或者是属于凯列班的?)岛上,仅仅是存在于单个的毁船海难中表现出来的。而且,和魔法一样,(殖民)意识形态的"虚无的编造"只能被暴露和"消解",以致丧失它神秘化控制的权力。

但是普洛斯彼罗的魔力在哪里呢?此剧坚持在他心爱"书本"的"神秘学习"之中;"知道我爱好书籍",贡柴罗为他装备了"我看得比一个公国更宝贵的书籍"(I.2.77,166—168);有更多"事情"要做,普洛斯彼罗说"我要去读我的书"(III.1.94—96),这段话的结尾他"要捐弃"他的"狂暴的魔法",允诺"把我的书投向深不可测的海"(V.I.57),然而,若我们记住剧本自身持续的"三个小时"始终在自觉重述,我们可以视整个戏剧本身为由"魔法"构成,包括舞台上"荒岛"的变像("闭幕词",第八行)、船难、人物各方面的行动,

第五章 "文学性"的用途新的故事

以及庆典的"虚无的编造"。这就意味着,普洛斯彼罗/莎士比亚的"闭幕词"暗示,当走出戏剧迷人的氛围之时,它承认它现在"想有/精灵为我驱使、有魔法迷惑人"(13—14),而岛屿及其居民的殖民化也正是由于语言的"魔力"。

　　这里的关键场景是第一幕第二场,凯列班描述他从"原来我自己的国王"变成"你如今拥有的一切"的经过。他生动地讲述了剥夺的过程,这迎合了本土居民的原初追求:"这岛原本是我的……而被你夺了去的"——将他遗弃在"这堆坚硬的岩石"(他的"本土保留地")上,"你把我禁锢……而把整个岛给你受用。"逐步剥夺过程的一个核心因素是教凯列班学会了使用殖民者的话语:他们"教我如何命名白天亮着的大的光、晚上亮着的小的光,因此我以为你是个好人"(331—341 随处可见;着重号为本书作者所加)。通过语言文化的传入,凯列班成为自身被奴役的同谋,变成一个奴隶。欧洲文明女性的理想——米兰达,在其中起到了非常重要的作用,因为是她:

　　　　辛辛苦苦地教你讲话,每时每刻教导你
　　　　这样或那样。那时你这野鬼
　　　　连自己的意思也不懂,只会咕噜咕噜
　　　　像只野东西一样;我教你
　　　　怎样用说话来表达你的意思。

　　　　　　　　　　　　　　　　　　(354—358)

　　这是一个关键段落,因为文化帝国主义通过使被殖民者自身语言失语的方式来工作,我们先来作一个假设,如果臣服的"野蛮人"(savage)不懂得他"自己的意思",那么就只好翻译出来,适应殖民者与米兰达的意思。请注意米兰达如何"教你/怎样用说话来表达你的意思"。换句话说,语言是文本化过程,通过这个过程,魔法/意识形态致使臣民与自身被征服共谋。自相矛盾的是,这种"相似性"的获得也确定了他们的"差异"与"他者"。但凯列班著名的回击突显了我的观点:

> 你教我讲话,我从这上面得到的益处
> 只是知道怎样骂人。但愿血瘟病瘟死了你,
> 因为你要教我说你的那种话!
>
> (363—365)

  这部剧作可谓同时讲述了殖民化及其自我颠覆的文化过程,两者通过同一因素完成。很难找到比这更好的后殖民"回写"的例子了,然而,一部写于1613年的戏剧从另一层面看有助于确立殖民等级制度的构想。

  我认为,正是《暴风雨》自身构成话语的现存文本性,殖民主义权力形成的机缘及决定其最终解体的内在固有矛盾,能被以后的世代(即被今天的读者/看戏者)看到。因为我们已经明白,普洛斯彼罗与莎士比亚的"魔法"本身都包含着语言学上的文本性,我们就能进一步发现魔法/意识形态如何通过文本化主题产生作用;通过观察这个文本化过程,我们还能记录下文本化我们所有人的潜意识过程。同样,正如普洛斯彼罗后来的相关谈话中表明的,这种文本化("强有力的技艺")实际上是可以解构的(它在事件中只是"狂暴的魔法")。可以通过走出并不严密的魔法圈,"消解"帝国"梦幻"的、种族优越的、(西方)文明的"虚无的编造",正如莎士比亚的使者的"陌生化手法"(布莱希特式的)试图承认的。通过破除控制观众的"魔力",使者(和我们)从"精灵为我驱使,有魔法迷惑人"中"释放"出来。("闭幕词",14;着重号为本书作者所加)。通过"看见"语言(包括"文学性"的)如何对我们"施魔法"的过程,我们得以自由(如普洛斯彼罗的魔法解除时爱丽儿和凯列班一

样)。在我看来,这部剧作帮助我们能够在我们自己的历史语境中发觉所有这些。就这个方面而言,《暴风雨》的文本可以说正是在以这种方式"等待着被阅读"。

过去的文学可以为我们"保留"下什么的第二个例子是乔治·艾略特的《亚当·贝德》。作为一个不太出名作家的第一部小说,它马上受到了普遍欢迎与很高评价,因此很快获得经典地位,用利维斯(F. R. Leavis)的话说,就是作为一部"真正名著"的地位(利维斯,1961:vii)。利维斯还说:"《亚当·贝德》的历史价值在于艾略特在小说中创造了一个逝去的英国[原话如此]——一个随着工业化的胜利已经消失的文明"(xii),以及,"[艾略特]作为一个社会学家和社会历史学家,是细心而精确的"(xiv)。我的问题是:这部小说现在能为我们提供何种"历史/社会学价值"?

在讲述它赞成的世界观时,《亚当·贝德》毅然设定它的真实性:一种乐观的人文主义,或者"人性的宗教",拥有"同情"、支持与利他主义能够避免主体性(subjective)的最低级形态,即人类个体天性中那种具有破坏性的利己主义,并逐步走向社会改良,这代表了人类客体性(objective)的最高级形态。这种本质上的经验主义或"现实主义"的哲学,实际上与乔治·艾略特"真实的"虚构现实主义是共生的,而后者则是一种传达手段,"讲述我简单的故事,不打算让事物看上去比现实更好;除了虚假之外什么也不害怕"(乔治·艾略特[1859]1961:176)。这种现实主义意味着详细描述普遍人性中所有类型的特殊历史,以之作为揭示和理解他们的他者性(otherness)的一种方式;以这种方式避免利己主义、发扬社会进步所必需的利他主义同情心。在《亚当·贝德》里追求这一事业目标时,艾略特显示出来的是力图做出一个完全诚实的叙述。虽然在第17章"故事停顿了一会儿",在小说天衣无缝的现实主义中是一个打破框架的中断,也是艾略特作为人文现实主义小说家有效提供其信念的一次插入,它仅仅服务于加强她企图描述的世界的

"现实性"。她认为：

> 小说家最崇高的使命是把事物描写成它们从来没有过、将来也永远不会有的样子。那么，我当然可以完全按照自己的喜好重新安排生活和人物……可是，恰恰相反，我就是要尽量避免任何……主观臆断的描绘，要把人和事物在我脑子里反映出来的形象如实地叙述出来。这种反映无疑是有缺陷的……形象模糊不清。但是我的责任是要尽量确切地告诉你，要反映的形象是什么样子，正如我在证人席上发了誓，要如实叙述我所见到的情况一样。
>
> (174)

"叙述"、"描绘"和"反映"，而不是"重新安排"，所有这些话语暗示了一个只是被报告或"反映的"从前的现实，虽然前面已经指出（见本书英文版第103、115页），文学性的现实主义就定义而言，与任何更明显人为的文学性话语同样制造/创造了"诗性的现实"，但是艾略特的插入，尤其她承认"反映"意识的"欺骗性"，不是要使我们发觉她的片面性，而是要确认她根本的真理性。在这里"讲述事情如其所是"完成了它试图确认的整体化的自我确信。

然而矛盾的是，正是在这部小说的现实主义稳定性中产生了两种相反的效果。首先，因为这个书本的世界是如此令人信服地真实，它倾向于采用其他蕴含于其中但此处未直接讲明的文本之外的物质"现实"。换句话说，对话建立在文本的现实主义之中，它源于现实的活生生的意识形态观点，并源于小说的历史背景的真实社会关系——现实主义在具体描写叙述中既将其唤起又对之压抑。过一会儿我将就此处之意义举例说明。其次，作为对文本的现实主义可信性(conviction)和似真性(plausibility)的一种反应，文本中出现任何"裂缝"、困惑、犹豫或沉默，我们都可以假设意识形态世界观中存在限制与矛盾——它确定的与定义的片面性——这将干扰现实主义讲述的原本应该一致的景象。换句话说,在现实主义最确定地实现之时,现实主义提供了阿尔都塞所谓的"批评的距离",即文本在维持它与使它合法化的意识形态之间的"距离"。

这是就上面相关两点的一些简单例子:首先,在小说的现实主义采用的缺席"背景"方面,我曾经建议小说要求助于现实主义。《亚当·贝德》被置于非常精确的历史背景和地理环境之中,故事就发生在华维克夏郡的"黑斯洛普"村及其周围,时间则大约是在艾略特出版这部小说(1859)之前的60年,小说的第一段为主要情节的开始提供了一个准确日期:"1799年6月18日"(17;小说的故事结束于1807年6月(504))。换句话说,将情节置于过去一个孤独的小村庄中是建立(不被承认的)限制的关键因素,在这样的限制中,活生生的世界观被现实化为一个物质世界。虽然特定场所的特定历史时刻已经将这部小说的世界封闭起来,但是,虽然整部小说都在零零星星地提及当时的法国战争(革命战争和后来的拿破仑战争),它们却从未与物质上的影响发生过关系——关于物价、征兵、劳动力短缺、衰亡等等——战争可以影响到公众群体,但在小说中却只是作为个别人物的看法而存在。正如约翰·古德(John Goode)所准确观察到的,艾略特需要"选择一个她可以将之非历史化的历史现实"(古德,1970:21)。我们可以继续问下去——既然文本引导我们相信小说的人文主义现实视野对于所有时间、地点都是普遍有效的——那么,为什么要将它置于60年前一个孤立的小村落中呢?是否在乔治·艾略特身处的19世纪50年代,难以驾驭的政治化社会对她的"人性宗教"比60年前"有机的"黑斯洛普村更加容易受到影响?(在自我意识的"真实性"的第17章中,她曾十分费解地思索:"60年前——是一个很长的时间了,是不是事情都变了"(174))是否将法国战争的影响最小化?是不是由于法国战争导致了物价居高不下并且加剧了城市贫民的痛苦?是否呈现了这样一种认识,即存在着这样一个公共世界完全不能影响到自由人道主义的个人关注?

而且,小说核心人物之一的黛娜·莫里斯,是19世纪中期小说中一个不同寻常的形象:一个巡回女性卫理公会布道家。但在书本的道德规划中,黛娜逐步失去了她狂热的理想主义的福音传道者的锋芒,最后变得女性化和驯服,在黑斯洛普那种经过改革的人文主义田园中成了亚当·贝德可爱的妻子。虽然小说很重视卫理公会,但显然它仅仅存在于黛娜的形象中,这就将历史上的卫理公会作为一个强有力的(和引起分裂的)19世纪的宗教及社会运动排除在外了,但事实上那是一场引起过争议的运动,在贫困的城市工业社区中表现得积极活跃,而且卓有成效。我们可能还想问,为什么在这部小说表现的"社会历史"中,卫理公会仅仅局限于一个繁荣村落中的黛娜·莫里斯?排除城市环境是否等于承认,类似乡村的地方或许对卫理公会的改宗、抗议精神比对资产阶级人文主义的慈善反响更好?黛娜的卫理公会标签是否是一种排除其他更激进的、工人阶级抗议方式的路径?

但是,黛娜也开启了另一个"语境"。在小说多数篇幅中,她被表现为一个独立的、不受约束的年轻女性(作为一位巡回布道家,毕竟她的个人侍奉是排斥婚姻的(45))。在19世纪50年代,乔治·艾略特准备写《亚当·贝德》时,"妇女问题"是一个热烈讨论的话题,围绕着卖淫增加、"自由恋爱哲学",以及开始要求女性选举权等问题,所有这些发展都破坏了风行一时的维多利亚中期父权制意识形态:"女性崇拜"。随之而来的问题是,这部小说是否以替换的方式,借用又压抑了它"自身"时期的这些问题。换句话说,黛娜的卫理公会是否是一个女性在婚姻以外的社会能动性、性特征和独立的潜在威胁的图示,而这是艾略特的"整体化"现实主义——人文主义不可能赞成或包含的;她最后的驯化是否宣告了女性的"恰当活动范围"实际上已经局限在家庭之中了？意味深长的是，在"尾声"中我们得知卫理公会大会"禁止女性布道"，而黛娜已经"放弃它了"——这是一个受到人性化的亚当赞成的决定（迄今为止这是小说的权威声音），他说，"大多数布道的妇女得不偿失……她看到了那一点，她认为她应该带头服从，树立个榜样……"(506)。这简直是说得不能再清楚了。黛娜的情形也是同样的，她作为一位女性的受到限制的独立性，是不是隐蔽地表现了在艾略特所处的 19 世纪 50 年代中某种反叛的、崭露头角的运动对主流性别意识形态的挑战；将小说的"社会历史"转移到 18 世纪 90 年代，那时这些挑战不可能"现实主义地"包含在小说之中，这样做只是为了在小说里抹去这些挑战？我认为，《亚当·贝德》所做的——以及它的现实主义允许我们看见它所做的——是在建构一个显然真实的世界，并且通过它的排除手法使得这个世界显得可信。不过，正是在其现实主义的构成中具有如此说服力的一环，也同时从它的物质世界的历史语境中，将明确的缺席引入了文本，这缺席是它为了能首先实现自身而不得不具有的排他性。

其次，一部现实主义小说能够揭示它的整体化计划所压抑的矛盾与限制，作为这类小说的一个例子，让我们关注一个破坏性的不确定因素发生的时刻——一个虚构的发明物在"令人信服的"现实主义文本中扮演角色的例子。恰好是"保留"了此裂隙的诗性文本，使我们有了看见它的可能性，它需要一些违背现实主义常理的阅读。海蒂·苏洛与年轻乡绅亚瑟·唐尼桑恩私通导致婚外孕，被起诉谋杀自己的新生儿，在狱中等待死刑。她的免死令在（或许是自觉地）命名为"最后关头"的一章中来到，这不仅是小说中最短的一章，而且总共只有一页。实际上免死令只包含在它的最后一段中，这一段不自然地滑入现在时态的和过分精细的散文："马跑得又热又累，但还是听从了那人拼命的策赶。马上的人仿佛疯狂似的两眼呆滞……看，他手里有样东西——他将它高高举起仿佛这是一个信号。"(438)确实是"一个信号",但是什么信号?书中再没提这件事,也没有说明亚瑟如何获得"来之不易的免除死刑的赦令"(同上)。小说最后一章仅仅是一笔带过地告诉我们,海蒂后来实际上被流放,死在回家的路上(505)。"最后关头"为了将一个关键事件变为无关紧要,在书中用情节剧式的生硬救助凸现出——"一个信号",或许是它对自己明显杜撰的尴尬的承认信号。

我们如何在小说坚固的领域中解释这道裂缝?为什么海蒂不能按照逻辑被绞死?或者暂且不论这一点,为什么没有更完整地处理亚瑟怎样以及为何得到免死令?简单的回答是由于这本书的道德概念没有此类素材的空间:海蒂,目光短浅的利己主义与虚荣的典型,以及一个完全建构于小说之中的人文主义—现实主义规划之中的角色,已经完成了她的使命,这就必须因其丧失了作用而挪开她。绞死她将在小说的道德图景中带入一道野蛮色彩(在此章的开头,艾略特对"那人为的突然死亡的可憎象征"(绞架——未指明的)感到恐惧(437)),这与社会的道德的人文主义不相协调。或许更为重要的是,它会导致承认小说的人文主义田园诗不能吸收的公共机构事宜。同样,任何关于亚瑟使用特权和等级优势获得免死令的进一步解释将导向一个与道德世界观相对立的政治维度。阶级政治与卫理公会、女性独立一样,破坏自由人文主义文化的均质化规划,这一点我们在马修·阿诺德身上也能看见。而且,让海蒂继续待在这里,或是活着回去,在英国都会引发出关于"堕落女性"的社会地位问题以及卖淫问题。这是一个为"娼妓文学"(艾略特所知道的)火上浇油的当代热门话题,海蒂是一个"败坏的少女",借用后来托马斯·哈代诗中写乡下女孩卖淫的词语(就是"败坏的少女",哈代,T. 1901),完全可以想象她命中注定会淫乱。这些因素被排除在外是因为它与小说结尾认可的家庭意识形态极度不协调。这个简单的虚构时刻的尴尬和后来对海蒂简短的打发一同暴露了——如果我们假设这部小说可能经历的过程的话——

第五章 "文学性"的用途新的故事

这是一种净化了的认可,对于小说的"整体"现实主义以及它所维系的意识形态之限制与排斥的认可。

对于莎士比亚的戏剧和乔治·艾略特的小说,并通过推延至其他过去的文学作品,我总的看法是,在它们实现自己的目标时,同时也表达了与原定计划的冲突,但这每一小点都是它们整体性中的一个小部分。因此它们为将来的读者提供了随意阅读这些符号的机会,也同样在它们所记录的或相信自己正在提供的东西中提供了另一种"社会历史"。再重申一下我的论点,在文学性文本中,在意识形态之中建构我们的生活的微妙但通常不可见的过程,被作品文本性组成的复杂多变的"诗性的现实"所编码。这些过程可以取回和详细审查。当代文学同样如此,我们现在将转向它,虽然在那里我将把重点转移到更加迫切的"文学性的用途"的问题上。

作为当代史的"文学性"

由于历史的或然性在后现代世界中的地位与功能,它已经被认可三十多年了。事实上"herstory"与处于后殖民主义核心的解构策略自身就是论证后现代的例子。如让·弗朗索瓦·利奥塔尔(Jean-Francois Lyotard)所说,如果"后现代状况"亲眼看见了后启蒙文化的"大叙事"(着重号为本书作者所加)之不可信,以及它们被地方化意义上的"petits récits"(小故事)所取代(利奥塔尔[1979]1984),那么,权威的大写"历史"一定会是受害者。同样,当让·鲍德里亚(Jean Baudraillard)([1981]1994)提出,后现代主义意味着"真实的失去",即"历史与现实"已经在映像与模仿的超真实世界中"文本化",并被"模拟"(字典告诉我们,它指"做得像另一物的,一种次等的或欺骗性的相似"的东西),因而认识到任何历史意义上的东西都变得极其可疑。如迪克·赫布迪格(Dick Hebdige)所说,突出的消费主义与 20 世纪晚期后现代垄断资本的先进技术用戏拟和风格取代了所有的意义:"我们被遗留在一个本质上所指'空洞'的世界中。没有意义。没有阶级。没有历史。只有一个永不休止的模拟过程"(赫布迪格[1985]1989:269)。这意味着一种根本上的政治文化悲观主义,这种悲观主义标志着一种"状况"确实与(第二个)千年的晚期生活相一致:鲍德里亚提出的海湾战争"不真实"或许是没有意义地标新立异,但他将它视为一个媒体事件,一种电视模拟,倒也不是没有道理(鲍德里亚,1991,1995)。

后现代世界的主要问题之一是如何认识。知识大爆炸是我们这个社会不可抗拒的、同时也是潜在有益的一个特征,但是任何常看电视(尤其是"新闻频道")或常访问互联网页的人都会意识到,我们表面上得到越多知识,就越有一种古怪的无知感降临到我们头上。亨利·詹姆斯(Henry James)曾对"事实之致命的无效"发表评论说([1907]1962:122):拥有信息量,却没有相应的"叙事"解释、说明和认识,这就是后现代经验的核心。我认为,"文学性"——通过它的"形成"与"塑成"特性、它的"主题感"、它对"模式"的验证,以及它对"认知社群(knowable community)……第一次以此种方式(for the first time in this way)……创造性的认识(creatively known)"——都使得我们能够理解组成我们文化的复杂关系。或者说,切入"存在之混沌"的横截面,表现了活生生的历史的鲜活经验,它有助于解决卡莱尔所说的被写作的历史的"线性叙事"问题,通过提供一个其他的不被讲述的历史:它在我们自己的"社群"中走近"将被认识的"(见本书英文版第104—106页),尤其穿透、建构和定位我们的意识形态叙事如何将我们文本化。如果后现代的核心问题是当代历史、政治和文化的"大叙事"不能帮助我们"认识"任何确定的东西,那么在此"状况"下,如果我们明白叙事如何工作,文本如何建构,历史(以及 herstories)如何被写作,我们将获取某种程度的权力。我认为,当代文学的"小[新]故事",

既定形了变迁,即使只是暂时的,塑成一个我们可以理解的(文本)"社群",又同时为我们提供了一种对我们自身文化以及它如何决定我们的"认识方法"。在这个方面,"文学性"告诉我们,大写的"新闻"——我用它指所有表面权威的知识来源——自身也都是叙事、文本,并因此是编织我们生活的有效的故事("讲故事")。

可以说,每一个当代文学性的写作都为我们提供了透视我们自身文化的某些陌生化的形式,也因此可以被视为有助于构成一部战后"历史"。虽然我们接下来关注的主要对象是一些自觉写作某种历史的文本,但并非所有当代"新故事"都必然从根本上有明确的历史变形。请允许我提供不同的例子。观察一下这些作品所具有的广泛的多样性,所具有的对于现实的洞察,是如何在它们组成的文本性中被"把握"的。

哈罗德·品特(Harold Pinter)的戏剧,是这样离奇地复制了日常话语的节奏与无语的沉默,因而造成了困扰。它们揭露了潜伏着的(政治的与性的)力比多威胁(libidinal menace)——然而它们看起来确是世俗的、惯常的和"文明"的。罗恩·哈钦森(Ron Hutchinson)的戏剧《骷髅鼠》(Rat in the Skull)完全彻底地表达了由偏见与无知引起的腐蚀性暴力,它引发了北爱尔兰"恐怖主义"/"警卫部队"之间的恶劣关系。布赖恩·摩尔(Brian Moore)的"恐怖小说"《沉默的谎言》(Lies of Silence),为伴随着遍布爱尔兰的"暴力循环"的道德与心理困境提供了一个切入点。这部小说达到这样的效果,部分是由于它在文本中不经意地承认对任何解决"北爱尔兰问题"的办法的超然与失望,这是那些未直接卷入的人们感受到的,本身也是这个问题的一个重要组成部分。巴里·基夫(Barrie Keefe)残忍的戏剧《猜疑》(Sus),将背景设在1979年大选结果即将来临之际,解剖了种族关系中的偏执与暴力——尤其在丧心病狂的警官卡恩的话语中——简直成了"撒切尔改革"的潜台词。琼·赖利(Joan Riley)的《不属于》(The Unbelonging)是一部在英国的加勒比妇女写作的小说,生动地讲述了一个成年黑人妇女移民到英国的转变和双重开拓——不仅仅是她的叙述不断被疏远的语调;另一个加勒比英国人莫林·伊斯梅(Maureen Ismay),在她的诗《脆弱不是我的名字》("Frailty Is Not My Name")中,表达了一个黑人妇女可以像乒乓球一样,从一种陈规蹦到另一种的惬意。她不仅反对了哈姆雷特率先表达的白人父权制标签——"脆弱,你的名字是女人",同时还进一步反对新的"神话",即她必须成为一个"大块头、强壮的黑人女性/铁一般坚硬、背负/世界上所有的痛苦于我肩上"(伊斯梅:1987)。加勒比诗人还通过扩展诗歌语言的可能性开发他们作为后殖民/多元文化(双重意义上的)"主题"的复杂涵义的意识。在恢复文化上"未被认可的"西印度语和音乐的方言与韵律的过程中,一种尚未被主流文化"拥有"的"反主流文化的"话语在复原。比如,林顿·约翰逊(Linton Kwesi Johnson)能用一种"标准英语"无法理解的语言,在《英格兰是个婊子》("Inglan Is a Bitch")中描写种族与社会的不公。

    哦,俺做白天的活儿,又做夜里的活儿
    俺做干净活儿,又做脏活儿
    他们说这帮黑鬼男人简直懒得要死
    可你要瞅见了俺干活儿的德行你会说俺疯的不行

    英格兰是个婊子
    没处躲没处藏
    英格兰是个婊子
    你最好的法子只能是提起胆儿来面对着她
                    (约翰逊[1980]1991)

（原诗为：
well mi dhu day wok an' mi dhu nite wok
mi dhu clean wok an'mi dhu dutty wok
dem seh black man is very lazy
but if y'u si how mi wok y'u woulda she mi crazy

Inglan is a bitch
dere's no escapin'it
Inglan is a bitch
y'u bettah face up to it)

同样，莉莲·艾伦(Lillian Allen)在《大肚子女人的哀歌》中关于性关系则写得更为直白：

A likkle seed
Of her love fe a man
Germinates in her gut
She dah breed
Cool breeze
It did nice
Im nuh waan no wife
Just life
Wey fe do!
（艾伦［1982］1986）（此诗由于难以译出原意，未做翻译——译者）
("Cool breeze"是"good while it lasted"的谚语）

约翰·勒·卡雷(John Le Carré)的侦探惊险小说为走进间谍的

神秘世界提供了可信的途径——因为我们没有其他认识方法,所以这个世界可能和它们企图描绘的世界同样"真实"或"真切"。但它们同样揭露了处于勒·卡雷自由—人文主义核心的意识形态困境,他尝试建立一个"中性"的空间,在其中自由的主体仍然保留着爱的能力,可以作为个体的人来冲破由国际政治冲突导致的双重诈骗与背叛的这个被毁坏了的世界。罗西·托马斯(Rosie Thomas)的畅销书《我们时代的一位女性》(*A Woman of Our Times*),以及朱莉·丘吉尔(Julie Churchill)的《性交中的棒家伙》(*Bonkbuster*)、《野心》(*Ambition*)(这本书既是此种文类的俗套宣传,同时也是它的解构戏拟),以不同方式反映了20世纪80年代里根和撒切尔的"新经济"产生的所谓"雅皮士女性主义"与残酷的企业家庭化主义中的问题。同样,卡里尔·丘吉尔(Caryl Churchill)的戏剧《棒姑娘》(*Top Girls*)以及她喧闹的诗剧《严肃的金钱》(*Serious Money*),探索了脱离典范的性与财政"自由"引起的复杂的道德与政治问题。

关于当代"新故事"提供的一系列"最前沿"新闻的例子可以不断举下去,所以我现在将关注一些挑出来的文本,它们与历史写作的关系绝不仅仅是偶然的。这些文本数量极大,各不相同,并自身都倾向于承认,历史与"文学性"之间的自觉关系确实是当代文学的一个主流隐喻。这种通过事实与虚构的融合的再生历史是否可以定义为"后现代主义",完全取决于将后现代主义视作一种政治上不负责任的智力游戏,或者将其视为一种试图拆除过去文化知识的主流"真理"的严肃尝试。

为了不同目的,"文学性"采用多种方法使用历史。所以,在详细关注少数挑出来的文本之前,让我们再次简单概括这个巨大的或许偏颇的范围。比如,阿瑟·米勒(Arthur Miller)的戏剧《严峻的考验》(*The Crucible*)以17世纪90年代早期的萨勒姆女巫审讯为题材,巧妙地避开20世纪50年代美国的审查制度,麦卡锡式的

"女巫追踪"代表了对自由言论的真实威胁,并解剖了首先危及审查制度的精神趋势(the very mindset)。在"关于此剧的历史精确性的一个注释"中,米勒自觉地承认,它"不是学院派史家意义上的历史"(米勒[1953]1959:XVII)。他在第一幕对自己的角色所指出的(历史)人物做出了一个与我此处对"文学性"的论点具有重要关系的评论。他说:"没人能确定地知道他们的生活像什么。他们没有小说家……"(2)。此处暗含的意思是"小说"(或戏剧虚构)是认识过去的生活"确实……像什么"的历史资源,或许胜于"学院派史家"。仅仅因为关于这一审讯包括参与者在内的历史记载不充分,米勒只能是依靠想象去再现人物及其动机,为现代观众揭示了(此剧因远远超过麦卡锡主义背景,深深使人钦佩)宗教、性与唯物主义因素的不稳定的混合物如何导致整个群体被具有传染性的疯狂所折磨,并在事实上将"复仇"(74)炫耀为真正的正义。就文本的当下性而言,米勒的戏剧表现了美国社会的历史基因中,拥有这种褊狭的潜在力量即"驱逐"和打击那些根据道听途说的证据,被视为不适合"生活在一个基督教国家"(153)的人们。

最近,廷伯莱克·韦顿贝克(Timberlake Wettenbaker)将其戏剧《我们国家之善》(*Our Country's Good*)置于两百年前即1788年澳大利亚新南威尔士州的一个罪犯聚居区。为了描写这些境况,并提醒现代观众英国的法律在对付残暴的方面有多么能干,就必须写出对于地方行政当局与罪犯的惩罚。这里写的正是最初的文化生态环境,也正因为如此,澳大利亚这个新国家才得以渐渐浮现。然而,一位殖民地自由邦总督提出了教化使命的倡议,他认为罪犯可以恰逢其时地"有助于殖民地建立新社会",因此应该受到"鼓励……以一种自由和负责的态度进行思考"(韦顿贝克[1988]1995:21)。在一个越来越有人性的少尉的指导下,罪犯们——其中一些人被判绞刑——被带领排练一部戏剧:18世纪早期乔治·法夸尔(George Farquhar)的戏剧《征兵的军官》(*The Recruiting*

Officer)。在接触这些"文雅、优美的语言"之时(同上),在接触严肃喜剧和体会在这样的环境中表演这部戏剧的结构性讽刺时,罪犯们确实发现了某种"救赎":他们发现他们的"人性隐藏在一个被糟蹋的生活的破布与污秽之下"(58)。这样,《我们国家之善》要讲的也正是关于剧院的文明化与救赎力量的课题;在20世纪80年代晚期英国削减艺术经费,剧院遭到严重的威胁的背景下,这也是一个及时的警告。如这位总督所言:"剧院是一种文明的表达",观看一场戏剧"要求注意力、判断力、耐心,以及一切社会美德"(21—22)。韦顿贝克的戏剧提醒我们,不仅苦役殖民地、鞭打与绞刑架代表野蛮,那些惧怕"剧院导向威胁性理论"或仅仅视之为"一部猥亵戏剧中的荒唐行为"(25)的人也代表野蛮。

南非白人小说家约翰·马克斯韦尔·库切(J. M. Coetzee),将寓言小说《等待野蛮人》(*Waiting for the Barbarians*)的背景设在历史时间不确定的无名"帝国"的前哨站中,以避开直说南非的审查制度和种族隔离制度。采用这样的方法,库切能够分析这个帝国的压迫策略与技巧,暴露了它最终导致自身终结的内在虚弱,并且把"帝国"监护人会抹去的历史置于"历史之中"("不会有历史,这事太小了",库切[1980]1982:114)。他还进一步指出,一个白人自由主义者("地方官",也包括库切自己)与政权的共谋,以及对这个政权的有限反对,可以说他没有能力为真正受压迫的当地土著居民("野蛮人")"说话"。他感到"白人"话语在讲述压迫上的不足,这既是通过地方官对彩绘木制碎片"手迹"的失败阅读来表现的,又是他从往昔文明被淹埋的废墟中发现的,最终也由库切采用记录文学作为表达形式,讲述那些禁止为自己说话的人的沉默而表现出来(我们在他的小说《敌人》(*Foe*)中也可以看到这一点,第171页)。最重要的例子,是地方官在性方面加以剥削的那个女孩,她的身体显示"她所经受的痛苦的标记已经留在她身上"——自相矛盾的地方官既希望"抹去"这个标记,使"她恢复原状";又发现"没有进去得足够深",因为他不能解释它们的重要性:"我想要的是她还是她的身体承受的历史痕迹?"对这个问题他能拿出的唯一答案是:"只要讲出来,就说错了",但甚至这些"话在我面前也越来越难以理解;不久它们就丧失了一切意义"(64—65)。不论地方官还是小说都没有能力用"话语""讲述"这个女孩身体所承担见证的"历史"。它们能做的只是讲述无法做到的失败。然而这是一种我们需要面对的真实讲述:为了"开始讲述事实"(154),有一种"生活"(65)超越于"一个拥有文学渴望的文明奴隶的措辞"(如库切自己;154)。

另外,我们可以看见谢默斯·希尼(Seamus Heaney),他通过沼泽中发现的史前人类保存下来的尸体,去探索北爱尔兰政治形势的涵义、矛盾与复杂性。比如诗歌《惩罚》("Punishment")中,在开头对一个年轻女人身体的第三人称描写之后,在诗的中间,"小淫妇"被直呼其名("在他们惩罚你之前"),她成了"我可怜的代罪羔羊"(着重号为本书作者所加)。诗歌继续写道:

　　我几乎爱上了你
　　但在当时我也会丢掷,我知道,
　　那些无声的石头。
　　我是狡猾的窥淫狂

　　偷窥你的大脑暴露
　　且黝黑的回纹,
　　你肌肉的网路
　　以及你所有编了号的骨头:

　　我,我无语地站立着
　　当你那些不贞的姊妹,

沥青淋裹全身，
在栅栏边哭泣，
我压抑愤怒
假装不见
却又了解这确切的
部族的，亲密的报复。

(希尼,1975)

　　一旦我们意识到"你那些不贞的姊妹/沥青淋裹全身"，是当代派别暴力的受害者(因为与某个有"错误"信仰的人或是因为与英军士兵的约会而"受到惩罚")，在诗歌中遥远的过去与当下现实之间的摆动，使整个先前的描写，从"我可以感觉到缰绳上/拖曳的皮带在她的/颈背"到"她剃过的头"，与历史的(也是色情的)相似物共鸣。但是在诗人描写的事件中，那些驯服的同谋——"狡猾的窥淫狂"——成了诗歌的主题："我……也会丢掷/我知道/那些无声的石头"，当然也会在当前的纠纷中"无语地站立着"；或者更甚，"压抑愤怒/假装不见"。换句话说，诗人同时通过不出声的反对参与了行刑，又介入了文明人对这种野蛮行径的隐秘恐惧。这事实上隐含着这种行为的返祖现象："亲密的报复"暗示一种"不贞"跨越"部落"(男性/女性)界线的根本的性恐惧。我们在这里感受到的，是过去并不比现在野蛮，在北爱尔兰这样的政治形势中没有人是无辜的，"小替罪羔羊"是男性诗人作为"狡猾的窥淫狂"与他观察的(性/政治的)野蛮同谋的一个象征。

　　格雷厄姆·斯威夫特(Graham Swift)的小说《水乡》(*Waterland*)与《走出这世界》(*Out of This World*)是文学作为历史的明显的"具有说服力的"例子，尤其表现在它们能够提醒我们自身在叙事中所建构的。琳达·哈钦(Linda Hutcheon)就她所谓的"编史超小说"(Hutcheon[1989]1993:14；即自反的后现代小说，如斯威夫特的作品,探索主要由"现实主义"叙事表现的历史与社会)提出"形式主义的自反与戏拟"与"文献历史事实"(7)相对抗,以至于"对表现的研究变成……对叙事和形象结构方式的探索,在其中我们如何看待自己,如何建构自我的概念,不论这是发生在今天还是过去"(同上)。换句话说,如果迄今为止的大多数历史叙述都是基于一个本质上是现实主义的范式的话("讲述事件如其所是"),那么,将这些现实主义的形式与意识形态加以去神秘化,至少会告诉我们,我们曾经是如何被建构的,及如何可能由此来重构我们对生活的理解的。

《水乡》的引语是 historia 一词的字典定义(见本书英文版第133页),小说的主要叙事者是一个历史老师,他用自己的家族史和芬斯(英国剑桥郡附近的低地)超过 200 年的历史替代了学校历史大纲。它一再强调历史叙述的公众、私人世界与"讲故事"之间的和谐——两者其实都包含着编造——并由此"暴露"小说自身文本性的编造"策略"。小说的主要推动力是叙事/故事/历史这三者是如何制作的,以及我们的生活(或者"谎言")是如何编排(weave)而由此进入叙事的。对于这个过程的陌生化,拉开距离时,它容忍与它所批判的话语共谋,但同时也为我们提供了一种"认识方式",使我们明白这些过程是如何建构的,又是如何将我们自己包容进去的。

现在让我们来关注另一部值得称赞的作品《走出这世界》,它同样是一次完全从读者角度写作一个大范围历史的"具有说服力的"尝试,即 20 世纪的战争中所造成的几乎囊括一切的污秽历史,例如比奇家族的财产来自于军备就表现了这一点。无论如何,所有主要人物的情感生活都是因暴力而萎缩的,而小说就是用闪回的手法讲述了这个过程。20 世纪异化的主题是这个世纪自我表现、"认识自我"的主要形式:摄影。这部小说事实上是一次关于真实性或是"非表现性"的思考,通过将摄影"描绘"的各种不同形式作为它的关注点。被表现的有非人性化的机械形式、讲述事实的形式、撒谎的形式,以及在所有这些方面的类比的形式,因为小说自身尝试"抓拍"摄影如何"记录"20世纪现实,如何提供一个家族的"肖像"或"快照",虽然所有它隐藏的过去在它呈现给世界的图像中都是可见的。

家族中的儿子哈里·比奇,书中两大主要叙述者之一(另一个是他的女儿苏菲),曾是二战英国皇家空军的摄影师,他"掩盖"了纽伦堡审判,后来成为一个著名的战争摄影师:"这是一种新的英雄……不带枪的英雄……为了带回真相而无所畏惧"(斯威夫特1998:118)。他后来生活在威尔特郡乡村,仍作为一个和平时期的航空摄影师,但他对青铜时代战地系统的"拍摄"曝光了英国国防部军事基地。当然所有这些都是20世纪经验的一种"真实"表现,即事实上是非人性化与残暴,如哈里所说:"一些人不得不成为目击者,而另一些人则不得不去观看"——他将下面的话作为一个问题着重提出来:"而讲述呢?而讲述呢?"(163)。小说引发出这样的问题,即这究竟是纪实的摄影,还是属于小说自身。它试图暴露家族史的秘密与谎言,试图"讲述"主要人物具体的与无情姿态背后的真相时,小说提出的上述问题就是:"真实"是如何成为现实主义"表现"的?它又究竟是怎样成为中性的与客观的?

哈里起初相信"照相机从不制作",在他刚从越南回来的时候,在他于1969年观看宇航员第一次登陆月球时,他反思道:"首先是摄影机,然后才是事件。整个世界都在等着被转换成胶片"(同上)。后来,又去思考关于摄影的宣言——摄影"能将世界真实地展现给你"("讲述事物如其所是"也是现实主义小说的核心宣言),哈里认识到,"总之,目击者正在观看世界正在发生改变的方式。如果你想告诉我们事情是什么,那么我们或许应该和你一起开始"(119;着重号系本书作者所加)。小说通过它"不可靠的"第一人称叙述者来做的,是让我们看到"目击者"与拿着照相机的手所带来

的视觉误差。但哈里还加上了进一步的(后现代的)观察:

> 你注意到世界如何改变了么?它已经成为证据的巨型展示,记录数据的展览,成为持续不断的电影。
>
> 问题在于你看不见的部分……问题在于选择……框架、图像与事物的分离。将世界从世界中提取出来。
>
> (同上)

当然,这些就是生活的经验,在幻象中生活并通过幻象生活(比如现实主义)的经验。小说此时所设置的关键事件是福克兰岛战争。这一点就领先于让·博德里亚对海湾战争的看法(博德里亚,1991),哈里观察到福克兰"将成为本年度的电视大事"(185)——"但如果没有(相机在那儿),它就不会发生"(189)——"因为今天电视不可能再有足够的'真实生活'镜头……真实与伪造、屏幕上的世界与脱离屏幕的世界不再容易区分"(188):

> 摄像机不再是记录,而是赋予现实什么……仿佛这世界盼望着由摄像机而得到伸张并且由摄像机来占有,将自己转换成真实的而又是合成的人工记忆的新神话,仿佛害怕不这样做自己就会消失掉。
>
> (189)

小说提出的后现代状况的核心特点之一,不是驱除神话,初看起来,这种纪实性相机原本是具备这种破除神话之潜力的,它通过视觉角度的"选择"与"设计""授予"一种特殊的"现实"(或幻象)——这是由于"世界总是想要得到另一个世界,一个自己的影子、一个回声、一个自己的模型"的缘故(187)。但是正如我们已经知道的,一张照片是"图像与事物的分离。是将世界从世界中提取出来",是从它的经验指涉物中正式分离出来的物体,"它成为一幅圣像、一种图腾、一件古玩。一小块现实? 真实的一个片断?"(120)。哈里在先以及此时的反思,又会让我们回到故事与历史:

> 人们想要故事。他们不想要现实……(记者)就新闻照片说道:每张照片都讲述一个故事……但是假如它不去讲一个故事? 假设它只展示不合时宜的事实? 假设它展现故事断裂之处,叙事沉默之处呢?
>
> (92)

针对詹姆斯的"事实不幸的无效",斯威夫特似乎想在这里表示,人们唯有通过"故事"才能获得生活的意义。如《水乡》已经提出的,这些历史/故事可能"不真实"、不完整,但它们是认识我们如何成为我们的唯一途径。

实际上,在小说中"讲(故事)"被当做新闻摄影主流的但却虚假的"现实主义"的对照物。值得注意的是,苏菲是对她的精神病医生讲她的故事,这个医生做了十分鲜明的对比:"一个图像,我亲爱的苏菲,是没有知识与记忆的。我们所看见的是真实呢还是仅仅是在讲述它?"(76)。但小说自身当然是彻头彻尾的"讲述":"故事"看穿了"不合时宜的事实"的"无言叙事",为了写作一个后现代世界的"历史"。那么,这能使小说"真实",或使它比新闻故事与新闻摄影"更真实"吗? 这部小说的一个评论家将小说关于摄影的主要认识转化到它自身,赞美它"不仅记录现实,而且授予它"[①]。讽刺性在于小说授予的当然不是"现实",而是一种认识"现实"的概念如何强加于我们的方法。"一个真实的故事"的概念是一个虚构,就如"照相机不可能撒谎"一样,因为在照片之后总是还有另一

[①] 大卫·休斯:《星期天的邮件》,引自此小说企鹅版的小册子(斯威夫特,1988)。

个图像,在故事之后还有另一个故事,在历史之后还有另一种历史——一切都由谁是"目击者"决定。此处的底线是不存在一种底线:叙事建构我们的时候,我们也在建构叙事。一个诸如《走出这世界》的编年史的元小说(metafiction)帮助我们看见这一切如何发生,至少在它叙事构成的复杂自我意识中是这样的。

比如苏菲的丈夫乔,纽约的一位旅行代理人,擅长以鼓动人们去英国旅行的方式"兜售梦想":"老欧洲的美好回忆。茅屋村舍与豪华古宅……迷人的绿色景观"(15—16)。当苏菲自己飞回家时,她告诉儿子他们将"看见迄今为止(他们)只在照片上看见过的东西……这样看上去英国确实只是个玩具国家。但你可别信它"(192)。苏菲知道乔有"……忽略他所知道的,只认可图像的本事"(77)。然而,读者知道,一个"玩具"英国的"图像"掩盖了它正通向福克兰群岛的真相,英国国防部军事基地潜伏在农村的田园风光之中,武器制造商拥有"豪华古宅",并被爱尔兰共和军暗杀。但哈里现在栖息的英国确实是乔梦想世界中的英国:"我,"他说,"在一本图画书的茅屋里面对世界"(59)——虽然他又说:"图画书不真实吗?神话故事很久以前就不可信了,不是么?"(79)。在这田园式的隐居中——"走出这世界"——他和詹妮生活在一起,是在他美好前半生里的40年生活。"她让人感到不可思议。她走出了这世界。"(36)哈里在一次航空摄影飞行旅行中,想起下面他的茅屋与怀孕的詹妮,陷入了沉思,他"几乎是负罪地相信……世界的其余部分并不重要"(39)。这是否是在战争与模仿物横行的可怕的20世纪中对于爱的乐观肯定,尽管也许是最低限度的——有益的田园生活战胜历史的"真实"叙事?或者小说在维持和否认逃"离这世界"的"有罪"幻想,即田园诗叙事也和照片新闻的"真实"叙事一样似是而非?当然,小说没有告诉我们,因为它自身由它建构和叙述的"故事"构成。那么,我们如何看穿哈里和苏菲的故事呢?我们如何真正看穿小说自身构成的叙事?简明的回答是:我们不能。我们所拥有的,不仅仅是一种对他们的能力的感觉,一种对于声称"记录"了现实的叙事的怀疑。但是同样,没有它"虚构"历史/故事——它对自身文本化"现实"的自我解构式的承认——我们会丧失它所提供的洞察力,即无法洞悉声称"真实"的叙事如何构成我们关于世界的知识。《走出这世界》是一个"新故事",它表明了"新故事"可能只拥有与新闻故事同样多的(或同样少的)真实性。

当代"历史编纂的"元文学的一个重要子系统是"修正式的"(re-visionary)写作,它关注那些曾经是"我们的"也即欧洲男性意识的结构,也就是处于核心地位的程序化的文本化叙事。"修正"(re-vision)一词策略性地采用了"修订"(revise)("检查与校正;做一个新的改良版本;重新学习")与"修改"(re-vision)(从另一个角度看,再构想或从不同角度观察;由此重塑和重估"原物")之间的模糊地带。这个词由于美国同性恋女性主义诗人艾德里安娜·里奇(Adrienne Rich)的使用而流行,她用它来标志一种政治化的女性主义诗学,这种诗学有助于通过重塑(典范)文本反对父权制文化统治。在她的论文《当死者醒来时:写作作为修正》中,里奇是这样定义这个方案的:

> 修正——一种回顾的行为,以新眼光来看的行为,从一个新的批评角度进入一个旧文本……直至[女性]能理解我们的一个设想,在这一设想中,我们曾经淹没在无从了解自身的境遇中……而一种以女性主义为推动力的激进文学批评,会首先来完成这项工作,将它作为理解以下内容的线索:我们如何生活、曾经如何生活,我们被引导去如何想象自己,我们的语言如何在限制我们的同时解放了我们……我们需要认识过去的写作,以一种与过去不同的方式去认识;不是传递一个传统,而是打破它对我们的控制。
>
> (里奇[1971]1992:369)

这种"修正"可以是一种女性主义与后殖民主义类型的纯粹批评行为,正如我们在第三章遇到的。但"以新鲜的眼光看",以及"从一个不同的……方向进入一个旧文本"的行为,还与我对"文学性"的定义的各种因素相关,尤其与"陌生化"效果相关。所以,作为一种文学实践,它意味着"重新书写"曾被另一种(通常是占优势的)利益——如文化的、父权制的或帝国的/殖民的力量——所建构与拥有的文本。

"修正的"工作的主要特点有:

1. 它们倾向于"重写"(re-write)典范文本——那些在我们的文学遗产中常被称赞、受到欢迎的"经典";
2. 它们坚持清晰地看待原文本,使它不仅是一个新现代版的"来源",而且是后者不断引用的互文本;
3. 运用这样的方法,就可以通过揭露那些在原文本中的话语使之非驯服化,这是因为我们先前已经学会了用被限定的传统的方式阅读(从而形成了对照);
4. 它们不仅将原作重新写作为一种不同的、个别的新作品,而且重塑,并由此再占有和解放原作,使之成为一个以新的方式被阅读的"新"文本——帮助我们"看见"我们以为自己知道的作品的不同面貌,如《简·爱》、《鲁滨孙漂流记》、《李尔王》、《暴风雨》或者《在乡村教堂院子里写作的一曲挽歌》;
5. 它们让我们看见原文本产生时期与现代作品产生时期之间的相似(或对照);
6. 它们总是拥有清晰的文化—政治动力,尤其代表被主流意识形态掠夺、边缘化和压制者,通过要求修订与修正过去文本的压迫的政治纪录与文化同谋,以此作为恢复以往被压迫者的声音、历史或认同的过程的一部分。

因此,"修正的"写作是"文学性"作为当代"想象的反文化"的一个关键成分,这种写作在"回写"历史文本与形成它们的历史契机中,通过修订权威历史的"主导叙事"重新书写了此历史。

这种修正的例子包括:休·罗(Sue Roe)的《埃斯特拉:她的远大前程》(*Estella: Her Expectations*)(1982),这部小说将查尔斯·狄更斯的《远大前程》重写成哈维珊(Havisham)小姐的复仇孩子的故事,由此给予了狄更斯小说中那位被压抑的沉默的"女主人公"话语权;玛丽安·华纳(Marina Warner)的《靛青》(*Indigo*)(1992),在一次莎士比亚戏剧《暴风雨》的现代修订中探索了考拉克斯、凯列班和爱丽儿的故事;以及艾玛·坦南特(Emma Tennant)的《伦敦二女士:杰吉尔先生和海德夫人的奇案》(*Two Women of London: The Strange Case of Ms Jekyll and Mrs Hyde*)(1989)。这部(中)短篇小说机智、"准确"地重书了罗伯特·刘易斯·史蒂文森(Robert Louis Stevenson)的著名原作,重新调整了一个至今仍深入人心的神话,并用它来代表当代女性。因为它现在是对女性在撒切尔主义的父权制下生活的反常扭曲的结果分析,杰吉尔夫人和海德夫人在其中——各自作为"富足的穷人"与"贫困的穷人"——是"同样"遭受资本主义和父权制剥削的女人。她在"雅皮士"与"荡妇"之间转换的直接原因是依赖毒品,它开始"有点帮助",但由于男医生不道德地将它与其他物质混合,成了一种破坏性的化学物品,使她成为(不真实的)女人,而且不能——如小说的多个叙事者所说——"发现她自己"(坦南特,1989:119)。而那个我们在大部分故事中认为是海德夫人谋杀的强奸犯,是杰吉尔/海德头脑中一切控制和迫害她的男人的模糊混合物。坦南特后来的小说《苔丝》(*Tess*),重塑了托马斯·哈代的"名著"《德伯家的苔丝》,揭示了哈代在表现他的女主人公的行为时,将她作为男性注视所渴望的性对象,哈代直接参与了苔丝遭受的父权制剥削,甚至当小说试图站在她这边时。坦南特的修正始于20世纪50年代,她提出了男性对女性的剥削,以及女性自由地实现自己性别的困难,这些自哈代时代以来没什么大的改观。同样,简·施梅丽(Jane Smiley)的小说《一千英亩》(*A Thousand Acres*)([1991]1992),把莎士比亚的《李尔王》换到现代美国背景中,作为一个被贡纳莉("基尼")讲述的故事。和爱德华·邦德(Edward Bond)不同,他的戏剧《李尔》(*Lear*)只是表现了这个故事的一个不同(甚至更为阴暗暴力的)版本,而不是"回写"写作;施梅丽既强调了现代美国父权制与资本主义"垄断"的持续破坏性"疯狂",又据此修正了被莎士比亚的戏剧有力地肯定的贡纳莉—里根/考狄利娅的"善—恶"二元对立。贡纳莉与里根在《李尔王》中的行为的"无声的"故事被恢复与"解释"(她们是否事实上是虐待的受害者?),我们对典范戏剧自身的经验也由此颠覆性地改变了方向。

或许最出名与典型的修正文本却是基恩·里丝(Jean Rhys)的《宽阔的藻海》(*Wide Sargasso Sea*)(1966),与约翰·马克斯韦尔·库切的《敌人》([1986]1987)。前者将夏洛蒂·勃朗特的小说《简·爱》重述为罗切斯特先生的第一任妻子贝莎·梅森的故事,她也是今天女性主义批评中著名的"阁楼上的疯女人"。小说以第一人称叙述安托瓦内特/贝莎与她丈夫回英国与"桑菲尔德庄园"之前在西印度群岛的时候,迫使我们去理解,首先,为何贝莎会变成一个疯女人,以及谁是真正的——从"罗切斯特的"叙述来看——疯子,由此迫使我们重新思考《简·爱》中贝莎被驯服化的描述。在这个过程中,它进一步引导我们看见19世纪早期父权制如何起作用,女性在其中可能有什么地位,同时也引导我们再评价勃朗特对贝莎的明显的种族偏见,她将她表现得像个"野蛮人",在身体外观上是个准黑人,而事实上她作为一个"克力奥尔人",是一个西印度群岛人。换句话说,基恩·里丝的小说将我们的注意力转向文本中潜在的种族主义,后者在"典范"与当代女性主义典范中具有核心地位(见斯皮瓦克,1985,第66页)。

同样,库切的《敌人》也明确"回写"了丹尼尔·笛福的本质上程序化的小说《鲁滨孙漂流记》(Robinson Crusoe)。不仅因为后者是英语中最早和最有名的小说,为小说现实主义建立了模范——笛福声称是鲁滨孙真实的回忆录的"编者",在序言中写道,他"相信这事就是事实;其中没有任何虚构的表现"——而且这个故事在许多层面上很快获得了深入人心的神话般的力量。用柯勒律治的话说,鲁滨孙成为"普遍的代表,人,每个读者都能用他代替自己"(引自瓦特[1957]1970:81;着重号为本书作者所加)。他也成为一个(尤其男性)资产阶级个人主义在所有方面的形象:宗教的、社会的、政治的与经济的,以及欧洲殖民主义的。库切的小说提出了《鲁滨孙漂流记》中所有这些潜在文本化的叙事因素。

直到小说的第六章也是最后一章,第一人称"声音"都是苏珊·巴顿,这个女人也因船难来到鲁滨孙的岛上,但是,小说暗示,笛福将她"写出"他的故事导致了她的沉默。值得注意的是,是苏珊(而非库索 Cruso——库切的拼法)写下了他们与礼拜五一起住在岛上的报道,她将这些带回伦敦,找到职业作家敌人先生(Mr Foe),把她的故事提供给他,让他用"词语的魔力"(库切[1986]1987:58)转化成一个可以出版的文本。这当然暗示了敌人在制作他的小说时的"技术",他为了造出一个好故事,虚构与歪曲了苏珊"真实"的记载,而不仅仅是把苏珊从中挪去。库切小说中不断重复表现了现实主义小说的做作(事实上任何写作的话语都声称"讲述现实"),所以笛福在早年的一个评论(1718)中写道:"他真正拿手的小小技术是锻造一个故事,作为真实的东西强加于世界"[1],"技术"、"拿手"、"锻造"与"真实",这些词都与库切的主题产生了共鸣。这样,《敌人》在一个层面上恢复了苏珊和她的故事的话语

---

[1] 引自瓦特[1957]1960:206,无来源。

权,虽然在这里,它还是策略性地质疑了这个叙事者的真实性——摘自笛福的一部小说《罗克斯纳》(Roxana),其中的女主人公也叫苏珊——从未弄清楚她是不是那个声称是她女儿的人的母亲。事实上,小说的最后一页暗示,苏珊登上库索的岛之前就在奴隶船中溺死了。

小说中也有一个作为核心形象的黑奴礼拜五,苏珊将他作为一种财产带回伦敦(即使一个欧洲白人女性也与殖民同谋)。然而在库切的版本中,礼拜五不再是笛福传说中的"高贵的野蛮人",而是一个彻头彻尾的相异的"他者",他被割掉了舌头。笛福的礼拜五学会了他主人的舌头,因此也被给予"声音",虽然他自己的"舌头"因为获得殖民者语言而沉默了,库切的礼拜五极为显著地成为一个欧洲的被殖民者的"无声"象征。然而,有两点需要在这里指出。一、从来没有指明是谁以此种方式残忍地对待礼拜五,是把他丢在岛上的奴隶贩子、库索,或者实际上是苏珊·巴顿自己,既然所有写下来的记载(暗示也包括小说自身)在"真实性"上都是可疑的,而且都不是礼拜五自己写的,所有欧洲人都在使礼拜五沉默这件事上共谋。二、自相矛盾的是,去掉礼拜五的"舌头",不是以强迫他接受殖民者的"舌头"的方式夺去他自己的语言,这只是意味着他不能说话。而事实上,礼拜五有自己的表达方式,也即他的唱歌与舞蹈,这在小说写作的话语中只能不完整地表现。这样,他没有失去表达自己意识的能力,它们只是超越了白人词语所表现与包含的"魔法"力量。意味深长的是,在苏珊叙述的结尾,她(和敌人先生)开始教礼拜五写字,虽然那时他只会字母"o"。这显然是他的嘴裂开的洞,"无",以及一个等待被填补的空白。

小说的最后一部分是谜一般的一章,这里再次用"我"叙述,却使用现在时("我"拜访的房子有"一个匾额……固定在墙上。上写丹尼尔·笛福、作者,蓝底白字";155)。"我"(作者?)想象一幅回到18世纪的场景,在"原初的"故事(们)写作时,敌人、苏珊和库索的尸体躺在它们居住的房间里。但礼拜五还没完全死去,"作者""将一只耳朵对准他的嘴",正在倾听从中发出的"最微弱的远方的咆哮","从他的嘴里,无声无息地,发出那岛屿的声音":"我进入那个洞"(154)——即礼拜五无法穿透的嘴与沉默,是运输了礼拜五与几千个奴隶的毁坏的奴隶船的外壳。这是一个值得注意的"**黑色空白**"(着重号为本书作者所加),在那里"海水静止死寂,与昨天、去年、三百年前一模一样的海水"(156—157)。作者"在苏珊·巴顿和她死去的船长肥得像猪的尸体下面爬行",偶然遇见"喉咙上有根链子的"礼拜五,这链子是他作为奴隶的标记。他问他:"礼拜五……这船是什么?"但小说的回答是,实际上也不得不是,"但这里并非**词语**之所……这里是尸体作为自身标志之地。这是礼拜五的家"(157);它结束于礼拜五张开的嘴:

> 从它里面缓慢地涌出一股暖流,无声无息,也不间断。它穿越他的身体流向我;它经过船舱,穿过废船,洗涤这岛的悬崖与海岸,奔向世界的两级……

这是对约瑟夫·康拉德(Joseph Conrad)的小说《黑暗之心》(*Heart of Darkness*)(1898)的最后一行的反转暗指,在那里,从帝国主义大都市流出的河("延伸至世界的最尽头"),马洛"非总结性的"欧洲中心故事/历史寻求穿透"巨大的黑暗之心",暗示了殖民主义与奴隶制被禁声的"真实"故事仍有待写作。它也暗示了这样做的种种可能性,但只有被禁止发声的语言才能从西方文本的尸体"下面爬出来",在建构它们的故事/历史中,语言是给予"舌头"的核心同谋——弱化了的殖民力量的主题。如在《等待野蛮人》中,白人的"词"是独特的——"只要讲出来,就说错了"——而且只是将虚构的冒充作"真实":实际上"锻造一个故事并把它当做真实的强加给世界"。在殖民主义"真实"历史的"黑色空白"与沉默中,尚未将"尸体作为自身标志"。但是库切小说给予我们的正面信息是,它既能揭示在文本化我们的生活的时候,尤其是揭示被压迫者的生活时,词/故事/历史都在进行编造,不过,它又同时肯定了一种可能性,即当礼拜五处于殖民话语的中心时,再次通过用"舌头"代替张开的沉默的洞("o")发现他的"舌头"时,他有能力用讲述身体标志的方式来表达自己过去"三百年"的历史。基本上,《敌人》是关于语言以及语言如何同时将我们表现和错误地表现给我们自己。

德瑞克·沃尔科特(Derek Walcott)的诗歌《海滩余生》(Castaway)同样"回写"了笛福的小说,语言的力量同样是关注的焦点。在标题诗歌中,当"指定"自己"扮演"环视"其"岛屿(在加勒比海)的克鲁索时,诗中的"我"(加勒比诗人)观察到"船的残骸/握紧的漂木苍白而带着钉,如一只人手",假设人手是"白的"暗示了笛福神话中的文化殖民(此处与所有下面的引文均来自沃尔科特[1965]1992),在"克鲁索的岛上",诗中的"我"沉思着一座现代的岛屿,将"礼拜五的后裔/克鲁索的奴隶的种族"视作"黑人小女孩身着粉红色的/硬纱,衬裙",这种欧化的后果也正是《鲁滨孙漂流记》所要帮助维持的文化。在《克鲁索的日记》中,这首诗由一句来自这本小说的引言作为序,它思考笛福的写作力量的同时,也在衡量其创造殖民者与被殖民者的意识的能力:

> ……即使是出于风格上的必要而
> 要加以应用的话,
> 这就像他(鲁滨孙)打捞起来的那些铁器
> 从沉船的甲板上,那就是在打理文章,
> 就像用扁斧砍伐原始森林时散发的气味一样;
> 走出这些木材木料
> 就来到了我们的头一本书,我们那被亵渎了的最初起源

那就是亚当所说的这个散文……

这正是"我们的第一本书",因为它才是为"三百年"历史的奠基的文献,后来的一切均据此而展开。笛福/克鲁索

……承担着话语的记忆就像布道
时对野蛮人使用的话语,
它就像一只土质的,盛水的陶罐里面的水
喷洒出来就改变了我们
变成了善良的礼拜五们成天吟诵着对主人的赞美诗,
鹦鹉学舌一样重复着我们的主人那种
风格与声腔,我们就把他人的语言弄成自己的,
皈依了食人生番
我们向他学习怎么吃掉基督的血肉。

所有的形态,所有的对象多样性都是由他而来,
我们的汪洋大海之神——普罗提乌斯……

此处语言再次成为首要的创造力量,主要是笛福的行文塑造了它第一次形成的那些人("善良的礼拜五们")的整个世界观。沃尔科特其实以和我相当契合的方式定义了"文学性":

……他的航海日志
不过只有普通的用处;
我们从中学习规整,可是发现"一无所有"
才正是这个种族的语言……

(着重号为本书作者所加)

如果在这里把沃尔科特的诗歌表现为对《鲁滨孙漂流记》的殖民话语的毫不含糊的、否定性的反驳的话,将会大错特错了,因为与其他作品相比,后者表现了"天真的幻想",而这正是"我们所有人/所向往"的。倒不如说,沃尔科特关注的是语言的力量,"修整"(hewn)文学的形式,这形式正是我们对世界的认知的一个基本组成部分。不过,他的诗歌与库切的《敌人》一样,都提出了殖民境遇中的权力关系如何主要由谁的语言建构它们("以形成……一个种族的语言")来决定,以及我们如何生活在如此讲述的故事/历史之中,无论其真实与否。事实上,这些文学所试图确立的是,设想一种存在状态不由语言构成的叙事决定,如果不是不可能,也是困难的。

最后一个关于修正写作的例子是另一部以语言明确而排外的力量作为核心的作品:托尼·哈里逊(Tony Harrison)的长诗《V.》,它是对18世纪诗歌托马斯·格雷(Thomas Gray)著名的《一首写于乡村教堂墓地的挽歌》的修正。《V.》使用与《一首写于乡村教堂墓地的挽歌》同样的诗节与格律(四行诗,韵为abab),场景设在墓地,思考关于死亡的问题,同样以诗人自己的墓志铭结尾。但哈里逊的墓地是在一座俯瞰利兹的小山上,而不是《一首写于乡村教堂墓地的挽歌》的田园场景,在1984—1985年的矿工罢工期间写成(头脑中还有海湾战争与民族阵线),而非在英国18世纪中期的乡村宁静里。它有一个整饬的着重韵强调了此格律的"铿锵之声",而格雷的冥想挽歌标准流畅地掩盖了这一点;这首诗还充斥最粗鲁的四字母词("妈的(COUT)","操(FUCK)","狗屎(SHIT)","撒尿(PISS)"),以与格雷夸张的诗歌措辞对立。比如,格雷墓志铭的结尾是庄严的告别诗行,请求访客让诗人宁静地"长眠"于"他父亲与神的胸膛"(格雷[1750]1973:179—182),哈里逊嘲笑道:

你脚下有个诗人,还有个坑。
诗歌的支持者,如果你想在这儿找到
诗如何能从(把你打进去!)狗屎里长出来
找到牛肉、啤酒、面包,再回头看。

(哈里逊[1985]1991:933)

当"这些话"在一个电影版本播出时,当然受到热烈欢迎,而文化机构方面对它的反应(如被宣布为"流氓接管"①)则讽刺性地确认了一个要点,这被我们视为它的核心主题之一:一个基于诸如格雷的《挽歌》之类体面典范诗歌的文学文化的唯一性。

那么,《V.》在什么目的和什么效果上是对更早的诗歌的修正呢?虽然它比《挽歌》长得多,也很少明确谈到它,但一旦我们知道格雷的诗是它的互文本,一个交错历史的讽刺就在当下建立起来:格雷18世纪田园诗沉思的平静被装饰20世纪晚期墓碑的涂鸦所粉碎。但是人们或许期待着现代诗人方面不妥协的愤怒,以及对天真与文雅的丧失的哀叹,后者被认为是逝去的18世纪的特征,《V.》却走向另一个方向。格雷的《挽歌》声称要为"小村庄粗鲁的先祖"说话(哈里逊是否在暗暗地将"粗鲁"一词改为与他的光头足球迷有关的现代意义?),为"一些乡村汉普登"、"一些克伦威尔"或"一些沉默的默默无声的弥尔顿"说话。但事实上,它以他们的恩人自居,并通过这些乡下人永远也不会说的流利的言辞使他们沉默(成为"沉默的"和"默默无声的"),这些言辞甚至成了诗中的密码,"沿着生活冷峭幽僻的山谷/他们保持着自己生活方式的沉寂进程"。乡村的所有这些普通的"花朵"必须通过以下的处理来记

---

① 引自一个保守派政治家写给尼尔·阿斯特利(布拉达克斯丛书的编者)的信件,在后者对这个称谓做了简介,被哈里森收入出版剪辑精选中,[1985]1991第31页。《V.》的电视电影,理查德·艾尔导演,1987年11月4日在4频道播出,导致媒体一连串文章赞成与反对其中的"四言词污秽谩骂",并且争论一些使用了这些语言的诗是否还是"诗歌"。

住自己:"一些软弱的记忆"由"笨拙的旋律"组成(注意意义一再从18世纪转换到当代),"他们的名字,他们的岁月,由无字的沉思拼成,/声誉与挽歌之所供应"。当然,实际上他们现在在托马斯·格雷写的《挽歌》中有了不朽的"声誉",但是作为什么呢?不再是他们所是的"粗鲁的"人(他们事实上看上去都曾是人),而是作为格雷沉思中的"沉默的"、"默默无声"的语言学密码。相反,哈里逊的诗却给了他的"色情"(skins)一个声音——因而有策略性的非诗的"妈的×"和"操"等。然而,诗自身意识到像格雷的沉默一样糟糕的以恩主自居的危险,所以当它在诗人的想象中与一个小流氓对话,明确宣布为"小流氓们"说话时,它立刻削弱了自己的宣言:

……咱打算在一本书里得到的理由
"就是要提供一个不知好歹的臭×,就像你那副洗耳恭听的德性!"
一本儿书,整个儿一大傻×,都不值得一操!
哥们儿写这诗的唯一理由
就是要说说你这样的浪荡鬼只会往死鬼身上撒脏土
还想着给你自己个儿的胡涂乱抹增添点儿高级的意思嘛。
别他妈自寻烦恼嘞,傻×,别他妈浪费你自己的瞬间生命!

(19)

"小流氓"也说"别待我像个哑巴似的"(或"沉默的"? 同上)。然而,此诗确实编码了色情的话语,无论它看上去多么"粗俗"和无意义;不论情愿与否它在诗歌中,成了诗歌语言的一个元素。显然,这些措辞虽然在口语中广泛流行,却很少在诗中发现它们。在某种意义上,这些四言词只是在这里作为它们背后话语的象征。

这首诗还站在流氓们的立场上讲述了在一个不公平的资本主义社会中失业的愤怒和挫败,这是"我们和他们之间永无休止的暴力"(11)的一部分。

  哥们儿来告诉你因为他妈什么惹那帮流氓起急。
  那就是在他们的坟头上读他妈什么墓志铭,偏偏那坟头还是他们自己干出来的活
  ……我,我还得唠叨就像如今嘴上没毛的傻小子。
  ……生命后头就是死,甭打算靠什么施舍,也甭他妈指望什么艺术!
(18)

  小流氓感到"我们在这场阶级战争中需要的不是诗歌"(22),这有些令人惊愕,因为它完全被排除在一个以格雷的《挽歌》之类诗为核心的文化之外。这首诗部分是关于一个导致不和与排外的文化对于"妈的"、"狗屎"、"巴基佬"、"黑鬼"等的刻板的膝跳反射式的空洞的责任:"可这不会全是他的错。主要是我们的错"(13)。这里的"我们的错"在一个资产阶级资本社会中确认了股东(诗人也在其中),他们从武器与"喋喋不休"(HARP)中赢利——另一个令"喋喋不休的流氓"(HARPoholic yob)(23)"着恼"的四言词——他们将诗歌推崇为"国家文化"的一部分。同样,诗人承认只有他爬出"你所生出的阶级"(22)的能力将他与"skin"相区别:我们可以说,诗人依然保持着他个性的另一面。当无赖打算在他曾经喷在父母坟上的"联合"(UNITED)字样上留下大名的时候,"他使他的名字变成烟雾悬浮空中。这是我的名字"(同上)。我们立刻可以理解,作为诗人,他不再能"代表"他所出生的阶级,而"诗人"对于一些人,也是"一个粗鲁的四言词"(19),但是"这支笔是我拥有魔棒的一切"(15——与普洛斯彼罗相呼应),诗人所能做的一

切是创作一首诗歌,诗歌尝试在高等文化指涉(格雷、马维尔、兰波、《哈姆雷特》)与无赖语言组成的混合物中"整合"自己的各种因素,而这个混合物又总是地方性地被"生活的对立面"(11)撕裂。

　　这里我们将介绍诗歌的标题《V.》,它当然有不少意思,如本诗暗示的"对立面"(versus);又如在"滚蛋"(fuck off)与/或"胜利"(victory)中"表示胜利的手势"(V-sign);"妈的",如在"他在一个拙劣的 V. 上加了一道中间的口子"(22)里;以及"诗行(verses)"("versus"与"verse"听上去差不多)的简写。因为诗歌在本质上关心语言,它的模糊性与歧义性依赖于它的社会性定位。"狗屎"与"诗歌"都是"四言词",但它们看上去属于不同的文化序列,成为另一个"对立面"。但是在诗歌《V.》的"诗行"中,"狗屎"在诗歌序列中担任了格雷诗中《名誉》与《挽歌》所担任的角色,而且这个词在竖立"沉默的"与"默默无声的"的临在时,有同样多(如果不是更多)的诗歌的和谐,正如格雷被文化所接受的诗所为。至少在这个方面,哈里逊的诗既指出了著名的《挽歌》的局限性,又指出了一种扩充的诗歌话语的可能性,这种诗歌话语能够容纳社会现实的变幻的、强大的语言。也就是说,这个无赖需要被合并进这样一首诗歌中,这首诗尝试包容生活的根本矛盾,并在这样做时期望使它们"整合"。

　　但在有一个方面,《V.》并没有修正格雷的《挽歌》。后者的唯一女性是"忙碌的主妇",她"不再……为她夜晚的家务而辛勤",因为"乡村的粗鲁祖先"("耀眼的炉火不再为他们燃烧")已逝去。当认识到"生活的一切对立面"之一是"男人对女人"(11),哈里逊诗中的唯有女性却是他死去的妈妈和这句诗带出的一个:"回家,回到家里我的女人那儿,那儿火在点着/在这依然寒冷的五月中旬之夜,回家到你那里"①,以及"新娘/我觉得与她联合,我的新娘正走进房间,赤身,来到我身旁"(31)。"忙碌的主妇"与"我的女人"的存在似乎极其相似,仅仅是诗人们给予话语权的男性的慰藉。但哈里逊的诗似乎更有这个问题,他没有意识到,他输入的无赖语言——尤其"妈的"——极度男性至上主义。这是来自一个以男性为主导的文化(足球、狂饮、战争、采煤)的男性语言,这样它就没有通过成为哈里逊诗中的诗歌话语的一个组成成分被转换。也就是说,无论诗歌可能多么颠覆传统看法,它仍然被关闭在它采用和未能解构的男性至上话语之内。我认为,在这潜意识的文本化的警告,即语言持续作为男性至上主义普遍存在的形式中,《V.》还揭示了另一种——虽然是否定性的——"修正",这是"文学性"可以提供给我们的另一种"修正"。

或许当代文学对历史最具创新性的"用处"就是将历史当做虚构来写作。我们已经对一部历史小说《亚当·贝德》如何同时在意识层面和无意识层面为我们提供了一份"社会历史"。但是在当代,"文学性"已经策略性尝试穿透虚无的"空间"或回荡的"沉默",这是一个人的历史,他曾经被这种或那种胜利者征服和/或殖民化,尤其通过胜利者的"历史"成为发生之事的官方史的方式。在许多情况下,被征服者的历史没有,或几乎没有支持当代复原行动的写就的文献。因此,找回和恢复人们的过去的唯一办法是对生存与对抗的复杂过程予以想象性的解构,这个过程统治力量是不会写入自身胜利与控制的历史的。一个尤为突出的例子是"大屠杀"写作,与其他形式相比,小说在这里成为纳粹意图的一次挫败。

---

① 如瑞吉尼尔·加尼尔在给我的一封信中指出的:"'政治正确性'一词在'文化之战'中被文化反动者挪用于右翼与大众媒体。但起初它是一个左翼用在自己身上的自嘲用语。在一个复杂的道德式政治问题面前,我们会问自己:在政治上正确应当如何做?当然也知道不存在任何简易的回答。从左翼的自嘲降低到它所宣称的倾向是对'文化之战'自身的一种反讽。"

因为他们原本打算凭借完全灭绝犹太人而导致出一种"沉默"。"最后解决"的受害者被告知,他们中没有人能留下做目击证人,而且发生了什么事是不确切的,因为证据会与受害者一同消灭。在"证明"他们所见、所经历之时,布莱摩·列维(Primo Levi)与其他作家尝试重建一种"真实"历史,和什么都未曾发生的虚构相抗衡,反驳将犹太人灭绝置于历史之外的"官方"沉默。记录成为了动力,因为虽然写作不能停止清洗犹太人,人们至少可以记载并记住它。虚构是这类"真实历史"得以记录的一种主要形式——它们在"官方历史"中潜在缺席——是我此处论点的核心。

雷蒙德·威廉斯最近的主要计划《黑山的人们》(*People of the Black Mountains*),是一部三部曲小说,他在去世之前只完成了两部,它与我的论点更明确相关。在1983年的一次访谈中,当威廉斯反思写作一个人的"真实历史"时,他提出,"传统阶级……在自己的时代首先控制了传统……[在这个过程中]某些重要的东西被排除驱逐了,被简单地排除……这个过程就是我所谓的选择的传统"(威廉斯[1983]1989:168—169)。在他小说的第一卷,关于历史存在先于写就记录,这个思想又被提起:

> 在意识生活与记忆的万代之后,这些写就的轨迹按照惯例被称为历史的开端,因为被记录而成为这块大地上的真实故事。
>
> 实际情况是故事同时被胜利者与失败者讲述。然而最终成为历史的却是由胜利者选择的。
>
> (威廉斯,1989:325;着重号系本书作者所加)

我们可以在这里提示一下——这样我可以回到这个话题——威廉斯从"故事"到"历史"策略性的滑移。在第二次访谈中(1987),他强调了这个事实,即这个小说三部曲"代表了一种写就的历史……来自非常底层的"(威廉斯,1987:7,这措辞是汤普森(E. P. Thompson)的,在他富于新意的历史《英国工人阶级的产生》(*The Making of the English Working Class*,1963)的序言中)。威廉斯认为,是统治者在主宰历史(以及主宰大多数传统"历史小说"),但他的小说则试图重新输入"匿名的"工人阶级的生活(同上),这就必然涉及统治的少数人("胜利者")的不同权力形式(他从未怀疑这些形式的现实性),"胜利者"自身"选择的传统"在"写作""真实的……这个大地的历史/故事"。人民的历史,历经数千年却很少被写作,已经被"宣布开除,简单地排除",被统治阶级的官方"伪历史"(8)禁声。因为这类记录的丰富,多数历史小说也"从主导阶级的层面写作,他者被……赶出了舞台"(7;着重号为本书作者所加),而他的"真实的历史小说"(3)的目标就是颠倒这种强调。他说,但重要的是,他"不是在写一个历史:这是一部小说,我宣布它的想象的权利"(8),原因是"存在一种意识……如果历史成为一部小说、成为一个故事的话,在这种意识中被记录与不被记录的历史都能发现它通向个人实存的道路"(13;着重号为本书作者所加)。小说的形式,以及它的"想象的"(威廉斯重复使用此词)自由,可以"将[人们的]实际生活还原成一个不会被普遍化的历史"(10),通过从极少的残存"痕迹"中重组它们的历史。这样,如小说自身所做的,它能恢复"一个活生生的记忆"以战胜"一个长久的遗忘"(1989:10),让人们到达"一条更广阔的共通的河流,在这里接触与呼吸代替了记录与分析:不是历史作为叙事,而是故事作为生活"(12;着重号为本书作者所加)。我认为,"作为历史的文学"以这样一种方式起作用,它在避免"一个长久的遗忘"的同时将"个人实存"导向闭塞的历史知识。

我的论点的核心是,威廉斯不得不写一部小说找回威尔士人民未被书写、记录的历史。在这样的背景之下,一个历史必须被发明,或者想象性重建("[小说]中没有任何东西与实质上知道的事情相抵触"(威廉斯 1987:8)),因为没有别的方法可以知道,比如说,一个公元前23000年(小说开场的时间)的以狩猎野马为生的穴居人想些什么、说些什么和做些什么,也无法得知11世纪在边境的乡村里的一个铁匠会如何处理当时瞬息变化的主权与效忠关系。如果官方"胜利者的历史"组成一个自己成功的主宰与统治的叙述,它当然会"排除"实际的表现,而小说可以释放和恢复这个权力在各方面遇到的挑战与抵抗的意义。所以威廉斯能"编造"变节的英国奴隶德科与威尔士英雄欧文·格林德威。关于德科,人们说道:"不清楚……德科是否还活着或者是否真的有这个人。当曼希博格人被问及此事,他们只是说他不在但会来"(19);而关于格林德威,"他永不会投降"(302):他"'将有一面新旗帜。……他会带领我们胜利。他是个魔法师。哪里有战斗,哪里就有他。''你见过这个魔法师吗?'……'没有,但我见过他的旗帜'"(1990:300)。他们"魔法般的"千变万化的缺席也意味着两位民间英雄都不会投降——而这是一个"胜利者的历史"无疑要求他们做的。

如果称威廉斯为"魔幻现实主义"小说流派可能是过分延伸,但强调他以小说的形式颠覆正统历史则是恰当的,这样一些因素的组合确实存在。因为除了写作"失败者的历史",他还预先宣告了抵抗与差异,《黑山的人们》同样颠覆了一部小说应该是什么样的期待与评价——尤其是一部"现实主义"小说。传统的价值与典范的文学批判标准被认为是不合适的。比如,我们如何在一部有385页之多的小说中(它的第一卷始于公元前23000年,终于公元51年)讨论情节的连贯性;我们如何评价一个"石器时代"牧人的"典型性",或者"现代性渗透"(1990:63)在15世纪威尔士的表现;我们如何判断这样一部小说的语调和风格,可以说它创造了一种语言以表达一个被禁声的民族?当这部小说第一次出版时,甚至同情的评论家也感到有必要批评它风格与结构的"不恰当"("不恰当",以及本能地与确凿无误地发现这些不恰当的能力,显然把我们带回到"文学"被自然化与已然接受的文化中),并且带着极其微弱的赞美谴责它:"我们不能否认,在小说中……我们想要一些比美好和真实的思想更多的东西"①。这里假定的"我们"意味着"我们"仍然被牢牢地禁锢在"好小说"的传统典范里,不适应这部小说揭示的书写中的"紧张"与习惯用语的危机。因此,"我们"对于威廉斯的那种非正统的虚构"编造"方法的说法不能给予积极的回应,也就是说,对于他认为的那种处于"胜利者"与"失败者"关系中来确定的可选择的政治史与社会史的说法是难于肯定的。事实上,在他的整部作品中,威廉斯对现实主义的定义是复杂的、有创造性的与批判性的。因为它包含了一种预期的现实主义概念,这种概念能被用于超越存在决定论及其形式的、超越现实主义共识的领域,以至于实现未被书写的过去,如《黑山的人们》中被禁声的威尔士人的经验史的想象/构想所做的,正是这种现实主义的一种形式。换句话说:威廉斯的文化唯物主义方案自相矛盾地依靠想象和能力,如我们在本书英文版第 106 页听见他关于乔治·艾略特所说的,在以下所有界限与限制"之上思考"、"感觉",无论是主流正统与权威的文化与政治霸权的界限与限制,还是一个权威的("胜利者的")历史的界限与限制。他的小说至少提出了这个问题:如果我们被控制在现有人类模式的意识形态之内,如果这些意识形态的语言与形式被有效地调整(以"品味"与"似乎有理"的名义)以排除"他者"的经验(见本书英文版第 181 页),那么我们如何写一部小说对被接受的叙述进行虚构的修改?"文学性"的想象力或"魔法"特质能够穿越习俗与已被驯服化的东西,这是"文学性"的主要用途之一。

  威廉斯的晚期作品试图通过细碎点彩现实主义与"魔法"的不稳定的组合,找回一段"消失的"历史,这看似确实与其他更极端的

---

① 分别见特伦斯·霍克斯:《异域之声》,《时代》文学增刊,1989 年 9 月 22—28 日;以及安德鲁·摩逊:《习语的小说危机》,《英国独立报》1990 年 8 月 26 日。

"魔幻现实主义"例子有相似之处,后者是一种写作模式,由确定的物质现实与幻想、超自然并置构成。作为殖民"混血儿"与今天后殖民文化的一种产物与形态,魔幻现实主义曾经在"走向历史的再定义"(迈克尔·达胥[1974]1995:199)的过程中起到重要作用。如果我们抽取海地小说家雅克·斯蒂芬·亚历克西斯(Jacques Stephan Alexis)与圭亚那作家威尔逊·哈里斯(Wilson Harris)的例证,前面所引的达胥的"一个想象的反文化",设想了"一个主流文化意识占优势的更不确定的历史梦幻(vision)"(200)。这涉及"重新排列它们的现实以超越确实与具体,并获得一种新的再创造的感觉",这种感觉被"民间神话、传统与迷信……"讲述,以及"生还者复杂的文化痕迹——这是被统治者对他们的压迫者的回应"(同上)讲述。如我们所知道的,将"非理性"话语恢复为表达亚历克西斯所谓的一个民族的"整个现实意识,通过奇迹的使用"(亚历克西斯[1956]1995:195),正是汤姆·莫里森(Tom Morrison)谈起非裔美国人所说的"不可信的知识"恢复时的意思。达胥说,当代写作中这类"隐喻"系统与"有形与具体"的能指的,"采用民间意识中对于现实的积极想象重构"的混合(达胥[1974]1995:200—201),就能够"处理历史的概念,这个概念将粉碎'无历史性'或'未完成性'的神话"(200)。

魔幻现实主义最出名的例子或许要属南美洲小说家加布里尔·加西亚·马尔克斯的此流派开创性著作《百年孤独》。与其他作品相比,这是一部哥伦比亚的"非官方"历史。在其中,"奇迹"或"魔法"被用来保存一个逐渐走进现代性的遥远国度的精神状态,以及表现美国资本主义的"第二等"殖民的冲击(香蕉种植业),还有随之而来的一个具有压迫性的现代政权的发展,它从历史记录中抹去了对3000罢工工人(它自己的人民)的大屠杀。"官方版本……最终被接受:没有人死去,满意的工人们已经回家了"(马尔克斯[1967]1972:315),因而只有"一个虚幻的版本"保留着(小说自身的),"因为它和历史学家在学校课本创造的和奉为圭臬的伪版本尖锐对立"(355)。卡夫尔与奥维尔的回声在这里很明显。也就是说,真实的"不现实性"能通过魔幻现实主义(以及其他因"文学性"而可能的"幻想"形式)被看见。在这样做时,这些模式有助于解决现代作家如何处理"日常世界"的"虚幻现实"的问题,如克里斯多弗·伊舍伍德一度所确认的(伊舍伍德,1972:33)。

伊莎贝尔·阿连德在《幽灵之屋》中同样使用魔幻现实主义构成她的现代智利"史",尤其强调"此故事中卓越女性"颠覆性的"想象的反文化",小说也正是献给她们的。这些女人生存在一个压迫性的父权制文化中,其中最典型的家长,克拉拉的丈夫埃斯塔班·特路巴,视"魔法如同做饭和宗教,(为)一种独特的女人的事"(阿连德[1985]1986:162)。克拉拉的虚构笔记本"见证了生活"(138及各处),然而,偏偏又是克拉拉的孙女儿奥尔芭据此"写作了"这部小说,并且看出:"她将自己的、私人的观察装满了数不清的笔记本,记下那些年发生的事,多亏了它们,这些事才没有被遗忘的烟云抹去,现在,我可以用它们再生她的记忆"(95)。克拉拉和她女儿布兰卡之间的信件,同样"从不太像真事的迷雾中打捞起了事件"(283;着重号为本书作者所加)。虽然说是奥尔芭/阿连德在"死者与逝去者的沉默"中,整理了她所继承的材料以"建设这个故事"(39),当然事实上是小说自身提供了这些笔记本与信件,并为当代读者"再生"了一个"herstory",不然,它将会被 his-story 的"不太像真事""擦去"。

顺便说一句,阿连德追随马尔克斯,也采用魔幻现实主义破坏"现实主义地"书写"失败者的历史"的影响,这个历史指阿连德(她的叔叔)总统的政府垮台,以及随后智利军事恐怖行动的噩梦。皮诺切特将军野蛮、奥维尔式的政权以现实的名义用不现实替换现实:"随着笔头一划,军政改变了世界,擦去这个政权不赞成的每一件事、每一种意识形态与每一个历史人物";引进了地毯式的审查制度,"……从词典中除去"类似"自由"和"正义"之类词;关闭大学里的哲学院,因为它"和很多其他东西一样……开启思想的大门"(435—436)。在另一方面,关于阿连德的想象性重建,又接近了"真实的"非现实背后"不真实的"现实。在阿连德革命①亢奋但注定失败的混乱中,物资短缺意味着"鞋油、针和咖啡变成包装精美的奢侈品,在生日或其他特殊场合成为赠送的礼品","从不抽烟的人们面临为一包香烟付一大笔钱,而那些没有孩子的人发现自己在与婴儿食品罐头搏斗"(369—367)。在皮诺切特的智利,为了"制造""和平与繁荣"的"假象",肮脏、贫穷与暴力被隐藏起来,以至于"[首都]城市从未显得如此美丽"(434),但"在夜晚的沉寂之中……城市失去了它舞台设置的常态和轻歌剧般的和平"(442)。阿连德的小说寻求打破的正是这"夜晚的沉寂",这个时代的非真实的一个重要因素是,那些从军队政权获利并由此与它合作的人们,为了保存他们的世界"不稳定的稳定性"(458,453),情愿"不……知道真实的状况"。克拉拉与奥尔芭被集中营里的女性所激励,这些女性的精神主权是"不能被破坏"(487)的,并受到奶奶克拉拉幽灵般存在的启发,开始写一本笔记"以从监狱与生活中逃离"(470),克拉拉在一个关键段落中提到,她:

> 书写证词,也许有一天它会引起人们对她劫后余生的可怕秘密的留意,这样世界将知道与一些人和平的存在相平行的恐怖,即那些不想知道的人,可以忍受一个正常生活的假象的人……不顾一切证据……否认的人,这些只是将他们快乐的世界与他人,在阴暗面中生活和死去的人阻隔开来。
>
> (同上)

---

① 阿连德是智利的一位当代政治家,信仰马克思主义,后在反革命政变中被枪杀。

如同在前面所说的"大屠杀"型作品一样,奥尔芭的"证词"(以及阿连德的小说)尝试为那些"消失"在历史之外的他者说话,尝试反驳那些生活在"隔壁……却好像在另一个国度"(487)的人又瞎又聋的"遗忘"。小说的魔幻现实主义寻回克拉拉和奥尔芭的"笔记"——它当然是"从无中……第一次"创造了它们,"笔记"击溃了"记忆是脆弱的"现实并允许奥尔芭/阿连德"再生过去和克服自我的恐惧"(11)。在这样做时,她为我们这些当代读者提供了字义上以及隐喻上居于"另一国度"的人们的一个"新故事",若是没有它,历史的真实与否仍将模糊不清。但对我作为"文学性的用途"最重要的是,奥尔芭以评论这本小说做了什么的方式结束了它,注意到她必须组织所有元素构成"无法理解的""七巧板",以使"分散的各部分可以拥有各自的意思,整体也能够和谐";"一个人的生活空间是简单的,它过去得如此之快,以至于我们总是没有机会看一看事件之间的关系……这就是为什么我的祖母克拉拉在她的笔记里写作的缘由。为了看见事物的真实维度,并反抗她可怜的记忆"(490—491)。这是小说的"魔力"的原因,因为它从"存在的混沌"的"不太像真事"、真实的"不现实"与"长久的遗忘"中塑造了一种"主题感"("看一看事件之间的关系……看见事物的真实维度")。《精神的家园》是一个 his-story 不会写的历史故事。

还有一个重要例子是萨勒曼·拉什迪(Salman Rushdie)的《午夜的孩子们》,萨利姆·西奈(Saleem Sinai)(他的小说想要成为《项狄传》式的"自传")是小说的叙事者,他说道:"储存记忆的伟大工作,就像储存水果一样,通过时钟的腐朽得以保存"([1981],1982:38)。萨利姆现在的职业腌渍甚至可以说实验了"历史的惊讶的可行性;腌渍时间的伟大愿望!我却腌渍了篇章"(459)。但萨利姆写作他的生活的同时,也写作了一个印度自独立(及巴基斯坦与巴格达的建立)以来的综合史,因为如他所说:"要理解一个生命,你得吞下整个世界"(109),以及:

我是我之前一切的总和……我在这里面不是个了不起的例外;每一个"我",我们6亿多人中的每一个,都包含着类似的数量。我最后一次重复:要理解我,你得吞下一个世界。

(383)

为了做到这个,在其他"不同寻常的"人物与事件之外,作者必须发明他的"缪斯女神"帕德玛(Padma),"她的[尤其在魔幻现实主义的背景中]乡土气,她自相矛盾的迷信,她对神话矛盾的爱"(38),以及"神话"形象船夫泰(Tai),他是印度文化中传说、神话与吹牛的古老口头传统的代表,这些绵延直到如今,如果要给出全景就必须包括他。他"魔法般的讲话"(15)"虚幻、夸张、滔滔不绝"(14),"代表了"巨大的、古老的现代印度的史前期,萨利姆的"历史"在其中是"不过飞逝的瞬间"(194)。

小说的主题之一可以用这个句子总结:"现实与真实不必然相同"(79),这事实上讲的是"虚幻"与"幻想"的地位。对于萨利姆/拉什迪,"真实"也能在"故事"(同上)中找到,就像(明显的)"虚构"也能在"真实的"历史中找到一样。这才有了"MCC"(午夜孩子们大会(Midnight Children's Conference)——一个皇家板球场地的归还要求的首字母缩写词):那些"神话人物"①出生在午夜钟声敲响之际("1947年8月15日"(9)),正是印度脱离英国殖民统治独立开始之时。他们代表遗留给新印度的众多矛盾因素(小说公开了萨利姆自己就有一个英国父亲)——"实在是这个国家的一面镜子"(255):"午夜的孩子也是时代的孩子:以历史……为父。这是可能的,尤其在一个自身是一个梦的国度里"(118;着重号为拉什迪所加)。因此,影院/电影的小说中的循环主题同样作为(尤其当代)历史构成的真实/现实的一个隐喻:

---

① 见拉什迪[1981] 1982:195—200中对他们的描述。

现实是一个看法问题；你从过去得到得越多，它看上去就更具体可行——但是当你接近当下，它不可避免地显得越来越不可信。设想你在一个大电影院里，坐在最后一排，一排一排地逐渐前移直到你的鼻子紧贴在荧屏上。明星们的脸逐渐消解为飞舞的点；微小的细节呈现为奇异的比例；幻象消逝了——或者不如说，幻想自身是现实这一点清楚了……我们已经从1915年来到1956年，我们已经离银幕近了很多……

(166)

到1976年（紧挨小说结尾之前），在英迪拉·甘地压迫的"非常时期"("Emergency")，当午夜的孩子们"从地球上消失"(435)："我们马上就要离影院银幕太近了，画像在打碎成点，只有主观判断是可能的"(同上)。"幻象"已经在事实上成为"现实"。

但小说本身着迷地关注它自己犯错的可能，在追寻讲述正在写作的历史的"所有真实"的同时，萨利姆发现"一个年代上的错识"①（他给错了圣雄甘地受刺的日子，以至于"在我的印度，甘地会继续在一个错误的时间死去"(166)）。但他（或拉什迪）都没有纠正这个错误，他们本可以轻易地做到，这既承认了任何历史/故事都有可能虚假，又承认了历史错误在现实中如何成为"真实"。但萨利姆仍然问道：

一个错误会使整个建构物无效吗？我是否在对意义不顾一切的需求中走得太远，以至于我准备歪曲一切——以重书我的时代的整个历史，完全是为了把我自己置于核心地位？

(同上)

---

① 另一个"年代上的错识"见拉什迪[1981]1982:222。

回答一定是"不";但它维持了一种健康的提醒,文本与话语无论多真实,都建构现实——如萨利姆这样说时所承认的:

> 一种我正以某种方式**创造**世界的**感觉**临到我……我不知怎么在**使**[事情]**发生**……就是说,我已经进入到艺术家的幻象中,将大地上多种多样的现实当做我的天赋的未定形的原始材料。

(174;着重号为本书作者所加)

此处对斯蒂芬·迪达勒斯在詹姆斯·乔伊斯的《一个青年艺术家的肖像》中的回应并非偶然(见本书英文版第101页)。上面被强调的词与我宣称的"文学性"的特殊是一致的,而萨利姆/拉什迪并没有否认它。或者相反:因为提出一个警告时("在自传中与在所有文学中一样,实际上发生的事没有作者设法让读者相信的东西重要"(270—271)),他们事实上将"艺术家的幻象"看得比一个"真实"记录的片面(在两种意义上)更接近"完全的真实"。首先,文本的魔幻现实主义可以融合那些(表面上)"不理性"或"虚幻的"经验领域,而这是一种"理性"和"现实主义的"话语就其定义来说无法做到的:"现实可以包含隐喻性内容,但这不会让它更不真实"(200)。其次,它代表"一种最伟大的天分——窥见人内心与思想的能力"(同上)。再次,在(虚构的)"保存记忆的伟大作品"之中:"记忆就是真理,因为记忆有自身特殊的种类。它选择、排除、改变、夸大、缩小、颂扬,也诽谤;但最终它**创造自己的现实**,它对于**事件不同的但通常真确的版本**"(211;着重号为本书作者所加)。

在"创造自己的现实,它……对于事件……通常真确的版本"中,《午夜的孩子们》的魔幻现实主义,与马尔克斯和阿连德的魔幻现实主义一样,用于反抗"真实"事件的"真实"历史,这是武装镇压政府在成为"胜利者的历史"的骄傲统治者的过程中诞生的。至于

"巴基斯坦总统"权力的巩固,萨利姆谈到,这个过程对他证实了:

> 在一个由命令决定何为事实的国家里,现实完全不存在,所以任何事都是可能的,除了告诉我们的那件……我不辨方向地漂流着,在……数不清的虚假,不真实与谎言之中。
>
> （326）

在1965年印巴冲突扩大的日子里,萨利姆在反思:

> 这么多事实,但是其他每样东西都隐藏在不真实与虚构的双重模糊烟云之后,这些不真实与虚构影响了这些天发生的一切,尤其在幻影般变化的兰恩(Rann)那里发生的所有事件……所以我将要说的故事……会和任何一件东西一样真实,所谓任何一件东西,也就是除了我们被官方所告诉的东西。
>
> （335;着重号为本书作者所加）

当然,这部小说所讲述故事的幻想"不现实"是政府宣传机器生产出来的"真实历史"的一个对立面("我看见许多不真实、不可能的东西,……它是不真实的是因为它不可能是"(375))。但这在小说的高潮事件中被最有力地看见:甘地夫人的"非常时期",对萨利姆它标志着午夜的孩子们的潜力被最终消灭——这群人在政府镇压中被捕以致软弱无力——却代表了新兴的现代印度。在这里,小说传递了时代不真实的"现实",并尝试在小说文本真实的"不现实"中,从它底下揭露这些事情的真实历史:"她的头发半边白半边黑,非常时期也有白的部分——公开的、可见的、载入史册的、历史学家的问题——和一个黑的部分,神秘的、恐怖的、不说出来的,这是我们的问题"(421;着重号为本书作者所加)。我为"文学性"宣告的作为一个"想象文化的对立面"几乎不能被更准确地表达了:不是它一定说"事实",而是它在反抗封闭我们生活的官方"事实"的同时,也在它自反的文本"创造"中告诉我们,这些历史/故事是如何编造出来的。

  在这个背景中,值得注意小说中的形式自反,它是"历史的惊讶"得以保留的媒介。萨利姆思考自己将什么看做一种"对形式的理智向往"的时候,他视之为"或许我们深深的信念的一个简单表达,那形式隐藏于现实之中,而意义只在以瞬间揭示自己"(300;着重号为本书作者所加)。这实际上是生活的涌流中看见"模式"的能力,这是我认为构成文学不断引起注意的东西。接近小说结尾,萨利姆察觉:"形式——再次重现并成形!——不能从中逃脱"。而小说结束了,考虑到腌渍给予的"不朽",他说:"艺术是在程度上,而不是在种类上改变["原材料"的]味道;以及首要的是(在我的这三个罐和一个罐中)给予味道外形与形式——也即意义。"(461)这也是"文学性"的艺术的效果。

  上面提到的"30罐"是30岁(很快就31岁)的萨利姆"自传"(也即小说自身)中的第30章。而不在的31罐——"和一罐"是非常重要的,因为它代表一种未来的可能性:通往未来的门"半开罐口"。因为除了"午夜孩子被粉碎,摧毁和不可逆转的困惑,以及当《午夜的孩子们》结束时叙事者自身的加速瓦解,萨利姆确实有个现在能说话的儿子,他最早会说的话正是小说最后一章的标题,神秘的"Abracadra"(459)。当萨利姆陷入永恒的黑暗,后现代"半夜秘密社团"时间以外的空间,对历史的拒绝,"孤立、真实的夜晚"之中,他儿子亚当(第一个新人,取代第一个现代人,萨利姆的祖父亚当·阿齐兹)发出了光彩,他被用来代表"魔法孩子第二代的一个成员,他们会比第一代成长得更坚强,不会在预言和星相中寻找他们的命运,而是在他们的意志永不熄灭的炉火中锻造他们的命运"(447)。换句话说,没有写的第31章将为小亚当的一代所用,因为

"未来不能被贮藏在罐中;必须有一个空的罐子……"(462)。即使拉什迪的魔幻现实主义也不能腌制未来,因为它"还未发生"(同上),但他确实留给未来"一个/罐子"——把它作为一个未加香料的空间贮藏起来。

我最后两个关于"文学性的用途"的例子——在对从前边缘化话语的释放所带来的文学再充电的赞美中——都由黑人女性写成,并都用于恢复"被历史隐藏的"的历史。第一部小说是加勒比诗人格雷斯·尼科尔斯(Grace Nichols)的诗《咱是一个被长久记住的女人》(尼科尔斯,1983)。这些诗图示了一个被奴隶制运送到"新大陆"的黑人女性的意识,并记录了她对于作为一个黑人女性所受的"双重殖民"的抵抗,并逐渐走向独立。第一首诗《一个大陆/到另一个》始于对"中途"(即在奴隶船上穿越非洲来到美洲);又见汤姆·莫里森的《宠儿》,在前面(第 99—200 页)无知而难以忘怀的经历;"中途孕育的孩子/……黑暗中淌血的记忆"。但这位妇女却相信"我们要紧紧抓住梦想/……一切革命都扎根于梦想"(《倒下的日子》)。她通过祈求她的"母亲"与其他传说中的"女神",通过确认"声音不被听见"(《我们女人》)的女性的骄傲与力量做到了这一点。她维护她们的性别:

女人
穿着
在她最可爱的地方   女人
皮肤在朦胧中闪亮
乳房上的乳晕染上了油彩
风飘荡

(《……如喧嚣的鬼魂》)

她从未忘记她的非洲血统,她被男人出卖,甚至那些"肤色和我一样"的男人:"不,不能轻易忘记/那些我们拒绝记住的东西"(在《宠儿》里也有类似对记忆的矛盾态度);还有奴隶主对"所有我们反叛的/女人"("翼")施与的暴行。但在特别题为"巫术"的部分,黑人女性的"魔法"宣布了她们的"革命":

> 我回来了"主子"
> 我回来了
>
> 阴间的女主人
> 我回来了
> 肤色和身形
> 全都是邪恶的
> 我回来了
>
> (《我回来了》)

诗中人物以这种形式构想一次"回归",在这种"回归"中有可能从种族和性别压迫中获得自由:

> 让他们睡吧
> 他们快活的白人睡吧
>
> 是的,变化的趋势
> 让你随时准备开火
> 秘密
>
> (《变化的趋势》"Wind A Change")

作为"一个女人……我所有的生活/如珠串成行/在我眼前",她寻求:

> 有能力成为我之所是／一个女人
> 画出我自己的未来／一个女人
> 将我的珠串握在我手中
>
> 　　　　　　　　　　　(《握住我的珠串》)

"握住"自己的"珠串"这个过程的关键,如"尾声"所指,是恢复黑人女性自己的声音与历史,这自然是"咱是一个被长久记住的女人"所做的:

> 我跨过了一个大洋
> 我失去了我的舌头
> 从旧的舌头的
> 根部失去
> 新舌头已经长出

　　与库切的礼拜五相类,从他的切除"舌头"处"一个新舌头"等着"长出",是不可避免的。

　　"文学性"具有恢复"舌头"的用途的最后一个例子是汤姆·莫里森的小说《宠儿》。它被选来当做论据,是因为它很快受到巨大欢迎并成为了一个"新典范"文本,这个现象加强了我的论点:"作为历史的小说"在20世纪后期社会中继续满足着迫切的需要。《宠儿》是想象性地描绘非裔美国人历史的一次尝试(后面有两部《爵士乐》(1992)和《天堂》(1998)组成一个松散的小说三部曲),它的主要历史聚焦是紧随奴隶制而来的灾难性后果。它描绘了1873年美国南北战争之后一群获得自由的奴隶的生活,也即奴隶解放十年、内战结束八年之时,它也通过塞思与保罗·D的"再回忆"(莫里森语),讲述了先前的奴隶生活;正如我们看到的,它企图为那些"六千多万"(小说正义献给这些人)的整个民族记忆,再次给出一种历史背后的声音,他们的死亡遍布整个奴隶制可怖的历史,尤其在所谓"中途"(从非洲越洋到美国)中。它由此寻求恢复一个过去的声音,一个几乎没有写成的文献支持的过去。这里这是另一个"失败者的历史":一个寻求在黑人女性双重压迫背后的历史,通过"言说""蓝石路124号女性的思想,那不可言说的、未被言说的思想"(莫里森[1987]1988:199),在这里,"不可言说的"双重意义被说出了。在言说的过程中,它专注于自由的问题。"让你自由是一回事;向那个被解放的我宣告主权是另一回事"(95)。此外,同时也是另一个重要方面,这部小说拓展了如何在当下解释过去的思考——即雷蒙德·威廉斯所谓的"过去的压力……几乎如同在过去在场的感觉(威廉斯,1987:4;着重号为他所加);关于记忆的过程与效果;以及关于是,或者更重要的,应该是当下决定了过去。莫里森认为(在一次题为"根:作为根基的祖先"的访谈中),小说形式是一种至关重要的当代资源:

新信息必须说出来,有许多方法可以做到。小说是其中之一。

……其中应该有启迪性的东西;其中一些打开门,指出道路;其中一些提醒冲突是什么,问题是什么。但是它无须解决这些问题,因为它不是案例研究,也不是处方。

(莫里森[1983]1985:340—1;着重号为本书作者所加)

我突出了上面一些词,在我看来它们和我对"文学性"的定义相一致,因为它们也暗示传递"信息",使一种"主题感"("冲突"与"问题")"以这种方式第一次"呈现,不然,这个"主题感"就会在生活经验未分化的洪流中淹埋:它们"启迪"。

莫里森自己的小说就用了一些"启迪的"叙事策略,以写作一些变得模糊的历史,并确定了它对自身的认识最终是不可能"真正发生的事"。小说的众多潜在自反之一写道:"丹佛说,爱人听,他们俩尽量创造真正发生了的事,它事实上是怎样的,这些事只有塞思才知道,因为只有她对它有想法,而且后来有时间塑成它"(78;着重号为本书作者所加)。"创造真正发生的事"这个矛盾概念处于我的"文学性"概念的核心,而认为只有塞思"塑成它"时,才能够实现"它事实上是怎样的",这就更处于这个概念的核心了,而这正是小说为了讲述它的历史/故事在做的。混乱的年谱在过去与现在之间来回切换,并在"再回忆"的过程中混合了过去与现在,这个年谱自身就表现了过去在现在的在场,而且它坚持这种在场:塞思"什么都不会死去"的感觉(36)。这个叙事年谱中特别有力的例子是对保罗·D和塞思的过去"真正发生的事"极端缓慢的展开,最突出的是塞思被她的爱人杀死。它在全书大约一半的时候(104)第一次闪现,事实上在约摸40页之后才写出来。这样做的效果是使我们为这个事件做准备:了解塞思过去的许多残暴行径,使我们同情她,不然这件事看上去就会像次凶残的举动,如果不经辩解,解释将不同。

　　这部小说叙事的第二个特征是它令人不安地混淆了严酷的"历史"现实主义和超自然,最明显的例子是爱人角色自身,她一会儿像个真实的人,一会儿像个幽灵。她作为后者的作用是允许莫里森在她的历史/故事中表现奴隶穿越"中途"时奴隶船上无法重现的经历。在接近小说末尾的四章里,塞思、丹佛和爱人的思想编织为一股意识流,讲述了"124号女性的思想,那不可言说的、未被言说的思想"(上一章的结束语)。爱人"再回忆"一艘奴隶船船舱里的状况:

> 我总是蜷缩着　在我脸上面的男人已经死了　他的脸不是我的脸　他的嘴闻起来不错但他的眼睛紧闭　有的人吃自己的秽物　我没吃　没有皮肤的男人给我们喝他们的清早洗

> 漱水　我们什么也没有　晚上我看不见在我脸上的死人
> 　　　　　　　　　　　　　　　　　　　　　　（210）

当威廉斯再制定他的"史前"规则时,只有"文学性"的想象规划能恢复一个被如此封存的过去,它甚至被认为是不存在的。实现(在双重意义上)它的存在正是我所要说明的唯有文学做的事。

在前面所引用的和莫里森的谈话中,她说了一句对"文学性"在"创造""诗性的现实"时事实上能做的至关重要的话。她反思自己以前的小说《所罗门之歌》,强调它如何:

> 混合了超自然的接受与一种在真实世界中的深深的根深蒂固,同时任何一方也不比另一方优先。这是宇宙观的陈述,是黑人看待世界的方式。我们是很现实的人,非常非常实际……但在实际中我们还接受我想可能被称作迷信的魔法之物,这是另一种认识事物的方式。而将这两个世界混合在一起同时是提高而不是限制。其中有些是黑人拥有的"不可信的知识",仅仅因为黑人不可信所以他们所知道的也"不可信"。也因为向社会上层移动的压力意味着尽可能地远离那类知识。那种知识在我的作品里有一个很重要的地位。
> 　　　　　　　　　　　　　　　（莫里森[1983]1985:342)

自然,莫里森正在描绘的是"魔幻现实主义"(见本书英文版第184—185页)的一种版本。但是重要的是认识到只有通过作为"历史"的"故事","另一种认识事物的方式"才能讲述出来:一些东西只能通过一种撕裂普遍性与理性"现实主义"的想象性的媒介才可以讲述。特别涉及"排除于"历史之外的时候。也就是说,莫里森的小说赋予了黑人"不可信的知识"合法性,通过给予它声音,将它呈现为黑人生活经验现实的一部分。这也使她得以讲述"不可说的"——可以称之为奴隶的精神史——这是一个更进一步的"提高",不然它就会是沉默的。但对此处我的论点同样重要的是这个事实,即莫里森敏锐地意识到她是在奴隶制结束一百年后,为那些可能正在忘却甚或试图忘却过去与那种"不可信的知识"的人们写作(对于那些人,"向社会上层移动的压力"就意味着将自己从任何"不可信"的痕迹中摆脱出来)。因此这部小说是一种历史"再记忆"手段,用威廉斯的话说,是"一种长久的遗忘"过程。

但即使如此,这依然是在当代世界中对《宠儿》加以简化了的"新故事"类型。因为这部小说是由非常深刻的模糊建构而成:比如关于"白人"本性(似乎有些含糊地强调了小萨格斯的话:"世上除了白人再没有厄运")的模糊,关于奴隶制结果的模糊(奴隶制不仅降低、而且人性化了它的受害者)。对这两项已被接受的立场的挑战使它也成为一部政治小说。实际上莫里森公开承认她相信,小说写作"必须是政治的……现在在批评圈子里这是一个贬义词:如果一部艺术作品中存在政治影响,它就有些被玷污了"(莫里森[1983]1985:344—345)。但小说中最重要的结构性模糊是它对以往和以往的"再记忆"的姿态,以及由此对塞思(正确或错误?)和对宠儿(善或恶?)的姿态。然而它的首要策略还是在当下再创造过去——同时也意识到"任何死去的东西复活都会受到损害"(35),而塞思和保罗·D一直在反抗"使过去处于危险之中"(42),反抗"抨击过去的重要工作"(73)——然而它会引起的问题是:"再记忆"是好还是坏,帮助性的还是损害,解放抑或囚禁?这部小说并非一个"解决"这些问题的"处方",而只是在复杂的方式中提出"冲突是什么,问题是什么",并给出这样的答案:两者都是。过去困扰着塞思,因此被谋杀的宠儿的鬼魂,也困扰着她,甚至保罗·D也视她为非人性的:"'你有两只脚,塞思,不是四只。'他说"(165)。她差点儿进行了另一次谋杀——那个"好白人"博德威先生——但是被阻止了,意味深长的是,是被她的女儿丹佛、埃拉以及其他黑人女性阻止的,她们觉得她"疯了"(265)。正是现实的埃拉,她虽然在"最下等的"手里遭受了极端的侮辱,说出了她对塞思偏执狂的反对:

> 无论塞思做了什么,埃拉不喜欢过去的错误占有现在的想法……日常生活拿走了她所有的一切。未来是晚年;过去是一些留在身后的东西。如果它不待在身后,那么,你可能不得不把它踢出去。奴隶的生活,解放的生活——每天都是次测试,是场考验。
>
> (256)

丹佛在这段话中所处的语境很重要。她生来"自由",代表可以将蓝石路124号留于身后的新一代,开始接受"白人"(他们为她提供教育),而且可以宣称一种未来:是丹佛领悟了小萨格斯的命令:"认识它,然后走出院子。继续。"这是"向被释放的自我宣称所有权"(95)的政治学,小说似乎提出了一种人性确认,真"自由"与爱的能力相连,这是小说标志性的标题——既是"被爱者"(belovéd)也是命令式"去爱"(Be loved)——想要确认的。可怕的过去给塞思留下了伤痕,她害怕感受任何东西:"会没事么?走上前去感受会没事么?走上去依靠些什么会没事么?"(38;莫里森所强调的);保罗·D赞成道:"对于一个当过奴隶的女人,接受任何东西都是危险的,尤其当她决定爱的是她的孩子时"(45;后来,保罗又用一个塞思不懂的相应的词描述为"她的过于浓密的爱"(164—165))。

然而,尽管小萨格斯最终拒绝了希望,她关于"爱"的布道是小说的核心之言;保罗·D的"红心"从生锈的"埋在他胸膛"(72—73)的状态中得以恢复——悖谬的是,他的恢复是因为宠儿为他焕发的"光彩";当他亲吻塞斯的背,与她做爱时,他将塞思痛苦地带回生活中;同样是他,最后回来把他的爱给塞思时,说:"塞思……我和你,我们比任何人拥有更多昨天。我们需要某种明天。"(273)但更重要的是,是保罗•D把爱与"自由"联系在一起:"他完全知道她的意思:找到一个你可以选择爱任何东西的地方——不需要为愿望获得批准——那么这就是自由了"(162)。这种认识,我认为正是通过"文学性"所给予的想象性自由地生长出来:它允许的确认的潜力,用威廉斯的话说,在材料和确定性"之上思考、感受"。

这部小说似乎在说的——在它自身的正式叙事策略中也是这样执行的——是"自由"和当代非裔美国人以及参与其中的"白人",必须拥有一个他们自己的历史,这样他们才能自由发展,拥有一个未来;并在同时从这个历史中获得自由:"认识它,然后走出院子。继续。"这似乎是简短而非常模糊的最后一章的要点,它既建议"忘记"对宠儿"被忘却和未说出的"——因为"记忆似乎不明智"(274)——又继续肯定她的存在:需要不忘记她,她是他们的过去,他们的认同,她使他们成为"六千多万""祖先"的后代(如她的访谈标题所称呼他们的)。"向社会上层移动的"丹佛和她的后代也许会忘记宠儿——"还有大海和大海里的东西"(275;这里提到"中途"),但是她(和中途)仍然是"真实的",即使只是作为"一次不安稳的睡眠中一个不愉快的梦"(同上),后代在危险中遗忘。因此,小说重复了总结性的模糊:"这不是一个 pass on 的故事"(同上),这句话同时也意味着"不是一个传递(pass on)的故事"(即一直重复)和"不是一个死去(pass on)的故事"。这部小说同样模糊的结束词——既是记忆的铭刻也是当下的命令——是:"宠儿"。我在这里停止"文学性的用途"的例子。

第六章 纵 览

我在整部书里一直反反复复地重申:"文学性"创造了"诗性的现实",通过原初文本的"制作",从不成形的事物中塑造出"模式"与"主题感",这就表明,正是过去的与现在的文学写作了我们,这是由于这种文学有它独特的表达形式,这样的表达形式以往是没有的,而在现代却出现了,这样一来,也就永久地改变了我们感知事物的方式。无论我们阅读什么,它都或多或少具有这种能力,除非我们设想出一个从来没有写过《哈姆雷特》、《弗兰肯斯坦》或《荒原》的世界。文本事实上或多或少都是在帮助形成我们的意识。不过,也许更重要的是,"文学性"也表现未来,迄今为止文学一直在向我们提供着未来。在这里我们不妨再次引用黛安娜·艾兰的话,那些"任意挥霍的,潜在无用的,看似什么也不是的空间,正是[这些]空间为思想创造了可能性"(艾兰,1997:13)。也即是说:文学——总是在等待着既是被写作又同时是被阅读——是一种不受控制的自由空间,在这个自由空间里,会出现不可思议的事情,会产生难以预料的结果。萨勒曼·拉什迪的第 31 个罐子(拉什迪[1981]1982:461—462)——等待着被尚未发生之事填满,将未来保存在一个罐子里面——是对"文学性"在任何当下表现的一种适宜的象征。因为它始终是一股潜在的力量,始终要作为一个文本被写作,而没有人可以决定、阻止或禁止它,在它"以此种方式第一次"将自己揭示给读者之前。

REFERENCES

Achebe, Chinua (1988) 'An Image of Africa: Racism in Conrad's *Heart of Darkness*', in Brooker and Widdowson (eds) (1996), pp. 26—71.

Aléxis, Jacques Stephen ([1956] 1995) 'Of the Marvellous Realism of the Haitians', in Ashcroft *et al.* (eds) (1995), pp. 194—198.

Allen, Lillian ([1982] 1986) 'Belly Woman's Lament', in Burnett (ed.) (1986), p. 73.

Allende, Isabel ([1985] 1986) *The House of the Spirits*, trans. Magda Bogin, London: Black Swan.

Althusser, Louis ([1962] 1977) 'The "Piccolo Teatro": Bertolazzi and Brecht. Notes on a Materialist Theatre', in *For Marx*, trans. Ben Brewster, London: New Left Books.

—— ([1966] 1977) 'A Letter on Art in Reply to André Daspre', in *Lenin and Philosophy and Other Essays*, trans. Ben Brewster, London: New Left Books.

—— ([1970] 1977) Ideology and Ideological State Apparatuses', in *Lenin and Philosophy*, above.

Anderson, Perry (1968) Components of the National Culture', *New Left Review*, 50.

Anzaldúa, Gloria (1987) *Borderlands/La Frontera: The New Mestiza*, San Francisco: Aunt Lute Books.

Arnold, Matthew([1869] 1971)*Culture and Anarchy*, J. Dover Wilson(ed.), Cambridge: Cambridge University Press.

——(1970) *Matthew Arnold: Selected Prose*, P. J. Keating (ed.), Harmondsworth: Penguin Books.

Ashcroft, Bill, Griffiths, Gareth and Tiffin, Helen (eds)(1989) *The Empire Writes Back: Theory and Practice in Post-Colonial Literature*, London and New York: Routledge.

Ashcroft, Bill, Griffiths, Gareth and Tiffin, Helen (eds) (1995) *The Post-Colonial Studies Reader*, London and New York: Routledge.

Attridge, Derek (1988) *Peculiar Language: Literature as Difference from the Renaissance to James Joyce*, London: Methuen.

Austen, Jane (1814) *Mansfield Park*.

Bakhtin, Mikhail (1981) *The Dialogic Imagination: Four Essays*, trans. Caryl Emerson and Michael Holquist (also ed.), Austin: University of Texas Press.

——(1984) *Rabelais and His World*, trans. Helene Iswolsky, Bloomington: Indiana University Press.

Baldick, Chris (1983) *The Social Mission of English Criticism, 1848—1932*, Oxford: The Clarendon Press.

Balibar, Renée (1974) *Les Français Fictifs, le rapport des styles littéraires au français national*, Paris: Hachette.

——(1978) 'An Example of Literary Work in France', in Francis Barker *et al.* (eds), 1848: *The Sociology of Literature*, Colchester: University of Essex Press.

——and Laporte, Dominique (1974) *Le Français National: politique et practique de la langue national sur la*

Révolution, Paris: Hachette.

Barthes, Roland (1977) 'The Death of the Author', in *Image-Music-Text*, essays selected and trans. by Stephen Heath, London: Fontana/Collins.

Baudrillard, Jean ([1981] 1994) *Simulacra and Simulation*, trans. Sheila Faria Glaser, Ann Arbor: University of Michigan Press.

——(1991) 'The Reality Gulf', *The Guardian*, 11 January 1991.

——(1995) *The Gulf War Did Not Take Place*, trans. Paul Patton, London: Power Publications.

Beckett, Samuel ([1956] 1970) *Waiting for Godot*, London: Faber.

Bennett, Tony (1990) *Outside Literature*, London and New York: Routledge.

Bloom, Allan ([1987] 1988) *The Closing of the American Mind*, New York Simon and Schuster.

Bloom, Harold ([1994] 1995) *The Western Canon: the books and the school of the ages*, Basingstoke: Macmillan.

Bond, Edward (1972) *Lear*, London: Eyre Methuen.

'Books: Change in Store' (1997), *The Guardian*, 22 September 1997, 'Home News', p. 11.

Boulton. Marjorie (1980) *The Anatomy of Literary Studies*, London: Routledge & Kegan Paul.

Brontë, Charlotte (1847) *Jane Eyre*.

Brooker, Peter (1987) 'Why Brecht, or, Is There English After Cultural Studies?', in Green and Hoggart (eds) (1987). pp. 20—31.

——and Widdowson, Peter (eds) (1996) *A Practical Reader in Contemporary Literary Theory*, Hemel Hempstead: Prentice Hall/Harvester Wheatsheaf.

Brooks, Cleanth ([1947] 1968) *The Well-Wrought Urn: Studies in the Structure of Poetry*, London: Methuen.

Brooks, Cleanth and Warren, Robert Penn (eds) (1938) *Understanding Poetry: An Anthology for College Students*, New York: Henry Holt.

Brooks, Cleanth and Warren, Robert Penn (eds) (1943) *Understanding Fiction*, New York: Appleton-Century-Crofts.

Burchill, Julie (1989) *Ambition*, London: The Bodley Head.

Burnett, Paula (ed.) (1986) *The Penguin Book of Caribbean Verse in English*, Harmondsworth: Penguin Books.

Butler, Marilyn ([1989] 1990) 'Repossessing the Past: The Case for an Open Literary History', in Dennis Walder (ed.) *Literature in the Modern World: Critical Essays and Documents*, Oxford: Oxford University Press with the Open University.

Cambridge History of English Literature, The (1907—27) A. W. Ward and A. R. Waller (eds), Cambridge: Cambridge University Press.

Carlyle, Thomas (1830) 'On History', in Shelston (ed.) (1971).

——(1841) 'The Hero as Man of Letters', in Shelston (ed.) (1971).

Churchill, Caryl (1982) *Top Girls*, London: Methuen.

——(1987) *Serious Money*, London: Methuen.

Cobham, Rhonda and Collins, Merle (eds) (1987) *Watchers and Seekers: Creative Writing by Black Women in Britain*, London: The Women's Press.

Coetzee, J. M. ([1980] 1982) *Waiting for the Barbarians*, Harmondsworth: Penguin Books.

——([1986] 1987) *Foe*, Harmondsworth: Penguin Books.

Coleridge, Samuel Taylor (1817) *Biographia Literaria*.

Conrad, Joseph (1898) *Heart of Darkness*.

Culler, Jonathan (1975) *Structuralist Poetics: Structuralism, Linguistics and the Study of Literature*, London: Routledge & Kegan Paul.

Dash, Michael ([1974] 1995) 'Marvellous Realism: The Way out of Negritude', in Ashcroft *et al.* (eds) (1995), pp. 199—201.

Defoe, Daniel (1719) *Robinson Crusoe*.

——(1724) *Roxana*.

Dentith, Simon (ed.) (1995) *Bakhtinian Thought: An Introductory Reader*, London and New York: Routledge.

Derrida, Jacques (1986) *Memoires for Paul de Man*, trans. Cecile Lindsay, Jonathan Culler and Eduardo Cadava, New York: Columbia University Press.

——([1967] 1976) *Of Grammatology*, trans. Gayatri Spivak, Baltimore: Johns Hopkins University Press.

Dickens, Charles (1861) *Great Expectations*.

'Dive into a book' (1997), Introduction to a supplement on children's books, *The Guardian*, October 1997, p. 3.

Docker, John (1978) 'The Neocolonial Assumption in University Teaching of English', in Ashcroft *et al.* (eds)

(1995), pp. 443—446.

Doyle, Brian (1982) 'The Hidden History of English Studies', in Widdowson (ed.) 1982.

——(1989) *English and Englishness*, London and New York: Routledge.

D'Souza, Dinesh ([1991] 1992) *Illiberal Education*, New York: Random House.

Eagleton, Mary (ed.) (1991) *Feminist Literary Criticism*, London and New York: Longman.

Eagleton, Terry ([1976] 1978) *Criticism and Ideology*, London: Verso Editions.

——([1983] 1996) *Literary Theory: An Introduction*, Second Edition, Oxford: Blackwell.

——(1990) *The Ideology of the Aesthetic*, Oxford: Blackwell.

Easthope, Antony (1991) *Literary into Cultural Studies*, London and New York: Routledge.

Eco, Umberto ([1979] 1981) *The Role of the Reader. Explorations in the Semiotics of Texts*, London: Hutchinson.

Edmundson, Mark (1995) *Literature Against Philosophy, Plato to Derrida: A Defence of Poetry*, Cambridge: Cambridge University Press.

Elam, Diane (1997)'Why Read?', in *CCUE News* (The Council for College and University English), Issue 8, 'English for the Millenium', June 1997, pp. 10—13.

Eliot, George ([1859] 1961)*Adam Bede*, with a Foreword by F. R. Leavis, 'Signet Classics', New York and London: The New American/English Library.

——(1871—1872)*Middlemarch*.

Eliot, T. S. ([1917] 1958) 'The Love Song of J. Alfred Prufrock', in Eliot (1958).

——([1919] 1969a) 'Tradition and the Individual Talent', in Eliot (1969).

——([1919] 1969b) 'Hamlet', in Eliot (1969).

——([1921] 1969) 'The Metaphysical Poets', in Eliot (1969).

——([1922] 1958) *The Waste Land*, in Eliot (1958).

——([1923] 1969) 'The Function of Criticism', in Eliot (1969).

——(1958) *Collected Poems* 1909—1935, London: Faber and Faber.

——(1969) *Selected Essays*, London: Faber and Faber.

Empson, William (1930) *Seven Types of Ambiguity*, London: Chatto and Windus.

Evans, Mari (ed.) ([1983] 1985) *Black Women Writers*, London: Pluto.

Farquhar, George (1706) *The Recruiting Officer*.

Fielding, Henry (1749) *The History of Tom Jones*.

Fitzgerald, Edward (1859) *The Rubáiyát of Omar Khayyám*.

Flaubert, Gustave (1857) *Madame Bovary*.

Ford, Boris (ed.) (1954—1961) *The Pelican Guide to English Literature*, Harmondsworth: Penguin Books.

——(ed.) (1983) *The New Pelican Guide to English Literature*, Harmondsworth: Penguin Books.

Foucault, Michel (1971) 'The Order of Discourse', in Young (ed.) (1981).

——(1972) *The Archaeology of Knowledge*, trans. A. M.

Sheridan-Smith, London: Tavistock.

——(1986) *The Foucault Reader*, ed. Paul Rabinov, Harmondsworth: Penguin Books.

Fowler, Roger (1990) 'Literature', in Martin Coyle, Peter Garside, Malcolm Kelsall and John Peck (eds) *Encyclopedia of Literature and Criticism*, London and New York: Routledge.

Fry, Paul H. (1995) *A Defense of Poetry: Reflections on the Occasion of Writing*, Stanford: Stanford University Press.

Gagnier, Regenia (1997) 'The Disturbances Overseas: A Comparative Report on the Future of English Studies', in *CCUE News* (The Council for College and University English), Issue 8, 'English for the Millenium', June 1997, pp. 4—9.

Gates, Henry Louis, Jr. (ed.) (1985) *'Race', Writing and Difference*, Chicago and London: University of Chicago Press.

——(1992) *Loose Canons: Notes on the Culture Wars*, New York and Oxford: Oxford University Press.

Goode, John (1970) 'Adam Bede', in Barbara Hardy (ed.) *Critical Essays on George Eliot*, London: Routledge & Kegan Paul.

Graff, Gerald (1987) *Professing Literature: An Institutional History*, Chicago and London: University of Chicago Press.

——(1992) *Beyond the Culture Wars: How Teaching the Conflicts Can Revitalize American Education*, W. W. Norton: New York and London.

Graff, Gerald and Warner, Michael (eds) (1989) *The Origins* of *Literary Studies in America*, London and New York: Routledge.

Grass, Günter (1959) *The Tin Drum*.

Gray, Thomas ([1750] 1973) An Elegy Written [Wrote] in a Country Church Yard', in Dennis Davison (ed.) *The Penguin Book of Eighteenth-Century English Verse*, Harmondsworth: Penguin Books, pp. 179—182.

Green, Michael and Hoggart, Richard (eds) (1987) *English and Cultural Studies: Broadening the Context (Essays and Studies, 1987)*, London: The English Association, John Murray.

Gubar, Susan and Kamholtz, Jonathan (eds) (1993) *English Inside and Out: The Places of Literary Criticism* (Essays from the 50th Anniversary of the English Institute), London and New York: Routledge.

Hardy, Thomas (1891) *Tess of the d'Urbervilles*.

——(1901) *Poems of the Past and the Present*.

——(1917) *Moments of Vision and Miscellaneous Verses*.

Hardy, F. E. ([1928/30] 1975) *The Life of Thomas Hardy, 1840—1928*, Basingstoke: Macmillan.

Hare, David (1989) 'Cycles of hope and despair', in *The Weekend Guardian*, 3—4 June 1989, pp. 1—3.

Harraway, Donna ([1985] 1990) 'A Manifesto for Cyborgs: Science, Technology, and Socialist Feminism in the 1980s', in Nicholson (ed.) (1990).

Harrison, Tony ([1985] 1991) V. 'New Edition: With Press Articles', and with photographs by Graham Sykes, Newcastle upon Tyne: Bloodaxe Books.

Hawthorn, Jeremy (1998) *A Glossary of Contemporary Literary Theory*, new edition, London and New York: Arnold.

Heaney, Seamus (1975) 'Punishment', in *North*, London: Faber and Faber.

——(1987) 'From the Frontier of Writing', in *The Haw Lantern*, London: Faber and Faber.

——(1995) *The Redress of Poetry*, London: Faber and Faber.

Hebdige, Dick ([1985] 1989) 'The Bottom Line on Planet One', in Rice and Waugh (eds) (1989).

Hirsch, E. D. ([1987] 1988) *Cultural Literacy*, New York: Random House.

Hoggart, Richard ([1957] 1962) *The Uses of Literacy*, Harmondsworth: Penguin Books.

Hughes, Ted (1957) 'The Thought-Fox', in *The Hawk in the Rain*, London: Faber and Faber.

Humm, Maggie (ed.) (1992) *Feminisms: A Reader*, Hemel Hempstead: Harvester Wheatsheaf.

Hutcheon, Linda ([1989] 1993) *The Politics of Postmodernism*, London and New York: Routledge.

Hutchinson, Ron (1984) *Rat in the Skull*, 'The Royal Court Writers Series', London: Methuen.

Iser, Wolfgang (1974) *The Implied Reader*, Baltimore: Johns Hookins University Press.

——(1978) *The Act of Reading: A Theory of Aesthetic Response*, Baltimore: Johns Hopkins University Press.

Ishenvood, Christopher (1935) *Mr Norris Changes Trains*.

——(1939) *Goodbye to Berlin*.

—— (1972) 'Foreword to Edward Upward's "The Railway Accident"', reprinted in Edward Upward, *The Railway Accident and Other Stories*, Harmondsworth: Penguin Books.

Ismay, Maureen, (1987) Frailty is Not My Name', in Cobham and Collins, p. 15.

Jacobus, Mary (1979) *Women Writing and Writing About Women*, London: Croom Helm.

James, Henry ([1907] 1962) 'Preface to *The Spoils of Poynton*', in *The Art of the Novel: Critical Prefaces*, New York and London: Charles Scribner's Sons, pp. 119–39.

Johnson, Linton Kwesi ([1980] 1991) 'Inglan Is a Bitch', in Linton Kwesi Johnson *Tings an Times: Selected Poems*, Newcastle upon Tyne: Bloodaxe Books.

Johnson, Richard (1983) 'What is Cultural Studies Anyway?' Birmingham: Centre for Contemporary Cultural Studies stencilled 'Working Paper'.

Jonson, Ben (1623) 'To the Memory of My Beloved, the Author Mr William Shakespeare'.

Jowett, B. (trans.) ([1871] 1969) *The Dialogues of Plato*, 4th edn, vol. 1. Oxford: The Clarendon Press.

Joyce, James ([1916] 1964) *A Portrait of the Artist as a Young Man*, Harmondsworth: Penguin Books.

—— ([1944; rev. edition 1956] 1969) *Stephen Hero*, London: Jonathan Cape.

Keefe, Barry (1979) *Sus*, 'New Theatrescripts', London and New York: Methuen.

Kermode, Frank (1996) 'Value in Literature', in Payne (ed.) (1996).

Kristeva, Julia (1986) *The Kristeva Reader*, ed. Toril Moi, Oxford: Blackwell.

Lacan, Jacques ([1973] 1979) *The Four Fundamental Concepts of Psychoanalysis*, Harmondsworth: Penguin Books.

—— (1977) *Ecrits: A Selection*, trans. A Sheridan, London: Tavistock.

Leavis, F. R. (1932) *New Bearings in English Poetry*, London: Chatto and Windus.

—— (1936) *Revaluation*, London: Chatto and Windus.

—— (1943) *Education and the University*, London: Chatto and Windus.

—— ([1952] 1978) *The Common Pursuit*, Harmondsworth: Penguin Books.

—— ([1948] 1962) *The Great Tradition*, Harmondsworth: Penguin Books.

—— (1955) *D. H. Lawrence: Novelist*, London: Chatto and Windus.

—— (1961) 'Foreword', in Eliot, George ([1859] 1961).

—— (1969) *English Literature in Our Time and the University. The Clark Lectures* 1967, London: Chatto and Windus.

Levi, Primo (1989) *The Drowned and the Saved*, New York: Random House.

Lemon, Lee T. and Reis, Marion J. (trans. and eds) (1965) *Russian Formalist Criticism: Four Essays*, Lincoln: University of Nebraska Press.

Lillington, Karlin (1997) 'Now read on, or back, or sideways, or anywhere', *The Guardian*, 'On Line' supplement, 9 October 1997, pp. 1—3.

Lodge, David (1975) *Changing Places*, London: Secker and Warburg.

——(ed.) (1972) *Twentieth-Century Literary Criticism: A Reader*, London and New York: Longman.

Lyotard, Jean-François ([1979] 1984) *The Postmodern Condition: A Report on Knowledge*, trans. G. Bennington and B. Massumi, Manchester: Manchester University Press.

Macaulay, Thomas ([1835] 1995) 'Minute on Indian Education', in Ashcroft *et al.* (eds) (1995), pp. 428—30.

Macherey, Pierre ([1966] 1978) *A Theory of Literary Production*, trans. Geoffrey Wall, London and Boston: Routledge & Kegan Paul.

Márquez, Gabriel Garcia ([1967] 1972) *One Hundred Years of Solitude*, trans. Gregory Rabassa, Harmondsworth: Penguin Books.

McArthur, Tom (ed.) (1992) *The Oxford Companion to the English Language*, Oxford: Oxford University Press.

Miller, Arthur ([1953] 1959) *The Crucible*, New York: Bantam Books.

Millett, Kate ([1969] 1971) *Sexual Politics*, London: Ruper Hart-Davis.

Minghella, Anthony ([1996] 1997) *The English Patient: A Screenplay*, 'Based on the novel by Michael Ondaatje', London: Methuen Drama.

Minh-ha Trinh T. (1989) *Woman, Native, Other: Writing*

Postcoloniality and Feminism, Bloomington: Indiana University Press.

Mitchell, Juliet ([1966] 1984) 'Femininity, Narrative and Psychoanalysis', in *Women: The Longest Revolution. Essays on Feminism, Literature and Psychoanalysis*, London: Virago Press, pp. 287—294.

Moers, Ellen (1976) *Literary Women*, Garden City: Anchor Press.

Mohanty, Chandra Talpade (1991) 'Under Western Eyes: Feminist Scholarship and Colonial Discourses' in Mohanty et al. (eds) (1991) *Third World Women and the Politics of Feminism*, Bloomington: Indiana University Press.

Moore, Brian (1990) *Lies of Silence*, London: Bloomsbury.

Moore, Geoffrey (ed.) (1977) *The Penguin Book of American Verse*, Harmondsworth: Penguin Books.

Moredcai, Pamela (ed.) (1987) *From Our Yard: Jamaican Poetry Since Independence*, 'Jamaica 21 Anthology Series, No. 2', Kingston, Jamaica: Institute of Jamaica Publications Ltd.

Morley, Dave and Worpole, Ken (eds) (1982) *The Republic of Letters: Working-Class Writing and Local Publishing*, London: Comed a.

Morrison, Toni (1977) *Song of Solomon*, New York: Knopf.

——([1983] 1985) 'Rootedness: The Ancestor as Foundation', in Mary Evans (ed.) [1983] 1985, pp. 339—345.

——([1987] 1988) *Beloved*, New York: Plume Books.

——(1992) *Jazz*, London: Chatto and Windus.

——(1998) *Paradise*, London: Chatto and Windus.

Murphy, Peter (1993) *Poetry as an Occupation and as an Art in Britain 1760—1830*, Cambridge: Cambridge University Press.

Nelson, Cary and Grossberg, Lawrence (eds) (1988) *Marxism and the Interpretation of Culture*, Basingstoke: Macmillan.

'Newbolt Report' (1921) *Report to the Board of Education on the Teaching of English in England*, London: HMSO.

New Encyclopoedia Britannica: Macropaedia, The (1985) 'The Art of Literature', vol. 23, pp. 86—224, Chicago: Encyclopaedia Britannica Inc.

New Encyclopaedia Britannica: Micropaedia, The (1985) 'Literature', vol. 7, p. 398, Chicago: Encyclopaedia Britannica Inc.

Nichols, Grace (1983) *i is a long memoried woman*, London: Caribbean Cultural International Karnak House.

Nicholson, Linda (ed.) (1990) *Feminism/Postmodernism*, London and New York: Routledge.

Norton Anthology of Postmodern American Fiction, The (1997), Paula Geyh (ed.), New York: W. W. Norton.

Oliphant, Mrs. Margaret (1863) *Salem Chapel*.

Ondaatje, Michael (1992) *The English Patient*, London: Bloomsbury.

Palmer, D. J. (1965) *The Rise of English Studies*, London: published for the University of Hull by Oxford University Press.

Payne, Michael (ed.) (1996) *A Dictionary of Cultural and Critical Theory*, Oxford: Blackwell.

Pinter, Harold (1990) *Complete Works*, 4 Vols., New York: Grove Atlantic.

Pope, Alexander (1711) *An Essay on Criticism*.

Pound, Ezra (1934) *ABC of Reading*, London: Routledge.

Preminger, Alex (ed.) ([1965] 1974) *Princeton Encyclopedia of Poetry and Poetics*, Basingstoke: Macmillan.

Ransom, John Crowe ([1937] 1972) 'Criticism Inc.', reprinted in Lodge (1972), pp. 228—239.

——(1941) *The New Criticism*, Norfolk CN: New Directions.

Rebuck, Gail (1998) 'Why we still want to read all about it', *The Guardian*, 23 April 1998, 'World Book Day' supplement, p. 2.

Rice, Philip and Waugh, Patricia (eds) (1989) *Modern Literary Theory: A Reader*, London: Arnold.

Rich, Adrienne ([1971] 1992) 'When We Dead Awaken: Writing as Re-Vision', extract quoted in Humm (ed.) (1992).

Richards, I. A. (1924) *The Principles of Literary Criticism*, London: Kegan Paul.

——(1926) *Science and Poetry*, London: Kegan Paul.

——(1929) *Practical Criticism: A Study of Literary Judgment*, London: Kegan Paul.

Rhys, Jean (1966) *Wide Sargasso Sea*, London: Andre Deutsch.

Riley, Joan (1985) *The Unbelonging*, London: The Women's Press.

Roe, Sue (1982) *Estella: Her Expectations*, Brighton: Harvester Press.

Rossetti, Dante Gabriel (1881) *The House of Life*.

Rowbotham, Sheila (1973) *Hidden from History: 300 Years of Women's Oppression and the Fight Against It*, London: Pluto Press.

Rushdie, Salman ([1981] 1982) *Midnight's Children*, London: Picador/Pan Books.

Selden, Raman, Widdowson, Peter and Brooker, Peter (1997) *A Reader's Guide to Contemporary Literary Theory*, 4th edn, Hemel Hempstead: Prentice Hall/Harvester Wheatsheaf.

Seymour-Smith, Martin ([1973] 1985) *The Macmillan Guide to Modern World Literature*, Basingstoke: Macmillan.

Shelston, Alan (ed.) (1971) *Thomas Carlyle: Selected Writings*. Harmondsworth: Penguin Books.

Shakespeare, William (c. 1600) *Hamlet*.

——(1603—4) *Othello*.

——(1607) *King Lear*.

——([1610—11] 1975) *The Tempest*, ed. Anne Righter (Anne Barton), in the 'New Penguin Shakespeare', Harmondsworth: Penguin Books.

Shelley, Mary (1818) *Frankenstein*.

Shelley, Percy Bysshe (1821) *A Defence of Poetry*.

Sheringham, Sally (1986) *Clifford the Sheep*, illustr. Penny Ives, 'St Michael' (produced exclusively for Marks and Spencer plc), London: Octopus Books.

Shklovsky ([1917] 1965) 'Art as Technique', in Lemon, Lee T. and Reis, Marion J. (trans. and eds) (1965).

——([1921] 1965) 'Sterne's *Tristram Shandy*: Stylistic

Commentary', in Lemon, Lee T. and Reis, Marion J. (trans. and eds) (1965).

Showalter, Elaine (1977) *A Literature of Their Own*, Princeton, N.J.: Princeton University Press.

Smiley, Jane ([1991] 1992) *A Thousand Acres*, London: Flamingo/ HarperCollins.

Spivak, Gayatri Chakravorty (1985)'Three Women's Texts and a Critique of, Imperialism', in Gates (ed.) (1985), pp. 262—280.

——(1988)'Can the Subaltern Speak?'in Nelson and Grossberg (eds) (1988), pp. 271—313.

Sterne, Laurence (1760—7) *The Life and Opinions of Tristram Shandy*.

Stevenson, Robert Louis (1886) *The Strange Case of Dr Jekyll and Mr Hyde*.

Swift, Graham (1983) *Waterland*, London: William Heinemann.

——(1988) *Out of this World*, Harmondsworth: Penguin Books.

Tennant, Emma (1989) *Two Women of London: The Strange Case of Ms Jekyll and Mrs Hyde*, London: Faber and Faber.

——(1993) *Tess*, London: HarperCollins.

Terry, Richard (1997) 'Literature, Aesthetics, and Canonicity in the Eighteenth Century', *Eighteenth-Century Life* 21, n.s., 1 (February, 1997):80—101.

Thiong'o, Ngugi wa (1972)'On the Abolition of the English Department', in Ashcroft *et al.* (eds) (1995), pp. 438—442.

Thomas, Rosie (1990) *A Woman of Our Times*, London: Michael Joseph.

Thompson, E. P. (1960) 'Outside the Whale', in Thompson *et al.* (eds) *Out of Apathy*, London: New Left Books.

—— (1963) *The Making of the English Working Class*, London: Victor Gollancz.

Tiffin, Helen ([1987] 1995) 'Post-Colonial Literatures and Counter-Discourse', in Ashcroft *et al.* (eds) (1995).

Tolstoy, Leo (1874—1876) *Anna Karenina*.

Walcott, Derek ([1965] 1992) Selection from *The Castaway and Other Poems*, in Derek Walcott: *Collected Poems*, London and Boston: Faber and Faber.

Walker, Alice (1983) *The Color Purple*, New York: Harcourt Biace Jovanovitch.

Warner, Marina (1992) *Indigo or, Mapping the Waters*, London: Chatto and Windus.

Watt, Ian ([1957] 1960) 'Defoe as Novelist', in Ford (ed.) (1954—1961), vol. 4, 1960.

—— ([1957] 1970) *The Rise of the Novel*, Harmondsworth: Penguin Books.

Wellek. René (1970) 'The Name and Nature of Comparative Literature', in *Discriminations: Further Concepts of Criticism*, New Haven: Yale University Press.

Wertenbaker, Timberlake ([1988] 1995) *Our Country's Good*, 'Methuen Student Edition', London: Methuen.

Widdowson, Peter (ed.) (1982) *Re-Reading English*, London: Methuen.

Williams, Raymond ([1958] 1961) *Culture and Society* 1780—1950, Harmondsworth: Penguin Books.

——([1961] 1971) *The Long Revolution*, Harmondsworth: Penguin Books.

——([1970] 1974) *The English Novel From Dickens to Lawrence*, St. Albans: Paladin/Granada Publishing.

——(1976) *Keywords: A Vocabulary of Culture and Society*, London: Fontana/Croom Helm.

——([1983] 1989) 'Interview: Raymond Williams and Pierre Vicary' (broadcast on Radio Helicon, A[ustralian] B[roadcasting] C[ommission] Radio National, 28 March 1983, in *Southern Review*, 22: 2, July 1989, pp. 163—74.

——(1987) 'People of the Black Mountains: John Barnie interviews Raymond Williams', in *Planet*, 65, Oct./Nov. 1987, pp. 3—13.

——(1989) *People of the Black Mountains*, I: *The Beginning...*, London: Chatto and Windus.

——(1990) *People of the Black Mountains*, II: *The Eggs of the Eagle*, London: Chatto and Windus.

Wimsatt, W. K. ([1954] 1970) *The Verbal Icon: Studies in the Meaning of Poetry*, London: Methuen.

Wimsatt, W. K. and Beardsley, Monroe C. ([1946] 1972) 'The Intentional Fallacy', in Lodge (ed.) 1972, pp. 334—344.

Wimsatt, W. K. and Beardsley, Monroe C. ([1949] 1972) 'The Affective Fallacy', in Lodge (ed.) 1972, pp. 345—57.

Wood, James (1997) 'Why it all adds up' (review of Ian McEwan's novel *Enduring Love*, Cape, 1997), *The Guardian*, 'Books' section, 4, Sept. 1997.

Wordsworth, William (1802) 'Preface' to *Lyrical Ballads*.
—— (1807) 'Ode: Intimations of Immortality from Recollections of Early Childhood'.
Worpole, Ken (1984) *Reading by Numbers: Contemporary Publishing and Popular Fiction*, London: Comedia.
Young, Robert (ed.) (1981) *Untying the Text: A Post-Structuralist Reader*, London: Routledge.

译 后 记

　　这部书的翻译工作是经历了一些曲折的,这里也没有必要向读者诉苦。但是,有一些话是必须说的。首先,可以说翻译虽然很麻烦,但是在其间也是颇有收获的。第一点就是作者具有严谨的治学态度以及渊博的文学知识,这就保证了这部专著的可信度,也会向读者提供许多作为中国读者难以接触到的新知识。比如说,加勒比黑人的英语文学,那已经是变异而又变异的作品了,有一首诗歌的题目就是——"英格兰是个婊子",不是这样的书,我们将从何得知呢?第二点,这本书也反映出英美文学理论最近若干年里所发生的变化,在"文化研究"的大旗下,一定程度上返回到社会研究与历史研究,其中也包括专业范畴的学术史研究。这是应当引起我们注意的。

　　这部书的翻译由我自己与我过去的研究生张欣共同完成,我翻译了前两章,以及全书统稿;而张欣则是后三章的译者。她作为北京大学比较文学研究所的博士生,这样的翻译是额外的负担了。还要特别提出的是我的同事高建平博士。他一向以为人宽厚、学问功底扎实著称。在这次的翻译工作中,他又不辞辛苦,在诸多繁忙事务中抽出时间来仔细深校了全书文稿,并且提出了许多很好的修改建议。当然,主编周启超先生对于译者倍加信任,也是对于我们无言的鼓励与鞭策。

钱竞 2005 年 10 月于望京寓所

最新推出

原版影印　中文导读

西方文学原版影印系列丛书

经典前沿的西方文学理论宝库
科学权威的西方文学阅读写作教材

10813/I·0812　文学：阅读、反应、写作（戏剧和文学批评写作卷）(第5版)
L. G. Kirszner & S. R. Mandell
Literature: Reading, Reacting, Writing (Drama & Writing about Literature) (5th edition)

10812/I·0811　文学：阅读、反应、写作（诗歌卷）(第5版)
L. G. Kirszner & S. R. Mandell
Literature: Reading, Reacting, Writing (Poetry) (5th edition)

10811/I·0810　文学：阅读、反应、写作（小说卷）(第5版)
L. G. Kirszner & S. R. Mandell
Literature: Reading, Reacting, Writing (Fiction) (5th edition)

08266/H·1326　文学解读和论文写作：指南与范例(第7版)
Kelley Griffith
Writing Essays about Literature: A Guide and Style Sheet (7th edition)

06199/G·0827　观念的生成：主题写作读本　Quentin Miller
The Generation of Ideas: A Thematic Reader

10858/I·0816　柏拉图以来的批评理论(第3版)
Hazard Adams & Leroy Searle
Critical Theory since Plato (3th edition)

北京大学 出版社

邮购部电话：010-62534449　联系人：孙万娟
市场营销部电话：010-62750672
外语编辑部电话：010-62765014　62767347